KNAUR

Über den Autor:
Andrea Rossini ist das Pseudonym eines deutschen Bestsellerautors, dessen Leben von der Liebe zu Italien geprägt ist. Diese Liebe und die Zuneigung für Küche, Land und Leute haben ihn zu dem vorliegenden Roman inspiriert.

ANDREA ROSSINI

DOLCI SCHMECKEN NUR ZU ZWEIT

ROMAN

KNAUR

Besuchen Sie uns im Internet:
www.knaur.de

FSC
www.fsc.org
MIX
Papier aus verantwortungsvollen Quellen
FSC® C083411

Vollständige Taschenbuchausgabe August 2019
Knaur Taschenbuch

Ein Imprint der Verlagsgruppe
Droemer Knaur GmbH & Co. KG, München

Redaktion: Dr. Gisela Menza
Covergestaltung: Alexandra Dohse, München
Illustrationen im Innenteil von Shutterstock: rocky raccoon (Vespa), ArtVaider (Auto), Vectorpocket (Zitronenschale und -scheibe), springsky (Untersetzer; bearbeitet von Michaela Lichtblau)
Satz: Adobe InDesign im Verlag
Druck und Bindung: CPI books GmbH, Leck
ISBN 978-3-426-52308-7

2 4 5 3 1

1

MONIGA IN MÜNCHEN

In meinen Träumen habe ich die Mentalität einer hundertjährigen Galapagos-Riesenschildkröte. Da lasse ich mich nicht aus der Ruhe bringen und hebe in Stresssituationen nur müde lächelnd meine schweren Lider. Wenn es ganz dick kommt, ziehe ich mich in meinen Panzer zurück, lasse alles an mir abprallen und denke derweil an tropische Inseln mit Palmen und feinem Sandstrand. Aber mit den Träumen ist das so eine Sache, sie spiegeln nicht die Realität. Denn in Wahrheit bin ich das krasse Gegenteil einer phlegmatischen Riesenschildkröte. Mir fällt im Tierreich kein passender Vergleich ein. Ich habe mal von der Elefantenspitzmaus gelesen. Wenn es stimmt, dass sie quirlig und impulsgesteuert ist, außerdem zu spontanen, oft unüberlegten Reaktionen neigt, dann haben wir einiges gemeinsam.

Natürlich gibt es auch in meinem Leben Tage, an denen alles in geordneten Bahnen verläuft. Aber höchst selten, das muss ich zugeben. Irgendwas passiert immer, was mich spitzmausmäßig austicken lässt. Weshalb mir ereignislose Tage mit jeder Stunde verdächtiger vorkommen, denn damit steigt die Wahrscheinlichkeit, dass doch noch was geschieht.

Aufgrund dieser Lebenserfahrung habe ich nichts dagegen, schon in der Früh kurz auszurasten – etwa weil mir beim Cappuccino die aufgeschäumte Milch anbrennt. Dann habe ich es hinter mir. Hoffe ich. Manchmal stimmt es sogar.

Heute Morgen hatte ich einen Cappuccino mit einer perfekten Crema. Es ist mir sogar gelungen, ein Herzchen in den Schaum zu zaubern. Beim Radeln vom Lehel, wo ich wohne, zu meinem Arbeitsplatz in der Maximilianstraße gab es keinen einzigen Autofahrer, dem ich den Mittelfinger zeigen konnte. Schließlich war beim Fahrradständer im Hinterhof genau noch ein Platz frei. Spätestens da hätte ich misstrauisch werden müssen.

Im Büro angekommen, ziehe ich meine Sneakers aus und quäle mich in High Heels. Selber schuld, warum arbeite ich in einer Werbeagentur, wo bei Kundenmeetings auf solche Äußerlichkeiten Wert gelegt wird. In welchen Zeiten leben wir? Oder was sind das für Kunden?

Habe ich mich schon vorgestellt? Ich heiße Moniga, lebe in München und arbeite als Account-Managerin. Ich bin neunundzwanzig Jahre alt und nach Ansicht von Frank eine »rattenscharfe« Frau. Leider ist Frank ein testosterongesteuerter Idiot, deshalb muss das nicht stimmen. Nun ja, ganz falsch ist es hoffentlich auch nicht.

Frank, das ist der Kreativ-Direktor unserer Agentur. Bis vor zwei Wochen hatte ich mit ihm eine Beziehung. Dann habe ich ihm aus gegebenem Anlass ein Glas Pinot bianco ins Gesicht geschüttet. Jetzt bin ich wieder Single.

Während mir Janine gerade den neuesten Tratsch anvertraut, bekomme ich einen Anruf vom CEO, der mich umgehend in sein Büro zitiert. Seine Stimme klingt seltsam gequetscht. Ich bin eine gute Stimmendeuterin. Ich ahne nichts Gutes.

Vor der Tür unseres Geschäftsführers bleibe ich kurz stehen und atme tief ein und aus. Ommm … Ich bin die Ruhe selbst und lasse mich nicht provozieren. Dann trete ich ein.

Gute Vorsätze scheitern oft an der normativen Kraft des Faktischen. Im aktuellen Fall hat die »normative Kraft« einen rasierten Eierkopf und eine Hornbrille auf der Nase. Ohne lange Vorrede poltert er los. Er konfrontiert mich mit dem Vorwurf, ich hätte unseren wichtigsten Agenturkunden blöd angeredet und zutiefst beleidigt.

Das ist schamlos übertrieben. Beleidigt habe ich den Vollpfosten nicht. Blöd angeredet? Nun gut, das könnte sein. Doch das ist kein Grund, mich am frühen Vormittag niederzumachen. Ich öffne den Mund, um den Sachverhalt richtigzustellen … Aber der Eierkopf schneidet mir das Wort ab.

»Ihre Einwände interessieren mich nicht«, schnauft er. »Diesmal sind Sie einen Schritt zu weit gegangen. Sie haben jetzt genau zwei Möglichkeiten. Die erste: Sie entschuldigen sich bei …«

Ich lasse ihn nicht ausreden und entscheide mich spontan für die zweite Möglichkeit.

»Hiermit kündige ich«, knalle ich ihm vor den Latz. »Und ich trete unverzüglich meinen Resturlaub an. Noch einen schönen Tag.«

Ich ergötze mich für einige Sekunden an seinem dummen Gesichtsausdruck. Dann drehe ich ihm den Rücken zu und rausche aus dem Zimmer. Ordentlich, wie ich bin, schließe ich hinter mir die Tür. Sekunden später kommt mir der Gedanke, dass mein Abgang mehr Pfeffer haben könnte. Also mache ich die Bürotür wieder auf, der Eierkopf sitzt noch immer verdattert hinter seinem Schreibtisch. Ich hauche ihm über die Hand einen Kuss zu – und krache die Tür mit voller Wucht ins Schloss. Von der Decke rieselt der Putz. Und ich halte die abgerissene Türklinke in der Hand. Wie eine Trophäe. Ob ich sie mitnehmen soll?

An der Rezeption lege ich die Klinke auf die Theke. Ich will ja nicht des Diebstahls bezichtigt werden.

»Hier fällt alles auseinander«, sage ich zur Empfangssekretärin. »Zeit zu gehen. *Ciao bella.*«

Im Treppenhaus verharre ich auf einem Absatz. Langsam setzt mein Verstand wieder ein. Was nicht bedeutet, dass ich meine soeben getroffene Entscheidung infrage stellen würde. Nein, ganz im Gegenteil. Aber ich hätte mich von meinen Kolleginnen und Kollegen verabschieden sollen. Auch von Janine. Außerdem habe ich die falschen Schuhe an. Sie nerven. Und sie drücken. Meine Sneakers stehen oben hinter dem Aktenschrank. Aber umdrehen ist keine Option.

Ich ziehe die High Heels aus und laufe barfuß weiter – die Treppe runter und hinaus auf die noble Maximilianstraße. Dort ist es nicht üblich, ohne Schuhe zu laufen. Aber ich halte meine in der Hand, was beweist, dass ich welche habe. Sogar solche mit roten Sohlen.

Wie in Trance gehe ich stadteinwärts Richtung Max-Joseph-Platz. Vorbei an Céline, Dior, Fendi, Hermès, Chanel … Die Schaufenster langweilen mich schon an normalen Tagen. Heute erst recht. Allerdings blitzt der Gedanke auf, dass ich mir vorläufig keine neuen Klamotten mehr leisten kann, nicht einmal im Sale oder bei Discountern im Internet. Aber wozu auch? Ich habe keinen Job mehr, in dem es einen Dresscode gibt. Und einen Freund, für den ich mich ins Zeug legen müsste, habe ich gerade auch nicht. Und auf einen neuen Mann bin ich nicht scharf. Jedenfalls nicht im Moment. Was für ein befreiendes Gefühl? Einfach mal alles hinschmeißen und das Leben auf null stellen. Das hat was. Da hätte ich schon früher drauf kommen können.

Wo laufe ich eigentlich gerade hin? Mein Fahrrad steht im Hinterhof der Agentur. Offenbar bin ich doch ein wenig durch den Wind. Ich gehe in eine Espressobar, stelle meine Schuhe auf den Tresen und bestelle ein Glas Wein. Dass es dafür eigentlich zu früh ist, stört mich nicht. Irgendwo auf der Welt geht bestimmt gerade die Sonne unter.

Der Barista deutet auf meine High Heels. »*Che belle scarpe*«, meint er bewundernd. Äußert dann aber doch den Wunsch, sie herunterzunehmen. Aus hygienischen Gründen. Was eine Frechheit ist. Hygienisch ist an meinen Schuhen wirklich nichts auszusetzen. Ich kenne Männer, die würden mit Freuden Champagner daraus trinken.

Eine halbe Stunde später trage ich die Schuhe in einer Papiertüte mit der Aufschrift Segafredo. Ich laufe barfuß über den Viktualienmarkt. Nicht ohne Grund, sondern um ein dringendes Bedürfnis zu befriedigen. Dazu muss man wissen, dass ich einige Macken habe. Zum Beispiel überfällt mich in krisenhaften Situationen oft ein zwanghafter Appetit auf etwas Süßes. Auch in anderen Lebenslagen. Sogar in besonders schönen. Aber von diesen ist heute nicht die Rede. Auch meine Mutter Susanna, die leider verstorben ist, hatte diese Leidenschaft für *Dolci*. Wie sie übrigens gerne italienische Wörter in ihre Sätze einfügte. Auch das habe ich von ihr geerbt, dabei ist mein Italienisch nicht besonders gut. Na ja, es geht schon. Halt so wie bei meiner Mutter. Von ihr stammt das Rezept für mein absolutes Lieblingsdessert: eine *Torta al limone*. Nach dieser italienischen Zitronentarte bin ich geradezu süchtig. Wahrscheinlich, weil ich schon als Kleinkind damit gefüttert wurde. So was nennt man frühkindliche Prägung. Allerdings schmeckt sie mir nur dann richtig gut, wenn sie nach dem Originalrezept meiner Mutter zubereitet wird. Da trifft es sich, dass ich gerne backe. Noch so eine Macke. Aber eine, die von vielen Männern geschätzt wird. Trotzdem hoffe ich, dass sie es nicht nur deshalb mit mir aushalten. Ich muss lächeln. Nein, ganz sicher nicht. Vordergründig dürften sogar andere Attribute den Ausschlag geben. Übrigens habe ich eine genetische Besonderheit: Ich kann so viel essen, wie ich will, und werde nicht dick. Dafür bin ich meinem Schöpfer dankbar.

Die Zutaten für die Zitronentarte weiß ich auswendig. Auf dem Viktualienmarkt sind sie alle zu haben: Eier, unbehandelte Zitronen, Ricotta … und Limoncello als belebenden »Geschmacksverstärker«. Die Basics wie Butter, Mehl und Zucker habe ich daheim. Auch die Cantuccini, die nach dem Geheimrezept meiner Mutter im Mörser klein gestoßen und auf der Tarte verteilt werden. Ich bevorzuge die Methode, die Cantuccini in einem Gefrierbeutel mit dem Nudelholz zu zerbröseln.

Schon die Vorfreude schüttet bei mir Glückshormone aus. Endorphine, Serotonin, Dopamin – weiß der Teufel wie sie alle heißen. Hauptsache, die Stimmungsaufheller wirken. Denn eines habe ich entschieden: Von der spontanen Kündigung werde ich mich emotional nicht runterziehen lassen. Vielmehr habe ich den festen Vorsatz, die erlangte Freiheit zu genießen. Die *Torta al limone* wird mir dabei auf die Sprünge helfen.

Nach der Zubereitung sollte die Zitronentarte auskühlen und zwei Stunden ruhen. Zeit genug, um zu duschen – und darüber nachzudenken, dass es schön wäre, die *Torta al limone* mit jemandem zu teilen. Aber mit wem? Meine Freundinnen haben alle einen Job, sind also nicht verfügbar. Geeignete Männer sind mir gerade abhandengekommen. Ich trinke vom übrig gebliebenen Limoncello. Dabei fällt mir Oma Klara ein, für die es nichts Schöneres gibt als ein kleines Likörchen. Oder zwei. Klara erfreut sich bester Gesundheit. Jedenfalls körperlich. Im Kopf geht es manchmal etwas durcheinander. Aber das macht nichts. Oft ist es sogar lustig. Auch Klara liebt die Zitronentarte nach dem Rezept ihrer Tochter Susanna, die meine Mutter ist. Wann habe ich Klara das letzte Mal besucht? Ist schon eine Weile her. Ich beschließe, sie zu überraschen.

TORTA AL LIMONE

Originalrezept von Susanna

ZUTATEN:

Für den Teig:

- 200 g Mehl
- 100 g Butter
- 80 g Zucker
- 2 Eier

Für die Füllung:

- 2 Eigelb
- 100 g Zucker
- 500 g Ricotta
- 3 unbehandelte Zitronen
- 100 ml Limoncello
- Cantuccini
- Puderzucker für die Deko

ZUBEREITUNG:

1. Zunächst den Teig (Mürbeteig) aus Mehl, Butter, Zucker und Eiern zubereiten und etwa eine halbe Stunde kalt stellen. Eine Tarteform mit Butter fetten und den ausgerollten Teig darin auslegen (bis zum Rand hochziehen und in die Rillen drücken).
2. Für die Füllung Eigelb mit Zucker schaumig schlagen, Ricotta unterheben, fein abgeriebene Zitronenschale und frisch ausgepressten Zitronensaft hinzugeben – und Limoncello.
3. Die fertige Mischung in der Tarteform verteilen. Im vorgeheizten Ofen (180°C) ca. 50 Minuten backen.
4. Nach dem Auskühlen mit zerbröselten Cantuccini bedecken. Und mit einem Herz aus Puderzucker garnieren.

2

Oma Klara ist über achtzig. Ihr Hausarzt meint, sie habe beginnenden Alzheimer. Dem widerspricht sie heftig. Hätte sie Alzheimer, so ihre Argumentation, würde sie das selber wohl am besten wissen. Allenfalls gibt sie zu, gelegentlich etwas schusselig zu sein. Und es komme vor, dass ihr die Namen von alten Bekannten nicht einfielen. Doch das sei nicht weiter tragisch, denn die meisten seien sowieso schon tot.

Weil sie in ihrer kleinen Zweizimmerwohnung manchmal den Herd anlässt oder von Spaziergängen nicht mehr nach Hause findet, befürwortet ihr Arzt, dass sie baldmöglichst in ein Altenheim umzieht. Sie selbst hält von dieser Idee gar nichts. Papperlapapp …

Wir sitzen auf ihrem Balkon, essen die Zitronentarte und trinken Limoncello.

»Moniga, du bist ein Schatz. Der Käsekuchen schmeckt einfach göttlich.«

»Zitrone, nicht Käse.«

»Sag ich doch. Einfach göttlich. Vielleicht etwas viel Zitrone, aber das macht nichts.«

Klara schenkt mir ein strahlendes Lächeln. Man kann sie einfach nur lieb haben.

»Ist heute Sonntag?«, fragt sie.

»Nein, warum?«

»Weil du nicht bei der Arbeit bist. Oder hast du Ferien?«

Ich nicke. »Ja, Ferien. Seit heute.«

»Wie schön.« Klara schaut mich verschmitzt an. »Was macht die Liebe?«

Das fragt sie mich fast immer.

»Meinem letzten Freund habe ich gerade den Laufpass gegeben. Jetzt bin ich solo.«

Klara klatscht begeistert in die Hände. »Gut gemacht, mein Kleines. Ich gratuliere. Die Bedeutung der Männer wird allgemein überschätzt. Dabei kann man gut auf sie verzichten.«

»Meinst du wirklich?«

»Vorübergehend, meine liebe Moniga, vorübergehend geht das hervorragend. Das kannst du mir glauben, ich spreche aus Erfahrung.«

Von wegen Alzheimer. Die alte Dame weiß, wovon sie spricht. Meines Wissens hat sie drei Ehen und einige Affären hinter sich. Und sie hat recht, definitiv. Die Pausen zwischen den Männern sind dazu da, sich von ihnen zu erholen.

Mir fällt meine Mutter ein. »Susanna hat nicht mal einen Mann gebraucht, um mit mir schwanger zu werden«, rutscht mir raus.

Oma Klara sieht mich überrascht an. »Wirklich? Wie hat sie das gemacht?«

»Das frage ich mich auch. Der Heilige Geist wird es nicht gewesen sein.«

»Nein, der Heilige Geist war es bestimmt nicht. Das hätte sie mir gesagt.«

Tatsächlich weiß ich nicht, wer mich gezeugt hat. Meine Mutter hat es mir nie verraten. Und heute kann ich sie nicht mehr fragen. Geboren bin ich aus unerfindlichen Gründen in Berlin, dabei hat meine Mutter Zeit ihres Lebens in München gewohnt. In meiner Geburtsurkunde steht: Vater unbekannt. Damit hatte ich nie ein Problem. Aber seit meine Mutter tot ist, geht mir immer wieder durch den Kopf, dass ich es nie erfahren werde. Sie hat den Namen meines Erzeugers mit ins Grab genommen.

»Kannst du mir verraten, wer mein Vater ist?«

Klara schiebt sich ein Stück Zitronentarte in den Mund. Vielleicht hilft das ihrem Gedächtnis auf die Sprünge?

»Ich würde es dir gerne sagen, mein Kindchen, aber ich habe es vergessen.«

»Hast du es je gewusst?«

Sie klopft sich mit der Kuchengabel gegen die Stirn. »Hast recht. Sie hat es mir nie gesagt. Sie war ab und zu etwas trotzig.«

Ich wische ihr die Tortenkrümel aus dem Gesicht.

Klara ist anzusehen, dass sie ihr Hirn zermartert. »Hm, wann bist du auf die Welt gekommen, mein Schätzchen?«

»1990, im Mai.«

»Im Wonnemonat, wie schön. Dann bist du vom Sternzeichen eine Kuh?«

»Fast, aber das Sternzeichen heißt Stier.«

»Natürlich, sage ich doch. Dann hat der Heilige Geist deine Mutter also neun Monate vorher beglückt, richtig?«

Na bitte, zwischendurch denkt sie völlig klar und logisch.

»Ja, so schaut's aus. Im Sommer 1989.«

»89, 89 …« Klara deutet auf den Limoncello. »Kannst du mir ein Gläschen eingießen? Das wäre lieb.«

Alkohol erweitert die Gefäße. Vielleicht auch jene im Gehirn? Auf der Flasche steht, dass der Zitronenlikör 35 Prozent hat. Das könnte reichen.

»89, 89 … Das war ein unheimlich schöner Sommer, kannst du dich erinnern?«

»Aber Omilein, natürlich nicht, da war ich noch gar nicht auf der Welt.«

»Die ganze Zeit über hat die Sonne geschienen«, fährt Klara unbeirrt fort. Ihr Blick verklärt sich. »*Azzurro, il pomeriggio è troppo azzurro* … Wir haben Spaghetti mit Knoblauch gegessen, gegrillten Fisch aus dem See. Und dazu Prosecco und Bardolino getrunken bis zum Umfallen.«

Spaghetti, Prosecco, Bardolino, Fisch aus dem See …

»Welchen See meinst du?«

Klara schnippt mit den Fingern. »Den Dingsbums, na, wie heißt er gleich? Man fährt über den Brenner, dann kommt er bald.«

»Meinst du den Gardasee?«

»Na klar meine ich den Gardasee. Am Wörthsee gibt es keinen Bardolino.«

»Und mit wem hast du bis zum Umfallen getrunken?«

»Natürlich mit Susanna, deiner Mutter. Ab und zu bist du etwas begriffsstutzig, meine liebe Moniga.«

Begriffsstutzig? Zumindest habe ich gerade Probleme, meiner Oma zu folgen.

»Habt ihr dort gemeinsam Urlaub gemacht?«, hake ich nach. »Susanna und du?«

»Bekomme ich noch einen Limoncello?«

»Gleich. Also habt ihr?«

»Doch, doch, das haben wir. Mutter und Tochter, ganz alleine. Unsere Reise war die beste Therapie gegen Liebeskummer.«

»Meine Mutter hatte Liebeskummer?«

»Aber nicht doch, mein Schätzchen. Ich war es, die Liebeskummer hatte.«

Wow, meine alte Oma … Ich mustere Klara. Sie sieht für ihr Alter immer noch gut aus. Wenn ich dreißig Jahre zurückrechne, war sie damals Anfang fünfzig. Und sicherlich ziemlich attraktiv. Warum sollte man in diesem Alter keinen Liebeskummer haben? Das war alles eine Frage der Perspektive.

»Und meine Mutter?«

»Was soll mit ihr gewesen sein? Sie hatte keinen Liebeskummer. Aber einen Freund hatte sie auch nicht. Oder doch? Nein, ich glaube nicht.«

Mein Kopf wird heiß. Ich fange an zu rechnen.

»In welchem Monat wart ihr am Gardasee?«

»Das ist dreißig Jahre her, mein Schätzchen. Wie soll ich mich da an den Monat erinnern? Ich bitte dich, das ist ein bisschen viel verlangt. Aber es war im Sommer, so viel steht fest.« Klara runzelt die Stirn. »Nun, vielleicht auch schon im Herbst? Aber nein, im See konnte man noch schwimmen. Warum willst du das so genau wissen?«

Ja, warum will ich das wissen? Warum wohl? Womöglich bin ich das Produkt von Spaghetti mit Knoblauch und allzu viel Bardolino.

»Weil es sein könnte, dass meine Mutter in diesem Urlaub …«

»Ja, das könnte sein. Aber wenn dem so war, habe ich davon nichts mitbekommen. Ich war mit mir selber beschäftigt und mit diesem Conte … Na, wie hieß er doch gleich?« Wieder schnippt sie mit den Fingern. »Egal, aber er hat großartig ausgesehen, das kannst du mir glauben.«

Ein Conte? Jetzt übertreibt sie aber.

Sie schiebt mir ihr leeres Glas hin. »Was ist mit dem versprochenen Limoncello? Du willst doch deine alte Oma nicht verdursten lassen. Das gehört sich nicht.«

Ich ziehe den Korken aus der Flasche und schenke ihr gedankenverloren nach.

Klara beginnt mit dem Kopf zu wackeln. Gerade fange ich an mir Sorgen zu machen, da fährt sie mit der Hand durch die Luft.

»Hast du dir mal überlegt, warum du Moniga heißt?«, fragt sie unvermittelt. »Und nicht Monika, so wie es üblich ist?«

Ich zucke mit den Schultern. »Nein, habe ich nicht. Aber ich finde den Namen schön. Monika kann jede heißen.«

»Na, denk doch mal nach. Der Gardasee und Moniga … Fällt dir da nichts auf?«

Jetzt schlägt es dreizehn. Meine Oma hat schleichende Altersdemenz – und führt mich vor, als ob ich diejenige wäre, die etwas langsam im Kopf sei.

»Nein, mir fällt nichts auf.«

»Warst du schon mal dort?«

»Wo? Am Gardasee? Natürlich. In Malcesine zum Windsurfen und ein anderes Mal in Gardone zum …« Ich schmunzle. Klara muss nicht alles wissen.

»Langsam mache ich mir Sorgen«, sagt sie.

»Warum?«

»Weil du so schwer von Begriff bist. Am Gardasee gibt's den Ort Moniga del Garda. Na, verstehst du jetzt?«

Ich spüre, wie mein Herz schneller schlägt. »Du meinst …?«

»Dass dich Susanna nach Moniga del Garda benannt hat, ja, das meine ich.«

Ich beginne eins und eins zusammenzuzählen. »Habt ihr dort Urlaub gemacht?«

Klara schüttelt den Kopf. »Nein, das war woanders.«

Ich werde ungeduldig. »Und wo?«

Klara tunkt ihren Finger in das Glas mit dem Limoncello und leckt ihn genüsslich ab.

»Schätzchen, das kann ich dir nicht sagen, das ist dreißig Jahre her. Aber Moniga del Garda war es nicht, das wüsste ich.«

Ich beiße mir auf die Unterlippe. Mal kann sie sich erinnern, dann wieder nicht. Da braucht es starke Nerven. In meinem Kopf überschlagen sich die Gedanken. Wenn was dran ist an Oma Klaras Ferienerinnerungen, dann wurde ich womöglich am Gardasee gezeugt. Von einem hitzigen Italiener? Das würde mein Temperament erklären. Mir fällt ein, dass ich in Berlin geboren wurde. Selbst Preußen machen am Gardasee Urlaub. Somit wären auch weit spießigere Alternativen denkbar, bis hin zu … an deren Erbgut möchte ich nicht denken.

Jetzt gieße auch ich mir einen Limoncello ein. Zur Beruhigung. Geistesabwesend stoße ich mit Klara an. Mai 1990 minus neun Monate? Im See konnte man noch schwimmen? Ja, ganz sicher konnte man das. Das war die beste Jahreszeit dafür. Moniga del Garda? Ich weiß, dass es den Ort gibt, irgendwo am Westufer, aber ich war noch nie dort. Doch vielleicht meine Mutter im Sommer 1989? Obwohl sie mit Klara woanders Urlaub gemacht hat? Aber wo?

Ich nehme mein Smartphone und öffne Google-Maps.

Sie schaut mich entrüstet an. »Mein Kleines, willst du jetzt telefonieren? Das wäre unhöflich.«

»Nein, ich schau nur gerade, welche Orte in der Nähe von Moniga del Garda infrage kommen.«

»Das kann man auf diesem Ding sehen? Entschuldige, ich dachte, das wäre ein Telefon.«

Ich muss lächeln.

»Manerba, Padenghe, Desenzano, Salò«, schlage ich vor. »Klingelt's da bei dir?«

»Warum soll es klingeln?«

»Indem du dich plötzlich erinnerst, dass ihr dort Urlaub gemacht habt.«

»Ach so, ich verstehe. Aber da klingelt nichts.«

»Sirmione?« Ich sehe sie fragend an.

»Das ist doch dieser Zipfel ganz im Süden? Da waren wir natürlich, muss man ja gesehen haben. Aber dort gewohnt? Nein, das haben wir nicht.«

Das war eine fundierte Aussage. Klaras Orientierungssinn berechtigt zu einigen Hoffnungen. Fragt sich nur, warum ich dieses Quiz überhaupt veranstalte. Was hilft es mir, wenn ich weiß, wo meine Mutter damals Urlaub gemacht hat?

Dennoch mache ich weiter. »Gardone, San Felice del Benaco ...«

Klara hebt einen Finger. »Du hast dich gerade versprochen. Du meinst Torri del Benaco.«

Wow, noch so ein Geistesblitz. Aber versprochen habe ich mich nicht. Auf der Karte sehe ich, dass Torri del Benaco auf der gegenüberliegenden Seite des Sees liegt, am Ostufer.

»Es gibt beide Orte …«

»Mag ja sein. Aber bei Torri del Benaco bimmelt es.«

»Du meinst, es klingelt bei dir?«

»Sag ich doch. Torri del Benaco kommt mir bekannt vor.«

»Habt ihr dort Urlaub gemacht?«

Klara zupft sich abwechselnd am rechten und am linken Ohr. »Das könnte sein. Oder ganz in der Nähe.«

»Garda, Lazise«, schlage ich vor.

Sie nickt. »Da bimmelt es auch.«

»Oder Bardolino?«

Sie schüttelt missbilligend den Kopf. »Mein Kindchen, jetzt bringst du schon wieder alles durcheinander. Bardolino ist kein Ort, sondern ein Wein. Den mag ich, den kannst du mir das nächste Mal mitbringen.«

Ich verzichte darauf, sie zu korrigieren. »Mache ich gerne.«

Ich bekomme Bauchkribbeln. An der Zitronentarte liegt es nicht, auch nicht am Limoncello. Am liebsten würde ich sofort ins Auto springen und an den Gardasee fahren. Ohne Sinn und Verstand. Aber mit viel Emotionen im Gepäck.

Doch was hätte ich davon? Sehr unwahrscheinlich, dass dort eine gute Fee auf mich wartet und mir den Weg zu meinem Vater weist. Erst recht nicht, wenn er aus Castrop-Rauxel oder Hintertupfingen stammt und dort nur einmal vor dreißig Jahren Urlaub gemacht hat – um meine Mutter zu schwängern.

Klara sieht mich sorgenvoll an. »Woran denkst du, meine kleine Moniga?«

Ich bin zwei Köpfe größer als sie. Aber ich komme mir gerade tatsächlich klein vor, klein mit Hut.

»Ich hatte eben die Schnapsidee, an den Gardasee zu fahren«, gebe ich ehrlich zu.

»Schnapsidee? Apropos, kann ich noch einen Limoncello haben?«

»Nein, jetzt ist genug.«

Klara legt ihre Stirn in Falten. »Du kannst ganz schön streng sein. Aber ich lass das mal durchgehen. Und was deine Schnapsidee betrifft, die finde ich gar nicht so schnapsig. Meine Reisetasche ist schnell gepackt, dann können wir losfahren.«

Uups, so hatte ich das nicht gemeint. Von WIR war nicht die Rede gewesen. Meine Oma Klara und ich in meinem kleinen Fiat Cinquecento auf dem Weg nach Süden … Eine groteske Vorstellung.

Ich halte inne und denke nach. Nun ja, grotesk ist die Vorstellung schon, aber nicht völlig bescheuert. Klara kann sich an die Reise mit meiner Mutter vor dreißig Jahren erinnern. Zugegeben, nur schemenhaft, aber immerhin. Es »bimmelt« bei Torri del Benaco, bei Garda und Lazise. Vielleicht kommt alles wieder zurück, wenn sie vor Ort ist? Vielleicht muss sie nur an der richtigen Hafenmole ein Glas Bardolino trinken und hinaus auf den glitzernden See blicken – und dann macht es plötzlich bling. Vielleicht erinnert sie sich urplötzlich an den Mann, den meine Mutter im Urlaub kennengelernt hat? Und nach einem zweiten Bardolino weiß sie vielleicht sogar seinen Namen? Und nach einem Limoncello zum krönenden Abschluss sogar, wo er zu Hause ist? Ich denke, dass ich jetzt völlig spinne. Das wird nicht passieren. Oder doch? Leider werde ich es nicht herausfinden, denn wie mir plötzlich bewusst wird, habe ich gerade meinen Job hingeschmissen – und auf meinem Konto ist Ebbe.

Klara sieht mich strahlend an. »Wir fahren zusammen an den Gardasee. So wie vor dreißig Jahren mit Susanna. Diesmal komme ich mit meiner Enkelin. Ist doch großartig, oder?«

»Nicht wirklich. Susanna ist tot, sie kann uns nicht begleiten. Wir müssten viel an sie denken.«

»Natürlich werden wir das. Sie sitzt oben auf ihrer Wolke und freut sich, dass wir zusammen sind.«

»Ja, vielleicht. Aber es geht nicht …«

»Warum? Ich denke, du hast Urlaub?«

»Das schon. Aber ich bin gerade etwas klamm.«

»Dir ist kalt? Soll ich dir eine Decke bringen?«

Tolle Idee. Es hat über dreißig Grad.

»Klamm? Du verstehst?« Ich reibe meinen Daumen am Zeigefinger. »Ich habe gerade kein Geld.«

»Ach so, sag's doch gleich.« Klara lacht. »Muss in der Familie liegen. Deine Mutter hatte damals auch kein Geld. Deshalb habe ich sie eingeladen.«

»In der Familie? Da gehörst du auch dazu.«

»Ich bin eine andere Generation, mein Kleines. Holst du bitte meine Handtasche aus dem Wohnzimmer. Sie steht auf der Kommode.«

Hat sie da ihren Notgroschen drin? Ist ja lieb, aber etwas weltfern. Dennoch stehe ich auf und hole ihre Handtasche.

Sie kramt eine Weile drin herum, fördert eine Haarklemme zutage und eine Puderdose – und schließlich, fast triumphierend, ihre Bankkarte.

»So, das ist unsere Urlaubskasse. Aus Plastik, ganz modern. Damit kann man alles bezahlen. Du siehst, ich gehe mit der Zeit.«

Ich finde meine Oma rührend. Und herzallerliebst. Aber ob sie weiß, dass der Trick nur funktioniert, wenn auf dem Konto auch Geld ist?

»Schau nicht so skeptisch. Das ist ganz einfach. Man steckt das Ding in einen Bankautomaten, und dann spuckt er die Scheine aus.«

»Dazu muss man einen PIN-Code eingeben.«

»Ganz genau. Ich sehe, du kennst dich aus.«

»Weißt du deinen PIN-Code?«, frage ich.

»Natürlich nicht«, reagiert sie fast empört.

»Dann wird's schwierig.«

Sie reicht mir ihre Bankkarte.

»Was man aufschreibt, muss man sich nicht merken. Du musst sie nur umdrehen.«

Hinten war ein Aufkleber mit dem PIN-Code.

Klara strahlt. »Vorbildlich, oder? Von deiner Oma kannst du noch was lernen.«

Ja, aber nichts Vernünftiges. Ich nehme mir vor, in Zukunft besser auf sie aufzupassen.

Sie setzt ihre Handtasche energisch auf den Balkontisch – mitten in den Teller mit den Resten ihrer Zitronentarte. »So, wann können wir losfahren?«

Ich überlege, wie ich es ihr am besten beibringe.

»Ist total nett, dass du mich einladen willst. Aber ein Ausflug an den Gardasee kostet einige Euro, und ich will dich nicht um dein Erspartes bringen.«

»Papperlapapp, das geht alles mit dieser Plastikkarte.«

»Im Prinzip schon, aber ob das Geld reicht, das du auf dem Konto hast?«

Seltsam, ich habe mir nie überlegt, wovon Oma Klara ihren Lebensunterhalt bestreitet. Bekommt sie eine Rente, hat sie Rücklagen?

»Mein Schätzchen, ich bin zweimal geschieden und einmal verwitwet, da wäre ich ja schön blöd, wenn ich kein Geld auf dem Konto hätte.«

Da hat sie zwar recht, aber das ist schon ganz anderen Frauen passiert. Hängt von den Männern ab. Jedenfalls hat mein Großvater kein Geld gehabt, das weiß ich. Deshalb hat sie ihn auf den Mond geschossen.

»Darf ich die Karte mitnehmen?«, frage ich. »Dann kann ich mal nachschauen, was drauf ist.«

»Mach das. Kannst auch schon mal ein paar Scheinchen rausleiern. Für den ersten Cappuccino nach dem Brenner.« Klara schaut mich glücklich an. »Ich freu mich so. Wie wäre es morgen um zehn Uhr? Ich bin fertig, kannst dich darauf verlassen.«

Ich kann ihre Euphorie nicht teilen. Wie soll ich ihr beibringen, dass daraus nichts werden wird? Weil sie nicht genug Geld auf dem Konto hat. Weil ich nicht möchte, dass mich meine alte Oma einlädt, selbst wenn sie es könnte. Weil eine Reise an den Gardasee zu nichts führen würde. Weil ich hinterher immer noch nicht wüsste, wer mein Vater ist. Weil Klara vor lauter Glück vielleicht einen Herzinfarkt bekommt … Da möchte ich nicht dabei sein.

3

AUGUST 1989

Torri del Benaco

Von der Terrasse des Gardesana in Torri del Benaco hatte Susanna einen schönen Blick über Olivenbäume und einen kleinen Hafen hinweg auf das romantische Gemäuer einer mittelalterlichen Scaligerburg. Noch zwei Stunden, dann würde es zurückgehen nach München, wo sie lebte. Gedankenverloren rührte sie in ihrem Eiskaffee. Aufregende Wochen lagen hinter ihr. Das hatte sie so nicht erwartet. Noch nie war sie alleine mit ihrer Mutter in die Ferien gefahren. Auch diesmal wäre sie kaum auf diese Idee gekommen. Aber Klara hatte dringend Tapetenwechsel gebraucht und sie dazu überredet. Genauer gesagt hatte ihre Mutter sie zu dieser Reise eingeladen, weshalb ihr anfänglicher Widerstand schnell gebrochen war. Denn Susanna war Studentin – und entsprechend knapp bei Kasse. Mit dem BAföG kam sie nicht weit, weshalb sie abends in einer Schwabinger Kneipe hinter dem Tresen jobbte. Von ihrer Mutter bekam sie eine kleine monatliche Zuwendung. Ihr Vater, von dem sich Klara längst hatte scheiden lassen, war vor einigen Jahren gestorben. Geld hatte er keines gehabt, nur Schulden. Gerade noch rechtzeitig hatte sie das Erbe ausgeschlagen.

Klara würde bald kommen. Ihre Mutter verabschiedete sich gerade von ihrer Urlaubsbekanntschaft. Susanna musste lächeln. Klara hatte einen Schlag bei Männern. Obwohl sie Anfang fünfzig war, was aus ihrer Sicht schon ziemlich alt war. Aber die Herren der Schöpfung sahen das offenbar anders. Selbst jüngere Semester drehten sich nach ihr um. Nun gut, Klara war etwas exaltiert und trat auch ganz so auf. Aber dass sie es schon in den ersten Tagen ihres Urlaubs geschafft hatte, einem leibhaftigen Conte den Kopf zu verdrehen, nötigte ihr Respekt ab. Nur zu dumm, dass er verheiratet war und es auch bleiben wollte. Wirklich schade, denn er bewohnte einen Palazzo. Da hätte sie sich Klara gut als »Schlossherrin« vorstellen können. Und sich selbst als Hausgast mit eigenem Studierzimmer. Jetzt feierten die beiden tränenreich Abschied, der Conte und ihre verführerische Mutter. Tränenreich? Vielleicht für ihn. Klara kam über so eine Liebelei schnell hinweg. Sie hatte Übung darin. Ganz abgesehen davon war Susanna nicht klar, wie intensiv die Beziehung gewesen war. Um ehrlich zu sein, wollte sie es auch nicht wissen. Es fiel schwer, sich die eigene Mutter vorzustellen, wie sie … Nein, wirklich nicht.

Susanna löffelte das Vanilleeis aus dem Eiskaffee. Warum dachte sie an Klara und nicht an sich selbst? Weil sie feige war? Doch, das war sie. Denn auch sie hatte jemanden kennengelernt. Einen jungen Italiener, der ganz wild auf sie war. Roberto hieß er. Seine Eltern hatten eine Trattoria, wo er im Service arbeitete. Die letzten Tage hatte er sich freigenommen, um mit ihr nach Moniga del Garda zu fahren, auf die andere Seite des Lago. Dort hatte eine Tante von ihm ein Rustico. Die Tante war nicht da. Susanna musste lächeln. Was dort passiert war, würde ihre Mutter nicht wissen wollen. So gesehen waren sie quitt.

Heute Abend würde Roberto in Torri del Benaco vor der Taverna Norma auf sie warten. Und sie würde nicht kommen! Ja, sie war wirklich feige. Aber sie hatte nicht den Mut, ihm zu sagen, dass ihre Affäre keine Zukunft hatte. Sie studierte Jura und wollte sich später für sozial benachteiligte Menschen einsetzen. Das ging nur in Deutschland. Während Roberto die Trattoria seiner Eltern übernehmen würde. Daran gab es nichts zu rütteln. Die Familie und der Wunsch des Padrone standen in Italien über allem.

Was also blieb ihr – außer der Erinnerung an wunderbare Stunden?

Sie spürte, wie eine Träne über ihre Wange lief.

Sie hatte Robertos Rezept für seine unvergleichliche Torta al limone. Das war nicht viel, aber immerhin. Sie würde sich die Zitronentarte so oft wie möglich machen – und dabei an Roberto denken. Roberto, der heute Abend vergeblich auf sie wartete. Da war sie schon längst über den Brenner …

»Hallo, Schatzi, du schaust so traurig.«

Susanna hatte ihre Mutter Klara nicht kommen sehen. Dabei konnte sie einem kaum entgehen. Sie hatte einen unverschämt kurzen Rock an und trug einen riesigen Hut, dessen Krempe die Ausmaße eines Wagenrades hatte. Dazu eine Sonnenbrille wie Audrey Hepburn in Frühstück bei Tiffany. *Mit diesem Auftritt hatte sie ihrem Conte zum Abschied wohl endgültig das Herz gebrochen. Ganz offensichtlich als Rache dafür, dass ein italienischer Graf der Etikette gehorchend bei seiner Frau blieb. Und für eine Mätresse war sich ihre Mutter zu schade. Dann sollte er zum Abschied wenigstens leiden.*

Susanna quälte sich ein Lächeln ab. »Nein, alles gut«, sagte sie. »Die Sonne blendet.«

Das war gelogen. Natürlich war sie traurig. Sehr sogar. Und sie hatte ein verdammt schlechtes Gewissen. Aber sie hatte trotz ihrer jungen Jahre bereits gelernt, auf sich selbst zu schauen und keine falschen Kompromisse einzugehen. Das Leben war kein Ponyhof. Man musste wissen, was man wollte. Und fast noch wichtiger, was man nicht wollte. Und sie wollte ganz bestimmt nicht ihr Leben in der Küche einer Trattoria verbringen, Risotto rühren, Spaghetti alle vongole zubereiten, sich die fettigen Hände an der Schürze abwischen – und viele kleine Bambini in die Welt setzen.

»Was trinkst du aber auch Eiskaffee«, sagte Klara. »Davon bekommt man Magenzwicken.« Sie gab dem Ober ein Zeichen. »Due bicchieri di Prosecco per favore.« Und an ihre Tochter gerichtet: »Jetzt trinken wir ein Gläschen zum Abschied. Dann geht's nach Hause. War ein schöner Urlaub. Sollten wir öfters machen. Muss ja nicht wieder der Gardasee sein.«

Nein, der Gardasee ganz bestimmt nicht.

4

Den Rest der Zitronentarte habe ich Oma Klara dagelassen. Auch die Flasche Limoncello, in der nicht mehr viel drin war. Und ich habe ihr versprochen, mich heute Abend noch mal telefonisch zu melden. Sie solle bitte noch nicht packen. Ich müsse mir erst über einiges klar werden.

Ihr enttäuschter Blick war zum Steinerweichen.

»Gib dir einen Ruck, mein Kleines«, hatte sie gesagt und mir ein Küsschen auf die Stirn gegeben. »Du wirst es nicht bereuen.«

Was soll ich nicht bereuen? Dass ich urplötzlich auf dem Trip bin, meinen Vater kennenlernen zu wollen? Oder dass ich mit ihr an den Gardasee fahre? Wahrscheinlich beides. In meiner Fantasie male ich mir aus, wie meine Oma betrunken in ein Hafenbecken fällt. Dabei trällert sie *Azzurro, il pomeriggio è troppo azzurro …*

Als ich in meinem Fiat Cinquecento auf der Fahrt nach Hause einen Bankomaten entdecke, wechsle ich spontan die Spur – was die Reaktionsfähigkeit der hinter mir fahrenden Verkehrsteilnehmer auf eine harte Probe stellt. Das wilde Gehupe tut mir gut. Der Einfachheit halber parke ich auf dem Gehweg, da behindere ich wenigstens keine Radfahrer.

Ich betrachte Klaras Bankkarte und die notierten Ziffern auf der Rückseite. Gleich wird sich zeigen, was in ihr steckt. Viel erwarte ich mir nicht, eher ein kleines Fiasko. Im schlimmsten Fall wird sie gleich eingezogen.

Ich hauche einen Kuss auf die Karte und stecke sie in den Schlitz. Ich gebe den PIN-Code ein. Der stimmt schon mal. Wenigstens etwas. Ich drücke auf den Button »Kontostand abfragen« – dann halte ich die Luft an.

Sekunden später reibe ich mir ungläubig die Augen. Habe ich gerade eine Sehstörung? Grundsätzlich tue ich mir bei mehrstelligen Geldbeträgen schwer, die Größenordnung zu erfassen. Das hat mich schon zu einigen Fehlkäufen verleitet. Zu Hause habe ich dann bemerkt, dass ich mich um eine Kommastelle vertan habe. Sicherheitshalber fahre ich mit dem Zeigefinger den angegebenen Kontostand entlang. Erst von links nach rechts, dann in umgekehrter Richtung. Ich nehme mein Handy und fotografiere ihn – damit ich ihn mir immer wieder anschauen kann.

Klara, Klara, Klara … Kein vernünftiger Mensch hat so viel Geld auf dem Girokonto. Ich muss lachen. Klara und vernünftig? Jedenfalls muss ich mir in Zukunft keine Gedanken machen, wie sie finanziell über die Runden kommt. Mir klingen ihre Worte in den Ohren: »Schätzchen, ich bin zweimal geschieden und einmal verwitwet, da wäre ich ja schön blöd, wenn ich kein Geld auf dem Konto hätte.« Blöd ist sie definitiv nicht. Höchstens ein wenig sonderbar.

Ich drücke auf Auszahlung und gebe als Betrag fünfhundert Euro ein. Für den ersten Cappuccino nach dem Brenner sollte das reichen. Ich höre im Automaten das wunderbare Geräusch der blätternden Scheine. Dann öffnet sich der Schacht, und ich entnehme das Geld. Ich fasse den Vorsatz, es nicht versehentlich für neue Schuhe auszugeben. Oma Klara kann sich auf mich verlassen. Ihre Bankkarte, die ganz harmlos aussieht, aber mindestens eine goldene oder eine Platinum sein müsste, bringe ich in Sicherheit. Zu Hause angekommen, werde ich als Erstes den notierten PIN-Code entfernen. Hoffentlich überfällt mich vorher keiner.

Zwei Stunden später liege ich auf meinem Sofa wie ein erschossenes Känguru. Oder wie eine Gummiente, aus der jemand die Luft abgelassen hat. Erst jetzt wird mir bewusst, was das für ein langer und verrückter Tag war. Angefangen hat alles mit einem perfekten Cappuccino, der mich hätte misstrauisch stimmen sollen. Dann der Eierkopf, der sich CEO nennt und mich dazu gebracht hat, meinen Job hinzuschmeißen. Mir ist klar, dass der Blödmann nur der letzte Auslöser war. Ich habe mich in der Agentur nie wirklich wohlgefühlt. Wahrscheinlich war ich dort so fehl am Platz wie ein Pinguin in der Sahara. Schon wieder ein Tier. Känguru, Gummiente, Pinguin … Bald habe ich einen kleinen Zoo beieinander. Fehlt nur noch die Galapagos-Riesenschildkröte aus meinen Träumen. Und die Elefantenspitzmaus.

Wie war der Tag weiter verlaufen? Mit meiner geliebten *Torta al limone*. Und mit meiner Oma Klara, die mich auf einen verrückten Gedanken gebracht hat. Dass nämlich meine Mutter Susanna bei einem Urlaub am Gardasee einen Mann kennengelernt hat, dem nichts Besseres eingefallen war, als ihre Eizelle mit einem seiner Spermien zu befruchten. Das Ergebnis seiner Bemühungen hört auf den Namen Moniga – und will jetzt gerne wissen, wer er ist und was er sich dabei gedacht hat. Kommt einfach her und schwängert meine Mutter. Nun, allzu viel wird er sich dabei nicht gedacht haben, das liegt in der Natur der Sache. Meine Mutter Susanna wohl auch nicht. Es sei ihr verziehen, sonst gäbe es mich nicht.

Bleibt die »Schnapsidee«, mit Klara an den Gardasee zu fahren, um dort auf den Spuren der Vergangenheit zu wandeln – und auf göttliche Eingebungen zu hoffen. Dank ihrer bemerkenswerten Bankkarte und der ausgesprochenen Einladung wäre die Finanzierung unseres Ausflugs gesichert. Ich muss nur noch zusagen. Eine größere Freude kann ich ihr nicht machen.

Ich greife zum Telefon und rufe sie an.

»Steht dein Angebot noch?«, frage ich.

»Was für ein Angelboot?«

Oje, jetzt wird sie auch noch schwerhörig.

»Angebot, nicht Angelboot. Ich meine deine Einladung an den Gardasee.«

»Ach so, sag's doch gleich. Aber natürlich, meine liebe Moniga. Die Reisetasche ist gepackt. Ich erwarte dich morgen um zehn Uhr.«

»Morgen schaffe ich nicht, aber übermorgen.«

So, jetzt war es raus.

»Erst übermorgen? Als ich so jung war wie du, wäre ich schneller fertig gewesen, als du Pieps sagen kannst. Wofür brauchst du einen ganzen Tag? Aber einverstanden, übermorgen geht auch. Darfst mich aber nicht versetzen. Ich freue mich schon auf meinen ersten Prosecco auf Capri.«

»Wir fahren an den Gardasee. Capri ist woanders.«

»Als ob ich das nicht wüsste. Aber in Garda gibt es eine Bar, die heißt Capri. Oder Elba. Café Elba? Egal, Hauptsache Prosecco.«

5

Zum Mittagessen habe ich mich mit meiner Kollegin Janine im Restaurant Brenner getroffen. Vorne, auf der Terrasse, wo wir noch einen Tisch ergattert haben. Mein Fahrrad habe ich verbotenerweise direkt davor abgestellt. Aus purer Not, denn ich habe mein Schloss vergessen. Janine hat mir meine Sneakers mitgebracht. Und einige Formulare aus der Buchhaltung. Ich habe sie blind unterschrieben. Und absichtlich etwas von der Fleischsauce meiner Spaghetti Bolognese darübergespritzt – als Ausdruck meiner Verachtung. Dazu haben wir ein Glas Lugana getrunken. Für mich die perfekte Einstimmung auf den Gardasee. Doch habe ich Janine nicht verraten, dass ich schon morgen Nachmittag dort sein werde.

Jetzt bin ich wieder in meiner Wohnung im Lehel. Ich habe die Balkontür geöffnet und höre Musik von Zucchero. *Senza una donna …* Meine Mutter konnte den Text auswendig. Vor mir steht ein Umzugskarton, den ich aus dem Keller hochgebracht habe. Darin sind alle Erinnerungen, die ich nach ihrem Tod behalten habe. Ehe ich ihn öffne, muss ich mir Mut antrinken. Lugana habe ich keinen im Kühlschrank. Auch keinen anderen Weißwein. Wie konnte mir das passieren? Also gieße ich mir einen Grappa ein, von Jacopo Poli. Ich bin allein daheim, mich sieht keiner. Und Zucchero würde es verstehen. Ich war mal auf einem seiner Konzerte, noch zusammen mit meiner Mutter. Damals hat er auf mich einen ziemlich betrunkenen Eindruck gemacht. Sein Auftritt war großartig.

Ich setze mich auf den Boden und öffne den Karton. Zuoberst ein gerahmtes Bild. Susanna lächelt mich an. Susanna? Sie hat immer gewollt, dass ich nicht Mama zu ihr sage, sondern sie mit Vornamen anrede. So kam es, dass ich nicht nur keinen Vater hatte, sondern auch keine Mama. Quatsch, natürlich hatte ich eine, sogar eine supergute, nur habe ich sie nicht so genannt. Ich betrachte ihr Bild. Sie war auch eine besonders schöne Mama. Ihr Lächeln geht mir ans Herz. Denn es kommt mir nicht wirklich fröhlich vor. Kann man lächeln und gleichzeitig traurig aussehen? Als ob sie geahnt hätte, dass sie nicht lange leben würde. Meine Mutter ist an keiner Krankheit gestorben. Auch hatte sie keinen Autounfall. Sie ist an einem lächerlichen Wespenstich gestorben. Ihr Pech, dass sie die Wespe zuvor verschluckt hatte – und auf ihr Gift allergisch war. Seitdem reagiere ich panisch, wenn mir eine zu nahe kommt.

Ich lege ihr Bild zur Seite und durchstöbere den Karton. Dass keine ungeöffneten Briefe von meinem Vater drin sind, das weiß ich. So was kommt nur in Romanen vor und in Fernsehschnulzen von Rosamunde Pilcher. Stattdessen gerät mir eine kleine Keramikvase in die Finger, die so kitschig ist, dass ich mich immer gefragt habe, warum sie meine Mutter nie weggeschmissen hat. Oft hat sie eine Rose reingesteckt. Irgendwas ist mit dieser Vase. Deshalb habe ich mich nicht getraut, sie zu entsorgen. Als Dekor plätschern bunte Fischchen rundherum. Aus den Mündern kommen niedliche Blasen. Und der Griff schaut aus wie ein Delfin. Ich drehe die Vase in den Händen. Mein Blick fällt auf die Unterseite. Dort ist eine Signatur eingebrannt: *Benaco Ceramiche*. Ich spüre, wie ich eine Gänsehaut bekomme.

Benaco, Torri di Benaco … Plötzlich erscheint mir die Vase wie ein Beweisstück. Und ich sehe sie mit anderen Augen. So hässlich ist sie gar nicht. Genau betrachtet ist sie sogar ziemlich schön.

Ich stehe auf und gehe hinaus auf den Balkon. Aus meinem Blumenkasten breche ich eine Geranie. Ich fülle Wasser in die Vase und stecke sie hinein. Eine Geranie ist keine Rose. Trotzdem – fast muss ich weinen.

Zucchero singt gerade *Un'altra storia: E se penso a te mi faccio male … Because I love you, more than I need you …* Jetzt ist es passiert. Mir kommen wirklich die Tränen.

Eine halbe Stunde und einen kleinen Grappa später liege ich auf meiner Yogamatte und blättere in einem weiteren Beweisstück. Jedenfalls habe ich das Büchlein über den Gardasee sofort als solches eingestuft. Es befand sich in einem zusammengeschnürten Bündel mit Reiseführern, die von Mallorca über die Provence bis Bali reichen. Ich habe sie deshalb aufgehoben, weil sie Zeugnis ablegen von Susannas Leben – und von ihren Sehnsüchten, denn bis nach Bali hat sie es nie geschafft.

Ich habe das Erscheinungsdatum des Gardasee-Führers überprüft. 1988. Zu ihrer Reise mit Klara war er also ziemlich aktuell. Leider hat sie keine Notizen gemacht und auch keine Unterstreichungen vorgenommen. Aber das Büchlein sieht ziemlich mitgenommen aus. Offenbar war es ihr ständiger Begleiter gewesen. Manche Orte sind mit Eselsohren markiert. Torri del Benaco zählt dazu, auch Lazise und Sirmione. Sogar Gardone am Westufer. Ich suche nach Moniga del Garda – und kann die Seite nicht finden. Meine Mutter hat sie rausgerissen!

6

SEPTEMBER 1989

München

Auf ihrem Röhrenfernseher der Marke Grundig hat Susanna eine kleine Keramikvase gestellt, die sie vom Gardasee mitgebracht hat. Sie war nicht besonders schön, aber sie hat ihre Geschichte. In die Vase hat sie eine rote Rose gesteckt.

Susanna wohnte in einer Schwabinger Altbauwohnung zur Untermiete in einem kleinen Zimmer. Als Studentin konnte sie sich nichts Größeres leisten. Aber dank der Unterstützung durch ihre Mutter Klara, mit BAföG und was sie mit ihrem abendlichen Job hinter der Theke verdiente, kam sie einigermaßen über die Runden.

Aus ihrer Kochnische holte sie einen Kuchen, den sie heute Nachmittag zubereitet hatte. Genauer gesagt handelte es sich um eine Torta al limone, um eine Zitronentarte. Das Rezept hatte sie vom Gardasee mitgebracht. Es war beladen mit vielen Erinnerungen, die eigentlich wunderschön waren – und dann eben doch nicht. Mit ihrer Urlaubsliebe Roberto war sie in Moniga del Garda gewesen, im Rustico seiner Tante. Dort hatten sie gemeinsam diese Torta gebacken. Im Wesentlichen stammte das Rezept von Roberto. Von ihr kam der Einfall, sie mit zerstoßenen Cantuccini zu beschichten und mit einem Herz aus Puderzucker zu garnieren. Susanna erinnerte sich, wie sie die Torta al limone im Bett gegessen hatten. Viel hatten sie dabei nicht angehabt. Susanna lächelte versonnen. Nein, sie hatten gar nichts angehabt. Sie hatten sich kichernd gegenseitig Kuchenstücke in den Mund geschoben. Und dabei das Bett vollgebröselt, was ihnen so was von egal war. »Dolci schmecken nur zu zweit«, hatte Roberto festgestellt. Dann hatte er sie in seine Arme genommen.

Dolci schmecken nur zu zweit? Heute musste sie die Zitronentarte alleine essen. Sie schmeckte dennoch köstlich. Fast so gut wie am Gardasee.

Susanna dachte an einen Anruf, den sie gestern erhalten und der sie völlig aus der Bahn geworfen hatte. Erst langsam kam sie darüber hinweg. Ihr Blick fiel auf die Vase mit der Rose. Roberto war am Telefon gewesen. Woher hatte er ihre Nummer? Er wollte mit ihr reden, wollte verstehen, warum sie plötzlich das Weite gesucht hatte, wollte sie wiedersehen … »Mi dispiace«, hatte sie ihn unterbrochen. »Tut mir leid.« Dann hatte sie aufgelegt. Aus Selbstschutz, denn hätte sie ihm weiter zugehört, wäre sie wohl schwach geworden.

Bis zum Arbeitsbeginn hatte sie noch Zeit. Sie setzte sich vor den Fernseher, um die Tagesschau *zu sehen. Das machte sie momentan jeden Tag, schon um auf andere Gedanken zu kommen. Außerdem trugen sich gerade aufregende Ereignisse zu. Während ihres Urlaubs am Gardasee hatte sie die Besetzung der Ständigen Vertretung der Bundesrepublik in Ostberlin durch Tausende DDR-Bürger nur am Rande mitbekommen. Auch die dramatischen Szenen an der Budapester Botschaft, wohin viele DDR-Bürger geflüchtet waren und auf Ausreise nach Westdeutschland hofften. Zurück in München, hatte sie den* Tagesschau-*Sprecher mit der Eilnachricht gehört: »Die mehr als sechstausend DDR-Flüchtlinge in Ungarn können von Mitternacht an in den Westen ausreisen. Damit geht ein wochenlanges Warten zu Ende. Die Entscheidung der ungarischen Regierung fiel heute Abend. Danach erhielten die*

Grenzwachen Befehl, ab Mitternacht alle DDR-Bürger an jedem nach eigenem Wunsch ausgewählten Grenzübergang durchzulassen …«

Seitdem hatte sie keine Nachrichten verpasst. Die Ereignisse überschlugen sich. Es war offensichtlich, dass gerade Geschichte geschrieben wurde. Eine Geschichte, die über das Schicksal von Millionen DDR-Bürgern entscheiden sollte – und die ihr ans Herz ging. Überhaupt war Susanna momentan empfindsamer als sonst. Ab und zu hatte sie depressive Schübe. Und sie hatte einen Heißhunger auf Süßes. Nicht nur auf die Zitronentarte, aber auf diese besonders.

»Hier ist das Erste Deutsche Fernsehen mit der Tagesschau.« Vom Balkon der westdeutschen Botschaft in Prag richtete sich der deutsche Außenminister Hans-Dietrich Genscher an die Tausenden dort ausharrenden DDR-Flüchtlinge: »Liebe Landsleute, wir sind zu Ihnen gekommen, um Ihnen mitzuteilen, dass heute Ihre Ausreise …« Seine weiteren Worte waren nicht mehr zu verstehen. Zu groß war der Jubelsturm.

Susanna war ergriffen. Sie versuchte sich in die DDR-Bürger hineinzuversetzen, die alles aufgegeben hatten, um in ein besseres Leben zu flüchten. Jetzt bekamen sie ihre Chance. Blieb nur zu hoffen, dass ihre Erwartungen nicht enttäuscht wurden.

Susanna aß noch ein Stück vom Zitronenkuchen. Dann wurde ihr schlecht. Sie rannte ins Bad und musste sich übergeben.

7

Den Brennerpass haben wir bereits hinter uns. Auch die Mautstelle bei Sterzing. Oma Klara spielt vergnügt am Autoradio und entdeckt ständig neue Sender. Ab und zu auch keine, dann pfeift und knattert es. Reine Nervensache. Sie findet meine »Knutschkugel« ganz entzückend. Auch gefällt ihr die lilafarbene Lackierung meines Cinquecento, die sie an ein Himbeereis erinnert. Das rote Stoffverdeck wiederum habe was von einem Erdbeersorbet. Es gibt nicht viele Menschen, die meinen erlesenen Farbgeschmack teilen. Dass ausgerechnet meine Oma dazu zählt, freut mich. Wir haben das Verdeck ein Stück geöffnet und kommen gut voran.

Die Autostrada, die in schwindelnder Höhe durch das Eisacktal führt, gibt es, seit ich mich erinnern kann. Natürlich ist mir klar, dass sie nicht immer da war. Sonst wäre Hannibal mit seinen Elefanten über den Brenner gezogen. Aber ihr Bau muss ewig zurückliegen – aus meiner Perspektive. Umso verblüffter bin ich, als Klara von einer Italienreise in ihrer Jungmädchenzeit berichtet, als es diese Autobahn noch nicht gegeben hat. Für so alt habe ich sie nun doch nicht gehalten. Ich meine Oma Klara, nicht die Brennerautobahn. Ich rechne nach und komme zu dem Schluss, dass sie wohl recht hat. Sie ist während des Zweiten Weltkrieges geboren. Das ist nun wirklich lange her. Fast so lange her wie Hannibal. Wahrscheinlich wurde die Autobahn in den Wirtschaftswunderjahren der Sechziger errichtet. Oder später? Keine Ahnung. Jedenfalls zählt zu ihren Besonderheiten, dass es so gut wie immer irgendeinen Stau gibt. Weshalb es mich zunehmend misstrauisch stimmt, dass die Fahrt bislang so glatt verläuft. Damit steigt die Wahrscheinlichkeit, dass nach der nächsten Kurve etwas Unerwartetes geschieht.

Während ich mich also auf die Straße konzentriere, kündigt sich der Zwischenfall von überraschender Seite an – nämlich vom Beifahrersitz.

Klara schlägt sich die Hände vors Gesicht. »O Gott, das ist mir jetzt aber unangenehm.«

Muss sie aufs Klo? Oder ist es schon passiert?

»Mein Kindchen, wir müssen umdrehen. Und zwar auf der Stelle.«

Abgesehen davon, dass ein sofortiges Umdrehen auf der Autobahn schwer realisierbar ist, hoffe ich, mich verhört zu haben.

»Umdrehen? Meinst du das im Ernst?«

»Mir ist nicht zum Spaßen zumute. Ich muss noch mal nach Hause.«

Ich sehe sie fassungslos an. »Warum?«

»Ich hab was vergessen.«

Die Balkontür zu schließen? Den Herd abzustellen? Nein, ich habe alles kontrolliert.

»Ich drehe ganz bestimmt nicht um und fahre den ganzen Weg zurück nach München«, stelle ich unmissverständlich klar.

»Okay, deine Entscheidung.« Klara verschränkt die Arme über der Brust und schiebt das Kinn trotzig nach vorne. »Dann sterbe ich halt. Wenn dir das nichts ausmacht, kannst du gerne weiterfahren.«

Ist sie jetzt von allen guten Geistern verlassen?

»Warum solltest du sterben, nur weil du was vergessen hast?«

»Meine Medikamente, mein Schätzchen. Ich habe meine Tabletten vergessen. Ohne sie muss ich sterben. Das ist ganz sicher, ich weiß nur nicht, wie lange es dauert.«

Medikamente, Tabletten … Klara ist älter als die Brennerautobahn, an der wird ständig gebaut, damit sie nicht zusammenbricht. Ich hätte nicht nur den Herd kontrollieren sollen, sondern viel wichtiger, ob sie ihre Pillen dabeihat. Daran habe ich nicht gedacht. So ein Mist. Aber umkehren werde ich nicht, nur über meine Leiche. Oder über ihre? Ich stöhne. Das ist auch keine Option.

»Was musst du denn für Tabletten nehmen? Die können wir doch unterwegs in einer Apotheke kaufen.«

»Ganz bestimmt nicht. Sind alle verschreibungspflichtig. Aber frag mich nicht, wie sie heißen, die Namen kann sich kein Mensch merken. Sie sind gegen Blutdruck, gegen meinen Zucker, gegen meine Gefäßverengung in den Beinen, gegen Cholesterin, gegen die Schilddrüse … Und Tropfen für meine Augen gegen den Star.«

Puh, ganz schön viel auf einmal. Für die Pharmaindustrie ist meine Oma eine Goldgrube.

Vor uns taucht eine Tankstelle auf. Kurz entschlossen fahre ich raus und parke vor dem Autogrill.

»Bist du sicher, dass du deine Medikamente vergessen hast? Bitte schau erst mal nach.«

»Das kann ich mir sparen. Der rote Beutel mit meinen Pillen liegt zu Hause auf der Frisierkommode. Tut mir wirklich leid, mein Kleines. Ich könnte mich ohrfeigen.«

Ich steige aus und hole Klaras Reisetasche vom Rücksitz.

»Willst du selber nachsehen, oder soll ich es machen?«

»Ist doch egal, wer von uns beiden meinen Medikamentenbeutel *nicht* findet«, erwidert sie in bestechender Logik.

Ich schicke ein Stoßgebet zum Himmel – und ziehe den Reißverschluss auf.

Sekunden später und zwei Blusen und eine Strickjacke tiefer löst sich meine Anspannung. Triumphierend halte ich einen roten Beutel hoch.

»Ist es der?«

Klara sieht mich entgeistert an. »Wo kommt denn der jetzt plötzlich her?«

Um auf Nummer sicher zu gehen, mache ich ihn auf. Er ist es! Mit den Medikamenten könnte man eine Krankenstation versorgen. Offensichtlich plant Klara, länger wegzubleiben.

»Wir müssen nicht umdrehen«, stelle ich fest. »Und du wirst nicht sterben«, füge ich mit einem Lächeln hinzu.

»Also, ich hätte schwören können …«

»Du bist eben viel zuverlässiger, als du selber glaubst.«

Ich deute auf den Autogrill. »Wollen wir reingehen und einen Cappuccino trinken? Du weißt schon, den ersten nach dem Brenner.«

Klara schüttelt den Kopf. »Nein, keinen Cappuccino. Auf den Schreck brauche ich einen Fernet-Branca.«

Eine Dreiviertelstunde später sind wir wieder im Auto unterwegs. Ich werfe Klara einen Blick zu. Sie schläft. Dabei lächelt sie zufrieden. Ich freue mich darüber – und erst recht, dass wir nicht umdrehen mussten. Klara, Klara … Oft bringen mich ihre Verwirrtheiten und ihre Vergesslichkeit zum Lachen, dann wieder sind sie anstrengend und stellen meine Geduld auf die Probe. Was deshalb risikobehaftet ist, weil ich kein geduldiger Mensch bin. Aber ich gebe mir Mühe, nicht aus der Haut zu fahren. Seltsamerweise gelingt mir das bei Klara ganz gut. Als meine Oma genießt sie besondere Privilegien. Sie hat quasi Narrenfreiheit. Ich meine das natürlich nicht wörtlich.

Wieder schaue ich zu ihr hinüber. Sie atmet tief und gleichmäßig. Ich frage mich, ob sie wirklich beginnenden Alzheimer hat. Woher will ihr Arzt das wissen? Ich habe gelesen, dass nicht jede Demenz automatisch eine vom Typ Alzheimer sei und dass man Alzheimer leicht mit einer normalen Altersdemenz verwechseln könne. Aber was ist schon normal? Und macht es einen Unterschied? Wahrscheinlich schon, denn Alzheimer hat eine wesentlich schlechtere Prognose, weil im Gehirn Nervenzellen zugrunde gerichtet werden. Vor ein paar Tagen war ein Bericht im Fernsehen. Da hieß es, dass mit der unausweichlichen Verminderung der geistigen Leistungsfähigkeit auch eine Persönlichkeitsveränderung einhergehe. Letzteres kann ich bei Klara nicht feststellen. Sie ist so lieb wie eh und je. Und etwas schrullig war sie schon immer. Jedenfalls seit ich mich erinnern kann. Also hoffe ich, dass sich ihr Arzt täuscht. Vielleicht hat sie »nur« Durchblutungsstörungen im Gehirn. Dagegen kann man ja vielleicht was machen. Oder den Fortgang zumindest verzögern. Ich nehme mir vor, nach unserem Urlaub mit ihrem Arzt darüber zu sprechen. Bleibt die Frage, ob es in Ordnung ist, dass mich Klaras Ausfälle oft belustigen, einfach deshalb, weil sie wirklich komisch sein können. Aber was hilft es ihr, wenn ich meine Erheiterung unterdrücke und ein besorgtes Gesicht aufsetze? Sie darf nur nicht das Gefühl haben, ich würde sie auslachen. Was ich nie tun würde. Doch werde ich in Zukunft genauer auf meine Reaktionen achten. Ich will nichts falsch machen – und sie nicht verletzen.

Klausen, Bozen, Trient … Ich überlege, ob ich über die Autobahn bis zur Ausfahrt Affi weiterfahren soll, was sicherlich der schnellere Weg wäre, oder bei Rovereto-Süd abzweigen, um in einer Autoschlange »gemütlich« über die Uferstraße zu cruisen.

Wieder komme ich auf Klaras »Vergesslichkeit« zurück. Diese ist nach meinem Eindruck viel stärker ausgeprägt, wenn das Kurzzeitgedächtnis betroffen ist. Je länger Erinnerungen zurückliegen, desto genauer erinnert sie sich meist daran. Oder eben auch nicht, wie leider im Falle ihres Gardasee-Urlaubs vor dreißig Jahren. Doch das ist ganz normal. Vor zehn Jahren war ich mit einem Freund auf Sardinien. Damals sind wir kreuz und quer über die Insel gefahren. Aber außer Cagliari und Olbia würden mir auf Anhieb keine Orte mehr einfallen. Mit einer Landkarte oder zurück auf Sardinien wäre das was anderes. Genau darauf setze ich bei Klara. An Torri del Benaco hat sie sich schon mal erinnert. Sind wir erst mal da, würden die Erinnerungen womöglich wiederkommen. Auf der Autobahn passiert das ganz sicher nicht. Also entschließe ich mich, die Ausfahrt Rovereto-Süd Richtung Riva zu nehmen, um dann am Ostufer auf der *Gardesana Orientale* über Malcesine und Brenzone gen Süden zu fahren. Ich muss schmunzeln, weil mir alles so locker über die Lippen kommt. Ganz leise, um Klara nicht zu wecken. Aber ich habe Susannas Reiseführer sorgfältig studiert, fast auswendig gelernt. Und im Gegensatz zu Klara funktioniert bei mir das Kurzzeitgedächtnis besonders gut. Leider lässt es schon nach Wochen rapide nach. Ich glaube, mein Hirn funktioniert wie ein Computer. Ist der Arbeitsspeicher voll, muss Ballast gelöscht werden. Das wird von einem heimlich installierten Programm von selbst erledigt. Nur wichtige Dinge speichere ich auf der Festplatte. Allerdings fällt es mir gelegentlich schwer, zwischen wichtig und unwichtig zu unterscheiden – dann habe ich den Mist noch im Kopf und das Wesentliche ins Nirwana verschoben. So gesehen ist der Unterschied zu Oma Klara doch nicht so groß.

Bei Nago nähere ich mich auf der Landstraße einer Linkskurve, die am äußeren Rand erhöht ist wie bei einer Rennstrecke. Der Versuchung kann ich nicht widerstehen. Man muss wissen, dass ich gerne Gokart fahre. Also nutze ich die Erhöhung und nehme die Kurve in leichter Schräglage.

»Sag mal, spinnst du.«

Oma Klara ist wieder wach. Gerade rechtzeitig, um was von dem spektakulären Blick mitzubekommen, der sich von hier eröffnet.

»'tschuldigung.«

Ich bremse und biege rechts auf einen Parkplatz. Wir steigen aus und schauen hinunter auf den Gardasee. Die Aussicht ist irre. Findet auch Oma Klara.

Nach einer kurzen Pause fahren wir weiter, hinunter nach Torbole und dann am See entlang. Klara nickt wieder ein.

Hier war ich schon mal, zum Windsurfen. Mit einem Freund, der den Sport wirklich gut draufhatte. Leider war er auf anderem Gebiet weit weniger talentiert. Weshalb ich ihn nach dem Windsurf-Wochenende aus den Augen verloren habe …

»Lebt ihr jungen Leute eigentlich von Luft und Liebe allein?«, meldet sich Klara zu Wort.

Ihre Frage hat einen überraschenden Bezug zu meinen gerade gehegten Gedanken. Dennoch verstehe ich sie nicht. Luft braucht man zum Atmen. Und von der Liebe kann man als junge Frau nicht leben, außer man arbeitet als Escort-Girl.

»Wie meinst du das?«

Sie klopft auf meine Uhr im Armaturenbrett. »Die Mittagszeit ist bereits vorbei, und außer einem Fernet-Branca habe ich noch nichts zu trinken bekommen. Mein Arzt sagt, ich muss viel Flüssigkeit zu mir nehmen, sonst trockne ich aus. Dabei ist es egal, ob ich Prosecco oder Wasser trinke …«

»Das hat er gesagt?«

»Nicht wörtlich, aber so habe ich ihn verstanden. Und ich sollte regelmäßig essen. Auch das klappt heute nicht. Um ehrlich zu sein, habe ich mir das Reisen mit dir vergnüglicher vorgestellt.«

Weil ich mit Vorwürfen nicht gut umgehen kann, bin ich im Begriff, aufzubrausen – da sehe ich, dass Klara verschmitzt lächelt. An ihren Humor muss ich mich noch gewöhnen.

»Du hast recht, ich bin ein schlechter Reiseleiter«, gebe ich zu, »aber ich werde mich bessern.«

Wie auf Bestellung taucht am rechten Straßenrand eine Trattoria auf. Mit Parkplatz! Und wie sich herausstellt mit einer Terrasse zum See. Wir ergattern einen Tisch unter einem Campari-Sonnenschirm. Klara nickt mir zufrieden zu. Ich scheine rehabilitiert. Glück gehabt.

Vorweg bestelle ich zwei Gläser Prosecco.

Klara lächelt. »Moniga-Schätzchen, du bist lernfähig.«

Das schon, aber Prosecco auf nüchternen Magen? Der schießt ins Blut. Prompt bekommt Klara rote Bäckchen.

Während wir auf *Spaghetti con scampi* warten, erzähle ich ihr eine Geschichte aus Susannas Reiseführer. Im 15. Jahrhundert befanden sich die Venezianer im Krieg mit den Visconti aus Mailand. Dabei ging es auch um den Gardasee, den die Visconti beherrschten. Die Venezianer ließen sich eine abenteuerliche Kriegslist einfallen. Sie schleppten über die Etsch Kampfgaleeren nach Norden, dann heimlich auf dem Landweg übers Gebirge und den Pass von Nago nach Torbole, wo sie die Schiffe wieder zu Wasser ließen – um wie aus dem Nichts die Flotte der Visconti anzugreifen.

Klara sieht mich ungläubig an. »Du meinst wohl, du kannst mir alles erzählen. Galeeren aus Venedig auf dem Gardasee? Ich glaube, da bringst du einiges durcheinander. Macht aber nichts. Ist eine schöne Geschichte.«

Im Gespräch mit Klara kann man viel lernen. Zum Beispiel, nicht immer recht haben zu wollen.

Ich hebe das Glas und stoße mit ihr an. »Auf einen schönen Urlaub.«

8

ENDE OKTOBER 1989

München

In der kleinen Keramikvase, die sie vom Gardasee mitgebracht hatte, steckte eine frische Rose. Susanna hatte Depressionen. Gleichzeitig wurde sie von Glücksgefühlen überflutet. Seit einigen Tagen wusste sie, worauf diese extremen Stimmungsschwankungen zurückzuführen waren, und auch, warum sie so oft unter Übelkeit litt: Sie war schwanger!

Sie blickte zur Keramikvase. Da hatte sie also noch ein »Souvenir« vom Gardasee mitgebracht. Eines, das ihr Leben verändern würde. Da ihr Liebesleben in jüngster Zeit sehr überschaubar war, gab es keinen Zweifel an der Vaterschaft. Sie dachte an Moniga del Garda und an die stürmischen Stunden mit Roberto. Roberto, den sie vor der Taverna Norma versetzt hatte. Weil sie die Entscheidung getroffen hatte, ein selbstbestimmtes Leben zu führen. Deshalb hatte sie auch aufgelegt, als er sie vor Kurzem angerufen hatte. »Mi dispiace«, hatte sie gesagt. Dass es ihr leidtat – ohne Begründung, Schluss, Ende.

War sie so kaltherzig? Nein, das war sie nicht, sogar ganz im Gegenteil. Aber gerade deshalb hatte sie sich auf kein Gespräch eingelassen, um nicht schwach zu werden.

Und jetzt? Jetzt war alles anders. Zum Zeitpunkt seines Anrufs hatte sie noch nicht gewusst, dass sie von ihm schwanger war. Sonst hätte sie vielleicht anders reagiert.

Susanna ging in die Küche und trank ein Glas Wasser. Dann legte sie sich auf ihre Couch und dachte nach. Sie musste eine Entscheidung treffen. Theoretisch gab es mehrere Möglichkeiten. Die einfachste wäre, an den Gardasee zu fahren und Roberto mit seiner Vaterschaft zu konfrontieren. Wie würde er reagieren? Würde er sie in den Arm nehmen, ihr glücklich über den Bauch streicheln und fragen, ob sie seine Frau werden wolle? Das war die kitschigste Variante – und gleichzeitig jene, vor der sie sich am meisten fürchtete. Denn ein Leben als seine Frau konnte und wollte sie sich nicht vorstellen. Sie studierte Jura nicht deshalb, um in einer Trattoria am Gardasee alt und grau zu werden.

Möglichkeit Nummer zwei: Roberto war gar nicht gewillt, sie zu ehelichen. In diesem Fall würde er sie finanziell unterstützen müssen. Das wäre die beste aller Optionen. Aber sie spürte, dass es dazu nicht kommen würde, schon deshalb, weil sie den traditionellen Moralvorstellungen und dem Familiensinn seines Vaters widersprach. Der Padrone würde darauf bestehen, dass sein »figlio« Roberto die »bella ragazza« aus Germania vor den Traualtar führte.

Möglichkeit Nummer drei: Sie behielt ihr Geheimnis für sich und brachte das Kind alleine auf die Welt. Vater unbekannt! Wie sie fortan aber ihr Studium und ihr Leben finanzieren wollte, war ihr schleierhaft. Ihren Job in der Bar müsste sie an den Nagel hängen. Mit einem kleinen Kind ging das nicht. Vielleicht half ihre Mutter Klara? Aber die ließ ihr ohnehin schon jeden Monat eine kleine Zahlung zukommen. Ob sie zu mehr in der Lage war, wusste sie nicht.

Susanna rieb sich die Schläfen, hinter denen es schmerzhaft pochte. Mit der Schwangerschaft hatte das nichts zu tun – nur mit ihrem Leben. Denn natürlich gab es eine vierte Möglichkeit: Sie könnte das Kind wegmachen lassen! Rational betrachtet war das die beste aller Optionen. Danach wäre alles wie vorher. Sie könnte ihr Studium in Ruhe zu Ende bringen und einfach alles vergessen.

Einfach alles vergessen? Wäre sie dazu in der Lage? Sie legte die Hände auf ihren Bauch, dem noch nichts anzusehen war. Zu spüren war auch nichts. Aber es reichte, dass sie es wusste. Hier reifte gerade ihr Kind heran. Hatte es ein Recht auf Leben? Und was war mit ihrem eigenen Recht auf Selbstbestimmung?

Susanna erhob sich und lief in ihrem kleinen Zimmer auf und ab. Sie musste mit jemandem reden. Ihre Mutter Klara kam dafür nicht infrage, denn sie war viel zu sehr mit sich selbst beschäftigt und hatte zudem ziemlich flatterhafte Vorstellungen vom Leben. Die wilden 68er waren an ihr nicht spurlos vorübergegangen. Damals war Klara Anfang dreißig – und selbst schwanger gewesen.

Unter Susannas Kommilitoninnen war keine, der sie sich anvertrauen könnte. Erst recht bot sich dafür keine Kollegin aus der Schwabinger Bar an. Blieb nur Petra, ihre Busenfreundin aus Schulzeiten. Mit ihr hatte sie früher alles besprochen. Heute lebte Petra in Berlin. Sie telefonierten regelmäßig, aber besucht hatte sie ihre Freundin dort noch nie.

Susanna überlegte nicht lange und rief sie an. Minuten später war alles klar. Ende der Woche würde sie im Zug sitzen. Sie konnte bei Petra schlafen. Und wenn sie wieder zurück nach München kam, hatte sie hoffentlich eine Entscheidung getroffen – und zwar die richtige.

Sie machte den Fernseher an. Ständig gab es Sondersendungen. Die politischen Ereignisse überschlugen sich. Vor wenigen Tagen erst war Erich Honecker zurückgetreten, und Egon Krenz hatte seine Nachfolge als SED-Generalsekretär angetreten. In Leipzig waren Hunderttausende Menschen auf die Straße gegangen, um freie Wahlen zu fordern und Reisefreiheit. Auch in anderen Städten der DDR wurde fast täglich demonstriert, unter anderem in

Magdeburg, in Dresden und in Rostock. Die Eilmeldung heute: Der DDR-Staatsrat verkündete eine Amnestie für alle Demonstranten und Flüchtlinge.

Susanna strich sich gedankenverloren über den Bauch und murmelte: »Wir erleben gerade aufregende Zeiten, mein Kleines.« Sie erschrak. Hatte sie gerade mit ihrem Kind gesprochen? Ja, das hatte sie. Eigentlich konnte sie sich die Reise nach Berlin sparen.

9

Eine *Torta al limone* fehlt auf der Karte mit den *Dolci*. Sonst hätten wir diese bestellt. Aber es gibt *Panna cotta* mit Beeren. Klara meint, dass zum Abschluss unseres ersten gemeinsamen Mittagessens am Gardasee ein Dessert nicht fehlen dürfe. Ich stimme ihr zu. Wir teilen die Leidenschaft für Süßspeisen.

Dabei finde ich es ausgesprochen beruhigend, dass sie bis ins hohe Alter schlank geblieben ist. Immerhin haben wir die gleichen Gene. Na ja, jedenfalls zum Teil. Was mein unbekannter Vater zu meinem Stoffwechsel beigetragen hat, werde ich wohl nie in Erfahrung bringen. Ist vielleicht besser so.

»Ich mag Terrakotta«, stellt Klara fest. »Aber sie muss hausgemacht sein und darf nicht rumwackeln wie ein Gummipudding.«

»Terrakotta? Aber Omilein, das Dessert heißt *Panna cotta* …«

»Sag ich doch. Ich glaube, du hast was an den Ohren.«

Ich beiße mir auf die Unterlippe. Ich wollte sie doch nicht immer korrigieren.

Ich liebe die italienische Sprache, auch wenn ich mit ihr trotz meiner Kurse an der Volkshochschule oft auf Kriegsfuß stehe. *Panna cotta* … Das ist wie Melodie in meinen Ohren. Man muss nur die Vokale in die Länge ziehen. *Paanaa cootaaah!* Im Vergleich dazu die deutsche Übersetzung: »Gekochte Sahne«. Würde man so ein Dessert nennen?

PANNA COTTA

Rezept von einer Trattoria mit Terrasse zum See

ZUTATEN:

- 500 ml Schlagsahne
- 50 g Zucker
- 1 Vanilleschote
- 3 Blätter weiße Gelatine

ZUBEREITUNG:

1. Sahne und Zucker mit dem ausgekratzten Mark der Vanilleschote in einem Topf kurz aufkochen, dann unter Rühren ca. 5 Minuten köcheln lassen.
2. Die vorher in kaltem Wasser eingeweichte Gelatine hinzugeben und einrühren.
3. Anschließend Förmchen mit der Masse füllen und kalt stellen.
4. Zum Servieren auf Teller stürzen und je nach Geschmack (und Saison) mit Fruchtsaucen, Erdbeeren oder anderen Früchten garnieren.

Ich habe übrigens mein eigenes Rezept. Ich fülle die Grundmasse in Dessertgläser und gebe darauf pürierte Erdbeeren. Das sieht cool aus, unten weiß und oben rot. Dann brösle ich Amaretti-Krümel drüber und garniere das Kunstwerk mit einer Erdbeere. Ein bisschen verspielt, mag sein. Hat aber noch jeden in Entzückung versetzt.

Die klassisch zubereitete *Panna cotta* der Trattoria entspricht Klaras Erwartungen – obwohl sie wackelt wie … Meine Assoziationen behalte ich besser für mich. Dass uns zum Dessert unaufgefordert ein Gläschen Limoncello hingestellt wird, versetzt sie in Hochstimmung.

Sie haucht dem Ober einen Kuss zu. »*Grazie mille, mio caro.*«

Aber hallo, Klara hat's noch drauf.

Ich entschließe mich, ihre gelöste Stimmung zu nutzen. »Wie war's damals mit meiner Mutter?«, beginne ich ganz unverfänglich. »Vor dreißig Jahren bei eurem gemeinsamen Urlaub?«

»Wie soll's gewesen sein? Schön war's, sogar sehr schön.«

»Habt ihr viel zusammen unternommen?«

Klara blickt verträumt hinaus auf den See. Sie fährt sich durch die Haare und lächelt. »Ja, das haben wir«, sagt sie leise. »Aber ganz diskret, damit keiner was mitbekommt.«

Diskret? Warum denn das? Hatten sie nackt im See gebadet? Oder sonst gegen Sitte und Anstand verstoßen?

»Was sollte keiner mitbekommen?«

»Aber Schätzchen, glaubst du wirklich, dass ich dir das verraten werde.«

»Warum nicht? Es interessiert mich, was ihr so getrieben habt.«

Klara hebt die Augenbrauen. »Wie wir es getrieben haben? Du bist ganz schön direkt. Aber du kannst mir glauben, dass es schön war. Die weichen Lippen, die zärtlichen Hände …«

Sie spricht nicht weiter. Die Erinnerung scheint sie zu überwältigen.

Mir dagegen sträuben sich die Haare.

»Von wem sprichst du?«, frage ich entsetzt. »Doch nicht von meiner Mutter?«

Klara runzelt die Stirn. »Bist du verrückt? Natürlich nicht. Ich spreche von meinem Conte. Du hast mich doch gerade gefragt, wie wir es getrieben haben. Da habe ich dir eine klitzekleine Andeutung gemacht. Das muss reichen. Die Diva schweigt und genießt.«

Ich sehe sie erleichtert an. Klara und ihr Conte – ob es ihn wirklich gegeben hat? Hört sich ganz so an.

»Weißt du noch, wie dein Conte hieß?«

Meine Frage geht zwar in die falsche Richtung. Eigentlich suche ich nach Susannas Urlaubsliebe und nicht nach jener meiner fidelen Oma. Aber neugierig bin ich nun doch.

Sie nippt am Limoncello.

»Wie könnte ich seinen Namen vergessen?«, antwortet sie mit schmachtender Stimme. »Lodovico war sein Name, aber ich habe Vico zu ihm gesagt.«

Wie lieb … Spätestens jetzt bin ich davon überzeugt, dass er keine Ausgeburt ihrer Fantasie ist.

»Und der Nachname?«, hake ich nach.

»Schätzchen, wir haben uns von der ersten Sekunde an geduzt, wie soll ich mich da an seinen Nachnamen erinnern? Aber der Name war ausgesprochen aristokratisch, das weiß ich noch. Und irgendwas hat mich an eine Oper von Verdi erinnert.«

Das hilft mir jetzt auch nicht weiter. *Aida* und *La Traviata* scheiden als Namen aus.

Ich sehe Klara nachdenklich an. Wenn *sie* ausreichend Zeit für eine Romanze hatte, dann meine Mutter erst recht. Um mit mir schwanger zu werden, hätte ein One-Night-Stand genügt. Jedenfalls verstehe ich jetzt, warum Klara meine Mutter aus den Augen verloren hat. Dieser anlehnungsbedürftige Conte Lodovico mit einem Nachnamen wie aus einer Oper von Verdi hat meine Oma abgelenkt. Eine Verletzung ihrer Aufsichtspflicht kann man ihr im konkreten Fall nicht vorwerfen. Susanna war damals so alt gewesen wie ich heute. Nein, nicht ganz, aber schon über zwanzig. Jedenfalls alt genug, um ihr Sexualleben eigenverantwortlich zu regeln. Selbst in den Achtzigerjahren des vorigen Jahrhunderts, also in ziemlich grauer Vorzeit.

»Wie lange hat euer Urlaub gedauert?«, frage ich.

»Zu kurz, mein Schätzchen, viel zu kurz. Vielleicht drei oder vier Wochen? Doch, doch, das schon.«

Respekt. Damals hat man sich noch Zeit für die Ferien genommen. Heute bekommt mein Chef schon Schnappatmung, wenn ich länger als eine Woche freinehmen möchte. Ich muss lachen. Mein Chef? Den gibt's nicht mehr, dem habe ich die Rote Karte gezeigt. *Hasta la vista, baby!*

Ich konzentriere mich wieder auf Klara. Aus ermittlungstechnischen Gründen wäre jetzt ein Themenwechsel angesagt.

»Was hat denn Susanna so unternommen, während du Zeit mit deinem Lodovico verbracht hast?«, frage ich leichthin.

Klara kratzt die Reste der *Panna cotta* vom Teller und schleckt genüsslich den Löffel ab.

»Schätzchen, ich weiß, dass dich das interessiert, aber leider kann ich dazu nicht viel sagen. Wir hatten eine spezielle Mutter-Tochter-Beziehung, wenn du verstehst, was ich meine.«

»Nein, verstehe ich nicht.«

»Wir waren eher so wie Freundinnen. Und die erzählen sich auch nicht alles.«

Wie kommt sie denn darauf? Gute Freundinnen erzählen sich fast alles, sogar, ob ihre Männer beim Schlafen schnarchen. Und was sie im Bett sonst noch für Macken haben.

»Habt ihr zusammen gefrühstückt?« Um Missverständnisse auszuschließen, ergänze ich: »Ich meine Susanna und du?«

»Du stellst vielleicht komische Fragen. Ich denke schon, meistens jedenfalls, aber genau weiß ich das nicht mehr.« Klara zupft sich am Ohrläppchen. »Wir hatten ein Ferienapartment gemietet. Ums Eck war eine Cafeteria, da hat es lecker Hörnchen mit Marmelade gegeben und Cappuccino. Oder waren die Hörnchen mit Schokoladencreme gefüllt? Kann auch sein. Da möchte ich nicht drauf wetten.«

Klara hat einen Sinn für unwesentliche Details.

»Beim Frühstück habt ihr euch doch sicher von euren Erlebnissen erzählt.«

»O ja, ganz bestimmt«, bestätigt Klara kichernd. »Aber eben nicht alles.«

»Aber Susanna wird dir doch anvertraut haben, mit wem …?«

»Schätzchen, jetzt mach mal Pause«, unterbricht mich Klara. »Das viele Gerede strengt mich an. Außerdem muss ich aufs Klo.«

Das ist ein Argument. Ich sollte froh sein, dass sie nicht unter Inkontinenz leidet.

»Geht's noch einen Moment?«, frage ich. »Ich möchte von uns schnell ein Selfie machen.«

Sie sieht mich verständnislos an. »Was für ein Vieh? Ein Zell-Vieh?«

»Quatsch, ein …«

»*Quatsch* sagt man nicht zu seiner Oma«, maßregelt mich Klara.

Da hat sie womöglich recht.

»'tschuldigung, war nicht so gemeint.« Ich zeige ihr mein Smartphone. »Ein Selfie ist ein Foto, das man von sich selbst macht.«

»Mit dem Telefon?«

»Oma, mit dem Ding kann man fast alles machen, auch fotografieren.«

»Natürlich, sag's doch gleich. Und was willst du mit dem Zell-Vieh anstellen?«

»Ich will das Foto auf Instagram posten. Für meine Freundinnen und so. Die sollen sehen, dass es mir gut geht und dass ich gerade mit meiner supertollen Oma auf einer Terrasse am Gardasee sitze.«

»Das klingt gut. Aber was das Instadingsbums ist und mit der Post zu tun hat, will ich besser gar nicht wissen. Hoffentlich nichts Unanständiges.«

Ich lache. »Da kann ich dich beruhigen.« Ich rücke meinen Stuhl neben ihren. Hinter uns die wunderbare Kulisse des Sees mit den gegenüberliegenden Bergen. Ich strecke den Arm mit dem Smartphone aus. »Und jetzt bitte lächeln!«

»Ich muss aufs Klo.«

»Gleich, erst lächeln.«

10

Ich kann mir ja viel vorstellen, aber nicht, dass ich mit meiner Oma in einem Bett schlafe. Deshalb habe ich übers Internet zwei Zimmer reserviert. In einem Hotel am Ortsrand von Torri del Benaco. Und weil ich möchte, dass es Klara möglichst schön und komfortabel hat, habe ich beim Preis nur kurz geschluckt, dann aber an ihre Bankkarte gedacht und die Buchung bestätigt. Mit dem unausweichlichen Nebeneffekt, dass auch ich es »schön und komfortabel« haben werde. Es kann einem Schlimmeres passieren.

Obwohl ich bei meinem Cinquecento aufs Navi verzichtet habe, weshalb ich gelegentlich in der Gegend umherirre wie ein Vogel, der aus dem Nest gefallen ist, finde ich auf direktem Weg zu unserem Albergo. Ich parke vor dem Eingang auf dem einzig freien Parkplatz, der so aussieht, als ob er auf mich gewartet hätte. Kurz schießt mir durch den Kopf, dass wieder mal alles viel zu glatt geht. Aber ich arbeite ja daran, nur noch positiv zu denken.

An der Rezeption erwartet uns ein freundlicher Mann mittleren Alters, der uns mit einem herzlichen *Benvenuti* begrüßt. Gegenüber Klara deutet er einen Handkuss an. Meine Oma ist entzückt. Mich stören seine geölten Haare und die rote Brille.

In fließendem Deutsch erklärt er, dass er für uns das absolute Traumzimmer vorgesehen habe. Mit Balkon zum See und extra breitem Bett.

»Nicht ein, sondern zwei Zimmer«, unterbreche ich ihn. »Das Traumzimmer kann meine Oma haben. Ich brauche keinen Balkon.«

Er runzelt die Stirn und starrt auf seinen Computerbildschirm. Nach einer Weile schüttelt er den Kopf. »*Mi scusa,* Signorina, Sie haben nur ein Zimmer reserviert. Für zwei Personen.«

Ich versuche mich zu beherrschen. Noch gelingt es mir. »Das habe ich zwar nicht«, sage ich mit ruhiger Stimme, »aber es genügt völlig, wenn Sie uns ein zweites Zimmer geben.«

Wieder schüttelt er den Kopf. »*Mi dispiace,* aber wir sind komplett ausgebucht. Ich kann Ihnen kein weiteres Zimmer anbieten.«

Der Argumentation kann ich nicht folgen. »Interessiert mich nicht«, erwidere ich brüsk. »Ich habe zwei Zimmer reserviert und nicht eines. Darauf bestehe ich.«

Der Concierge hebt hilflos seine Handflächen in die Höhe. »Tut mir leid, aber Sie haben nur *ein* Zimmer reserviert, ein zweites kann ich nicht herbeizaubern.«

Ich bohre mit dem Zeigefinger durch die Luft gegen seine Stirn. »Herbeizaubern ist ein gutes Stichwort. Genau das erwarte ich von Ihnen. Irgendeinen Trick werden Sie doch auf Lager haben.«

»Soll ich vielleicht einen anderen Gast auf die Straße setzen?«

Gute Idee, denke ich. Warum nicht?

»Ich gehe jetzt raus zum Auto und hole die Buchungsbestätigung.«

»Das wird nichts helfen. Wir sind voll.«

Zu allem Überfluss mischt sich jetzt auch noch Klara ein.

»Mein Schätzchen, streiten bringt doch nichts. Lass uns das Zimmer teilen. So schlimm bin ich nicht. Mit deiner Mutter hat das auch geklappt.«

O Gott, jetzt hat sie meine Weigerung persönlich genommen. So war das nicht gemeint.

»Natürlich könnten wir uns ein Zimmer teilen. Aber hier geht's ums Prinzip«, stelle ich klar.

»Ach so.«

»Bitte warte einen Moment. Ich hole die Buchungsbestätigung, die habe ich ausgedruckt.«

Ich eile aus dem Hotel. Mit hoch erhobenem Kopf – weshalb ich die Stufen am Eingang übersehe. Einen Sturz kann ich gerade noch vermeiden.

Am Auto angekommen, muss ich erst mal innehalten, um mich zu beruhigen. Ommm … Alles gut. Gleich knall ich dem Concierge die Buchungsbestätigung auf den Tresen – anschließend suche ich uns ein anderes Hotel! Dann kann er sich das »Traumzimmer« in seine geölten Haare schmieren.

Apropos Buchungsbestätigung. Wo habe ich die hingestopft? Logischerweise müsste sie in meiner Handtasche sein. Aber da ist sie nicht. Ich muss erst Klaras Gepäck aus meinem Cinquecento zerren, um an meine Reisetasche zu kommen. Dort finde ich sie schließlich. Vorsichtshalber schaue ich sie mir kurz an. Ich kneife die Augen zusammen. Da steht: »Ein Doppelzimmer für zwei Personen, mit Frühstück, Mehrwertsteuer inbegriffen.« Das habe ich ganz sicher anders gebucht. Ich bin doch nicht blöd. Irgendein Computervirus hat meine Reservierung manipuliert. Die Bestätigung habe ich nicht mehr durchgelesen, wer macht sich denn diese Mühe? Immerhin habe ich sie ausgedruckt. Aber das hätte ich mir im Rückblick auch sparen können.

Und jetzt? Die Blöße gebe ich mir ganz bestimmt nicht. Ich knülle das Blatt zusammen und stopfe es in meine Tasche. Dann versuche ich das Gepäck wieder im Auto zu verstauen. Warum passt es nicht mehr rein? Es war doch schon mal drin. Ich spüre, wie mein Puls in den roten Bereich galoppiert. Mir läuft das Wasser runter.

Als ich schließlich zurück ins Hotel gehe, habe ich leichte Gleichgewichtsstörungen. Aber die Stufen am Eingang meistere ich souverän.

Meine Oma lehnt entspannt am Tresen und plaudert mit dem Concierge. Ein Bild des Friedens, das wird sich gleich ändern.

»So, jetzt möchte ich was klarstellen …«, setze ich zu einer Wutrede an.

»Entspann dich, mein Kleines«, unterbricht mich Klara. Lächelnd hebt sie ihre Hände hoch, an denen zwei Zimmerschlüssel baumeln. »Ich konnte Riccardo überreden. Er ist ein Schatz. Er hat das Unmögliche möglich gemacht. Wir haben sogar zwei Zimmer nebeneinander.«

Der Concierge lächelt. Etwas verkrampft, aber er lächelt.

»Wer kann Ihrer charmanten *nonna* einen Wunsch abschlagen?«

Ich stehe da wie vom Affen gebissen. Riccardo? Meine charmante *nonna?* Verfügt sie über magische Kräfte?

»Wir, wir … wir haben nun also doch zwei Zimmer?«, stottere ich.

»*Sì, sì, due camere.* Beide mit Balkon und Seeblick.«

Klara lächelt verschmitzt. Später muss ich sie fragen, wie sie das hinbekommen hat.

»Tut mir leid, wenn was schiefgelaufen ist. Soll ich Ihnen beim Gepäck helfen? Oder wollen Sie erst Ihre Zimmer besichtigen?«

Plötzlich finde ich seine geölten Haare und die rote Brille gar nicht mehr so albern. Er ist halt ein Italiener, die machen so was. Und sie zaubern zwei Zimmer aus dem Hut, auch wenn ich nur eines reserviert habe. *Bella Italia!*

Er hat nicht gelogen. Die Zimmer sind großartig, die Betten fast doppelt so breit wie bei mir zu Hause. Reine Verschwendung. Aber ich kann mich ja quer drauf legen. Die Balkone eröffnen einen malerischen Blick auf den Lago. Der markante Berg auf der anderen Uferseite wird Monte Gu genannt, hat uns Riccardo erklärt. Seine Form erinnere an die Nase von Napoleon. Hatte der eine besonders markante Nase? Eigentlich heiße der Berg Monte Pizzocolo. Und uneigentlich interessiert mich das reichlich wenig. Ich genieße die Aussicht wie ein Gesamtkunstwerk. Wie ein Bild, das von Pinien gerahmt wird. Und mit dem tiefblauen See als zentrales Motiv.

Klara macht ein Geheimnis daraus, wie sie Riccardo rumgekriegt hat. Sie sagt nur, dass es manchmal besser sei, eine Charmeoffensive zu starten, als den Knüppel aus den Sack zu holen. Außerdem helfe es, sich eine gute Geschichte auszudenken.

Was für eine Geschichte? Jetzt bin ich erst recht neugierig. Mit der »Charmeoffensive« gibt sie mir zu denken. Das liegt mir nicht. Wenn ich mich im Recht fühle oder übervorteilt, gehe ich reflexartig zum Angriff über. Warum soll ich zu jemandem charmant sein, der mich über den Tisch ziehen will? Aber meine Oma hatte gerade Erfolg damit.

Wir wollen heute Abend im Hotel essen. So früh wie möglich, denn anschließend will Klara aufs Zimmer und eine Fernsehserie anschauen, von der sie keine Folge auslässt. Danach könne sie wunderbar schlafen, sagt sie. Folgerichtig denke ich, es handelt sich um eine schnulzige Komödie, bei der einem von selbst die Augen zufallen. Aber nein, offenbar zieht sich Klara beinharte Krimis aus Skandinavien rein. Meine Oma wird mir immer unheimlicher.

Doch zuvor müssen wir noch mal los. Klara hat irgendeinen Hygieneartikel vergessen, den sie nicht näher beschreiben möchte. Laut Riccardo gebe es in Torri del Benaco kein entsprechendes Fachgeschäft. Aber nach Garda seien es mit dem Auto nur gute zehn Minuten.

Die Fahrt führt am See entlang. Ich beschließe, Klara am heutigen Tag mit keinen Fragen mehr zu löchern. Auch wenn ich insgeheim hoffe, dass sie sich an irgendwas erinnert. Wir kommen an Schildern vorbei, die rechter Hand auf den Parco Baia delle Sirene und auf die Locanda San Vigilio verweisen. Klaras Zeigefinger schnellt in die Höhe.

»Da war ich schon mal«, sagt sie. »Da gibt's einen putzigen kleinen Hafen, wo man Prosecco trinken kann.«

Am liebsten wäre ich sofort abgebogen. Aber morgen ist auch noch ein Tag. Der Anfang jedenfalls ist vielversprechend.

Das Geschäft in Garda finden wir schnell, es ist an der Durchgangsstraße, und ich kann in einer Ausfahrt parken. Sicherheitshalber bleibe ich im Auto sitzen. Klara ist bald wieder zurück und gibt das Kommando zur Abfahrt.

An einer *rotonda* wende ich. Kreisverkehre gibt es in Garda im Dutzend billiger. Weil sie in der Mitte ziemlich flach sind, überhole ich beim nächsten ein Wohnmobil, indem ich einfach geradeaus drüberfahre. Der Camper hupt wie verrückt.

Auf halber Strecke zurück nach Torri del Benaco schreit Klara plötzlich auf und schlägt gegen die Seitenscheibe. »Da, da, bleib sofort stehen!«

Ich hau die Bremse rein. Der Camper fährt mir fast hinten drauf. Sein wildes Gehupe geht auf den Geist.

»Nun bist du vorbei«, sagt Klara ungerührt. »Bitte stoße zurück.«

Sie hat vielleicht Ideen. Vom Wohnmobil in meinem Rückspiegel trennen mich höchstens Zentimeter. Ich fahre also vorwärts und wende bei der nächsten Gelegenheit. Der Fahrer des Campers zeigt mir einen Vogel.

»Wo soll ich stehen bleiben?«, frage ich.

»Siehst du die Einfahrt mit den zwei Steinlöwen? Da möchte ich rein.«

Ich biege ab und bleibe an einem schmiedeeisernen Tor stehen. Es ist zwar offen, aber es handelt sich unverkennbar um ein Privatgrundstück, was auch aus einem Schild hervorgeht: *Proprietà privata. Divieto di accesso!* Das ist so eindeutig, dass sogar ich es verstehe.

Ich sehe sie erwartungsvoll an.

»Wo sind wir?«

»Ich dachte … aber jetzt bin ich mir nicht mehr sicher.« Klara steigt aus und sieht sich um. »Die Steinlöwen waren viel größer, und die Auffahrt war pompöser. Nein, ich habe mich wohl getäuscht.«

Ich mache einige Fotos.

»Habt ihr hier gewohnt?«, frage ich. »Susanna und du?«

»Aber nein, mein Kindchen, wo denkst du hin? Doch für einen Moment dachte ich, das wäre das Anwesen des Conte.«

Schon wieder dieser Conte. Wenn das so weitergeht, erscheint er mir noch im Traum.

»Und jetzt zweifelst du, weil du alles größer in Erinnerung hast? Das wäre normal. Im Rückblick erscheint alles viel bombastischer. Da schlägt uns die Erinnerung ein Schnippchen. Ich habe vor Kurzem meinen Teddy wiedergefunden, mit dem ich als kleines Mädchen gespielt habe. In meiner Erinnerung war er riesig groß. Dabei misst er gerade zwanzig Zentimeter. Das ist selbst für einen Babybär ziemlich klein.«

»Papperlapapp. Du sprichst von Kindheitserinnerungen. Da wirkt natürlich alles größer, weil du selber noch klein warst. Ist doch logisch. Aber vor dreißig Jahren war ich schon ausgewachsen, das kannst du mir glauben.« Klara wackelt mit dem Kopf. »Um ehrlich zu sein, kommt es mir vor, dass ich seitdem wieder schrumpfe.«

Mir scheint das nicht der richtige Zeitpunkt, um dieses Phänomen zu erörtern. Stattdessen suche ich nach einem Namensschild. Aber außer einem Klingelknopf unter einem der beiden Steinlöwen und zwei verschnörkelten Buchstaben aus Messing finde ich nichts. Wieder mache ich ein Foto.

»Schätzchen, lass uns fahren. Ich habe mich getäuscht.«

Ich denke, dass das in den nächsten Tagen noch häufiger passieren wird. Vielleicht sollte ich Klara fragen, ob sie zur Beruhigung *meiner* Nerven Valium in ihrem Medikamentenbeutel hat.

Wir steigen in mein Auto. Ich lege den Rückwärtsgang ein. Dann passiert mir ein Missgeschick. Ich rutsche vom Kupplungspedal ab. Was nicht an meinem Unvermögen liegt, sondern an den Flipflops, die ich im Hotel angezogen habe. Jedenfalls macht der Cinquecento einen mächtigen Satz nach hinten. Kurz darauf tut es einen Schlag.

Ich werfe einen Blick auf Klara. Sie wirkt irgendwie blass. Aber passiert ist ihr nichts. Gott sei Dank ist sie angegurtet.

Den Motor muss ich nicht abstellen, das hat er von selbst erledigt. Ich ziehe die Handbremse an und steige aus.

Hinter meinem Auto rappelt sich gerade ein junger Mann auf. Am Boden liegt eine Vespa. Besorgt inspiziere ich … mein Auto. Da hat mir dieser Idiot doch tatsächlich eine Beule in den Kotflügel gefahren.

»Zu dumm zum Bremsen, oder was?«, herrsche ich ihn an.

Er reißt ungläubig die Augen auf, nimmt seinen Helm ab und langt sich wiederholt an die Stirn. Hat er sich dort verletzt? Nein, offenbar will er mir zu verstehen geben, dass er die Sachlage entschieden anders einschätzt.

»*Brutta vacca*«, kommt ihm über die Lippen.

Wenn er glaubt, ich verstehe das nicht, hat er sich getäuscht. Ich habe es nicht gern, wenn man mir unterstellt, eine blöde Kuh zu sein.

Schlagfertig kontere ich mit *coglione,* was sich freundlich mit »Dumpfbacke«, aber auch mit »alter Sack« übersetzen ließe. Die Auswahl überlasse ich ihm. Jedenfalls kommt mir zugute, dass ich mich beim Studium der italienischen Sprache für den unvergleichlich schönen Fundus der Schimpfwörter begeistert habe. Weshalb ich auch gleich noch ein *faccia da culo* hinterherschiebe. Die Transformation in die deutsche Sprache erspare ich mir an dieser Stelle.

Entgegen meiner Erwartung beginnt der zu Sturz gekommene Vespa-Fahrer zu grinsen. Offenbar gefällt ihm meine Ausdrucksweise. Apropos *gefallen:* Erst jetzt bemerke ich, dass der Typ gar nicht mal so übel aussieht. Ziemlich groß, lange Haare, braun gebrannt, dunkle Augen … schlecht rasiert … und mit einem blutenden Knie. Er wird's überleben.

»*Ecco*, ich bin nicht zu dumm zum Bremsen«, greift er meinen Vorwurf in überraschend gutem Deutsch auf, »aber Sie sind *definitivamente* zu dumm zum Autofahren.«

Uuups, das war heftig.

Mittlerweile ist meine Oma ausgestiegen.

»Ist Ihnen was passiert?«, fragt sie teilnahmsvoll.

O Gott, sie wird doch nicht schon wieder eine Charmeoffensive starten.

Er deutet eine höfliche Verbeugung an. »Signora, ich danke der Nachfrage. Mein Knie ist mehrfach gebrochen …«

Wie alle Männer neigt er zur Übertreibung.

»… aber das scheint Ihrer Tochter egal zu sein.«

Ihrer Tochter? Das war eine Frechheit.

Klara langt sich an die Brust. »Das tut mir aufrichtig leid. Sollen wir Sie zum Arzt bringen?«

Entsetzt deutet er auf meinen Cinquecento. »In diesem Auto? Und mit dieser Fahrerin? Ich bin doch nicht lebensmüde.«

»Ich würde Sie auch nicht mitnehmen«, stelle ich klar. »Außerdem glaube ich, dass Ihnen außer einer lächerlich kleinen Schürfverletzung nichts fehlt.«

Er schaut bekümmert auf seine Vespa. »Aber der rechte Außenspiegel ist abgebrochen. Dafür und für alle anderen Schäden müssen Sie aufkommen. Außerdem verlange ich Schmerzensgeld.«

Offenbar hat er sich doch am Kopf verletzt, sonst würde ihm ein solcher Schwachsinn nicht einfallen.

»*Sei pazzo?*«, entgegne ich. *Pazzo* zählt zu meinen Lieblingswörtern. Kurz und knapp. Die deutschen Entsprechungen wie

»verrückt« oder »wahnsinnig« sind viel zu lang. Außerdem fehlt ihnen das pfefferige *zz* in der Mitte. Dass ich ihn gerade geduzt habe, ist der Erregung des Augenblicks geschuldet.

Wieder lächelt er. Offenbar mag er es, beleidigt zu werden.

Er deutet auf die Einfahrt. »Wo kommen Sie überhaupt her?«

»Von nirgends«, antworte ich. »Wir suchen unser Hotel.«

Was gibt's da zu grinsen?

»Hier? Wie heißt denn Ihr Hotel?«

Haha, das hätte er sich so gedacht. Natürlich werde ich ihm den Namen des Hotels verschweigen. Am Ende schickt er mir noch die Carabinieri auf den Hals. Denn aus seiner verblendeten Sicht trage ja wohl ich die Schuld am Unfall.

»*Quattro Pini* heißt unser Hotel«, antwortet Klara an meiner Stelle.

Oma, Oma … Alles vergisst du, aber ausgerechnet an den Namen unseres Hotels kannst du dich erinnern. Und eine Plaudertasche bist du obendrein.

Er streicht sich schmunzelnd die Haare aus der Stirn. »Das Hotel ist in Torri.«

Klugscheißer. »Das weiß ich selber.«

Er stellt seine Vespa auf und begutachtet die Schäden. Währenddessen streichle ich das verkratzte und verbeulte Blech meiner »Knutschkugel«. In München kenne ich einen Spengler, der ist mir noch einen Gefallen schuldig.

»Kann ich Ihre Personalien haben?«, frage ich.

Er grinst über beide Ohren. »*Con piacere. Sono Francesco.*«

Ein Vorname ist was anderes als eine Personalie. Das sollte er wissen. Ich zögere. Andererseits ist es vielleicht besser, alles auf sich beruhen zu lassen. Die Carabinieri könnten ja wirklich auf die absurde Idee kommen, dass ich den Unfall verursacht hätte.

Francesco lässt seine Vespa an, klemmt den abgebrochenen Außenspiegel unter den Sitz und setzt sich den Sturzhelm auf.

»*Ci vediamo, ciao.*«

Äh … will er sich jetzt einfach vom Acker machen?

»Fahren Sie vorsichtig, junger Mann«, gibt ihm Oma Klara mit auf den Weg.

»Das sagen Sie mal besser Ihrer Tochter.«

»Ich bin nicht ihre Tochter«, entgegne ich.

»Aber die Schwester sind Sie auch nicht, oder?« Er lacht – und fährt davon.

Ich schau ihm mit offenem Mund hinterher.

»Ein netter junger Mann«, sagt Klara.

Da bin ich aber entschieden anderer Ansicht.

11

7. NOVEMBER 1989

Berlin

Vor dreißig Jahren gab es noch keine modernen Handys. Sonst wäre womöglich alles anders verlaufen. In unseren Tagen hätte sich Susanna nicht so ohne Weiteres davonstehlen können. Roberto hätte zumindest ihre Handynummer gewusst, ihren WhatsApp-Account, Facebook, Instagram … Aber Ende der Achtzigerjahre des vorigen Jahrhunderts war die Welt noch kein Dorf, wo jeder jeden zu jeder Zeit erreichen konnte. Damals war der Gardasee in telekommunikativer Hinsicht von München fast so weit weg wie … wie etwa Timbuktu oder Irkutsk.

Telefonisch erreicht hatte Roberto sie dennoch. Ein einziges Mal, auf ihrem Festnetz in München. Susanna hatte sich auf kein Gespräch eingelassen und gleich wieder eingehängt. An ihrer brüsken Reaktion knabberte sie noch immer, aber sie zweifelte nicht daran, dass sie richtig gehandelt hatte. Sie wusste nicht, woher Roberto ihre Nummer hatte. Aber diese half ihm jetzt auch nicht weiter, denn Susanna war längst bei ihrer Freundin Petra in Berlin. Schon fast eine Woche.

Immer wieder hatten sie ihre Situation durchdiskutiert. Bei Spaziergängen im Grunewald, bei Currywurst auf dem Ku'damm oder in den einschlägigen Studentenkneipen der FU Berlin. Rational betrachtet sprach alles dafür, die Schwangerschaft abzubre-

chen. Petra hatte bereits eine Abtreibungsklinik in den Niederlanden ausfindig gemacht, wo das besonders einfach möglich sei. Moralisch-ethische Bedenken hätte Susanna nicht damit. Im letzten Jahr hatte sie sogar an einer Demonstration gegen den Paragrafen 218 teilgenommen. Mit einem Schild, auf das sie eine berühmte Parole gepinselt hatte: »Mein Bauch gehört mir!«

Keine Sekunde hatte sie damals gedacht, dass sie bald schon selber betroffen sein könnte.

Und jetzt? Schon in München hatte sich Susanna entschieden, dass sie das Kind bekommen wollte. Allen Widrigkeiten zum Trotz. »Mein Bauch gehört mir?« Ganz genau. Sie allein und niemand sonst hatte die Verfügungsgewalt über ihren Bauch. Was ja nicht automatisch bedeutete, ein werdendes Kind abzutreiben. Es behalten zu wollen war ebenso eine ganz persönliche Entscheidung.

Obwohl Petra erst dagegen argumentiert hatte – weil ein Kind einfach nicht in ihr junges Leben passte, vor allem, wenn sie es ohne Vater aufziehen wollte –, war sie ihr schließlich doch gefolgt. Petra bewunderte ihren Mut. Zwischendurch ging es Susanna selber so: Sie wunderte sich über ihren Mut. Sie wusste auch nicht, wo der auf einmal herkam. Bislang hatte sie sich eher für einen zögerlichen und ängstlichen Menschen gehalten. Vielleicht waren es die Hormone? Jedenfalls fühlte sie sich plötzlich stark, jedenfalls stark genug, ein Kind auszutragen, das sie am Gardasee empfangen hatte, genauer gesagt in Moniga del Garda. Susanna musste lächeln. Wenn es ein Mädchen würde, könnte sie es ja Moniga nennen.

Gemeinsam mit Petra überlegte sie, wie sie ihr Studium und ihr Kind unter einen Hut bringen könnte. Leicht würde das nicht werden. Vor allem finanziell. Vielleicht war ihre Mutter Klara bereit, sie noch stärker als bislang zu unterstützen. Aber verlassen sollte sie sich besser nicht darauf. Klara hatte ein sprunghaftes Wesen.

Schließlich machte Petra den Vorschlag, dass Susanna ihre Zelte in München abbrechen und zu ihr nach Berlin ziehen sollte. Dann würden sie sich die Miete in ihrer Wohnung teilen. Außerdem brauche man in Berlin nicht so viel Geld zum Leben. Und ihr Studium könne sie auch hier fortsetzen.

Je länger Susanna darüber nachdachte, desto mehr konnte sie sich mit dieser Idee anfreunden. Vieles sprach dafür, kaum etwas dagegen. Zwar war sie ein »Münchner Kindl«, aber seltsamerweise gefiel es ihr in Berlin. Es musste ja nicht für immer sein, nein, ganz sicher nicht. Spätestens nach dem Examen würde sie an die Isar zurückkehren. Zusammen mit ihrem Kind, das dann vielleicht schon laufen konnte.

Susannas Besuch in Berlin war nicht nur geprägt von den langen Gesprächen mit Petra, sondern auch von den Ereignissen, die sie seit Wochen fesselten. Gestern hatte die SED-Führung einen Reisegesetz-Entwurf veröffentlicht. In Leipzig wurde bei Protestmärschen »Schluss mit dem Führungsanspruch der SED« gefordert. Und heute war das Unvorstellbare tatsächlich eingetreten: Unter dem Vorsitz von Willi Stoph hat der gesamte DDR-Ministerrat seinen Rücktritt erklärt. Überall wurde in Westberlin hitzig diskutiert, was das zu bedeuten habe. Was als Nächstes geschehen könnte. Die Spannung stieg mit jeder Stunde. Und Susanna fand es aufregend, dabei zu sein – zwar auf dieser Seite der Mauer, aber doch ganz nah am Geschehen. Nur schade, dass sie in drei Tagen ihre Rückreise geplant hatte. Sie konnte nicht ahnen, dass etwas dazwischenkommen würde. Etwas von historischer Tragweite.

12

Die erste Nacht im *Quattro Pini* habe ich supergut geschlafen. Dass ich beim Aufwachen andersherum im Bett liege wie beim Einschlafen, führe ich auf die Erdrotation zurück. Mit Blick auf die Uhr stelle ich fest, dass es schon nach neun ist. Wie lange gibt's Frühstück? Ich stehe auf und strecke mich. »Guten Morgen, meine liebe Moniga«, begrüße ich mich. »Ich wünsch dir einen tollen Tag.«

Es zählt zu meinen Angewohnheiten, mir nette Sachen zu sagen – wenn sonst keiner da ist, der das übernimmt. Jeder Mensch braucht Zuwendung, vor allem unmittelbar nach dem Aufstehen. Ich ziehe die Vorhänge auf und schaue hinaus auf den See. Wow, was für ein Blick. Von der anderen Seite des Lago begrüßt mich der Monte Gu. Die Nase von Napoleon leuchtet rot in der Morgensonne.

Ich öffne die Balkontür, trete hinaus und recke die Hände zum Himmel. *Buongiorno bella giornata di sole* … Ich drehe meine Hüften im Kreis und lockere mich.

Plötzlich höre ich einen Knall. Ich drehe mich um und stelle fest, dass die Balkontür zugeschlagen ist. Dafür gibt es keinen Grund, es ist völlig windstill. Aber egal, es wird eh Zeit, mich zu duschen.

Als Nächstes werde ich mit einem unerwarteten Problem konfrontiert. Die Tür hat zwar außen einen Griff, lässt sich aber nicht öffnen. Erst versuche ich es mit Fingerspitzengefühl, dann mit sanfter, schließlich mit roher Gewalt. Ergebnislos. Die Rückkehr in mein Zimmer bleibt mir verwehrt.

Erst jetzt wird mir bewusst, dass ich splitterfasernackt bin. Von wegen *bella giornata,* das geht ja schon wieder gut los.

Auf meinem Balkon gibt es zwar eine Liege, aber keine großen Handtücher. Schlechter Service.

Ich sehe hinüber zum benachbarten Balkon von Oma Klara. Die Lücke dazwischen scheint mir überwindbar. Hoffentlich ist sie noch nicht beim Frühstücken.

Ich klettere über das seitliche Geländer. Gerade hänge ich im Spagat zwischen unseren Balkonen, da schallt von unten eine Stimme herauf.

»*Buongiorno, Signorina,* schön, Sie wiederzusehen.«

Ich blicke über die Schulter und ... verliere fast den Halt. Steht da unten doch ausgerechnet dieser unglückselige Francesco neben seiner Vespa, schaut zu mir hoch und grinst sich einen ab.

Was treibt dieser *paparazzo* in der Früh vor meinem Hotel? Immerhin macht er kein Foto, er grinst nur dümmlich von einem Ohr bis zum anderen. Hätte ich eine Hand frei, würde ich ihm einen Blumentopf an den Kopf werfen. Mir fällt ein, dass ihm gestern meine geschwätzige Oma den Namen des Hotels genannt hat. Aber das ist doch kein Grund ...

»*Ha dei problemi?* Haben Sie Probleme? Kann ich Ihnen helfen?«, schallt es von unten.

Mir helfen? Das hätte er wohl gerne.

»Probleme? Wie kommen Sie darauf?«, erwidere ich. »Ich mache nur meine Morgengymnastik. Dabei sind Zuschauer unerwünscht. Bitte ziehen Sie Leine!«

»Sie brauchen eine Leine?«

Sehr witzig. Er hat mich genau verstanden. Ich schwinge mich über das Geländer auf Klaras Balkon.

»*Un secondo, prego*«, ruft er mir zu. »Haben Sie heute Abend Zeit? Ich würde Sie gerne zum Abendessen einladen.«

Habe ich richtig gehört? Erst fährt mir dieser Dödel mit seiner Vespa ins Auto, dann spielt er Voyeur – und statt sich zu schämen, hat er die Dreistigkeit, mich zum Essen einzuladen?

»Ganz bestimmt nicht«, antworte ich ihm. »Aber Sie können ja meine Oma fragen, vielleicht hat *sie* Zeit.« Dann drehe ich ihm meinen nackten Hintern zu und entschwinde aus seinem Gesichtsfeld.

Klaras Balkontür ist geschlossen. Na klar, wenn etwas schiefläuft, dann richtig. Wahrscheinlich sitzt sie im Frühstücksraum und löffelt ihr Müsli.

Ich bollere gegen die Scheibe. Dann geschieht ein Wunder. Klara erscheint und macht mir auf.

Sie sieht mich mit großen Augen an. »Moniga-Schätzchen, wo kommst denn du her?«

»Ich habe mich ausgesperrt.«

»Du machst Sachen. Und warum bist du nackt?«

Ich zucke mit den Schultern. »Weil ich nichts anhabe, deshalb.«

»Ich verstehe.«

Sie deutet auf meinen Bauchnabel. »Was ist denn das? Hast du Hautkrebs?«

Ich muss lachen. »Aber nein. Das ist ein Tattoo. Ein kleiner Stern.«

»Den hast du dir reinpiksen lassen?«

»Ja, letztes Jahr auf Ibiza. Das ist die Venus, der Stern der Liebe.«

»Natürlich, hätte ich selbst drauf kommen können.«

»Kann ich von dir einen Bademantel haben?«, frage ich.

»Aber klar. Hängt neben der Dusche. Ich bin schon fertig, dann können wir sofort zum Frühstück aufbrechen.«

»Im Bademantel? Erst würde ich gerne auf mein Zimmer. Ich brauch nicht lange.«

Auf dem Weg zum Bad drehe ich ihr meinen Rücken zu.

»Aber Moniga-Schätzchen, da hast du dich ja auch piksen lassen. Was soll das darstellen?«

»Ein Seepferdchen. Symbol für Glück und Zuneigung. Und für Geduld – die mir häufig abgeht.«

»Das ist mir auch schon aufgefallen. Sieht aber hübsch aus.«

Ich bleibe stehen und zeige ihr meinen linken Oberarm. »Schau, da habe ich noch ein kleines Tattoo.«

»Jetzt brauche ich wirklich meine Brille.«

»Ich sag's dir. Da steht *SUSA*. Dann ein Herzchen und *IMU*.«

»Was bedeutet das?«

»*SUSA* steht für meine Mutter Susanna. Und *IMU* ist die Abkürzung für *I Miss You*. Ich vermisse dich.«

»O Gott, mir kommen die Tränen. Du trägst die Erinnerung an meine Tochter Susanna auf deiner Haut. Wie lieb. Lass dich umarmen.«

Eine Viertelstunde später sitzen wir beim Frühstück. Zuvor hat mir das Zimmermädchen aufgesperrt. Ich bin geduscht und habe noch nasse Haare. Aufs Schminken habe ich verzichtet. Schließlich bin ich im Urlaub.

Zwischen Cappuccino, Cornetto und Aprikosenmarmelade erzählt mir Klara von Susanna. Und dass sie leider viel zu wenig Zeit mit ihr verbracht habe. Das tue ihr unendlich leid, weil es nicht mehr nachzuholen sei. Aber Susanna sei eine starke Person gewesen, die immer großen Wert auf ein selbstbestimmtes Leben gelegt habe. Nun ja, sie sei auch egoistisch gewesen, das schon. Klara lächelt versonnen. Das habe sie wohl von ihr geerbt. Sie selbst habe auch immer vor allem an sich selbst gedacht. Ja, das müsse sie leider zugeben. Aber Susanna habe keine Hilfe gebraucht, die habe alles selber gestemmt. Ab und zu habe sie etwas finanzielle Hilfe benötigt, aber nur während ihres Studiums. Danach nicht mehr.

»Was war das noch mal für ein Kürzel auf deinem Arm?«, fragt sie. »Ich meine, nach *SUSA* und dem Herzchen?«

»*IMU*, für *I Miss You*, ich vermisse dich.«

Klara sieht mich neugierig an. »Was meinst du, kann man sich in meinem Alter noch ein Tattoo piksen lassen?«, fragt sie nach einer Weile. »Ich hätte auch gern so ein *IMU* für meine Susanna.«

Ich bin gerührt. Mag mir aber nicht vorstellen, wie ein frisches Tattoo auf ihrer … nun doch etwas welken Haut aussieht.

»Klar kann man das«, sage ich. »Tut aber weh.«

»Was glaubst du, was mir im Leben schon alles wehgetan hat? Da ist so eine Pikserei ein Klacks. Außerdem habe ich genug Schmerztabletten dabei. Wir fragen Riccardo, ob er weiß, wo man das hier machen lassen kann.«

Klara, Klara … du hast vielleicht Ideen. Willst dir mit über achtzig am Gardasee ein Tattoo stechen lassen. Als Nächstes lässt du dich piercen.

Sie deutet zum Frühstücksbüfett. »Moniga-Schätzchen, da gibt es im Kühler einen Prosecco. Kannst du mir bitte ein Gläschen bringen.«

Zum Frühstück Prosecco? Das kann ja lustig werden. Ich bestelle mir eine zweite Tasse Cappuccino.

Nach dem Frühstück kommen wir an der Rezeption vorbei. Riccardo hält uns auf. Ob wir gut geschlafen hätten, fragt er, und ob alles zu unserer Zufriedenheit sei. Ich fürchte, dass ihn Klara gleich nach einem Tattoo-Studio fragen wird. Stattdessen reicht er ihr einen Umschlag.

»Signora, das hat ein junger Mann für Sie abgegeben.«

»Für mich, das ist aber entzückend.« Sie entnimmt dem Umschlag eine Karte. »Schätzchen, ich habe meine Brille vergessen. Kannst du bitte vorlesen.«

Ich nehme die Karte – und kann nicht glauben, was ich lese.

»Was ist? Brauchst du jetzt auch schon eine Brille?«

Ich räuspere mich. Dann lese ich vor. »›Gnädige Frau. Ihre Tochter hat leider keine Zeit, deshalb wäre es mir eine große Ehre, Sie heute zum Abendessen einzuladen. *Cordiali saluti.* Francesco (der Mann mit der Vespa).‹«

Mir schießt vieles gleichzeitig durch den Kopf. Zum Beispiel, dass ich Francesco selber vorgeschlagen habe, statt meiner Person meine Oma Klara zum Abendessen einzuladen. Dass ich nicht im Traum gedacht hätte, dass er diesen Scherz beim Wort nehmen könnte. Dass seine Nachricht in fehlerfreiem Deutsch geschrieben ist. Dass er sich erneut die Frechheit leistet, mich als Tochter zu bezeichnen. Dass er es nicht mal für nötig befindet, mir Grüße auszurichten. Hornochse …

»Das ist aber charmant«, sagt Klara.

Sie hat ein gerötetes Gesicht. Wegen des Proseccos oder wegen der Einladung? Vermutlich wegen beidem.

»Da sage ich natürlich zu«, entscheidet sie spontan. »Moniga-Schätzchen, du musst heute Abend leider ohne mich auskommen.«

Ich glaub, ich spinne.

Riccardo hat mitgehört. Er fragt: »Dann kann ich dem jungen Mann also zusagen? Er will später noch mal vorbeikommen, um nachzufragen.«

»Natürlich, mein Lieber«, antwortet Klara. »Sagen Sie ihm, dass ich seine Einladung mit dem größten Vergnügen annehme.«

Ich komme mir vor wie im falschen Film. Ich bin sprachlos. Das kommt bei mir selten vor.

13

Wir bummeln durch Torri del Benaco. Meine Oma Klara und ich. Sie ist bester Dinge, ich dagegen bin immer noch etwas durch den Wind. Das muss man erst mal verkraften, dass dieser Francesco heute Abend meine Oma zum Essen ausführt. Dabei hat er mich zuvor nackt gesehen. Und weil ich weiß, wie ich ausgezogen auf Männer wirke, nämlich ziemlich umwerfend, ist mir seine Reaktion ein Rätsel. Nun gut, meine Pose auf und zwischen den Balkongeländern war von schräg unten vielleicht etwas unvorteilhaft, das könnte sein. Na egal, auf diesen Francesco pfeife ich sowieso. Soll er sich mit meiner Oma einen schönen Abend machen.

Mir kommt ein Gedanke, der alles erklärt. Francesco ist schwul! Natürlich, warum bin ich nicht gleich drauf gekommen. Erstens sieht er für einen Hetero zu gut aus, und zweitens weiß ich, dass alte Damen von homosexuellen Männern oft kultartig verehrt werden. Meine Oma als gruftige Diva. Na großartig. Da kommt was auf sie zu.

Durch das autofreie *centro storico* von Torri führt der schmale Corso Dante Alighieri. Mit hübschen Hausfassaden, deren schmiedeeiserne Balkone oft von Efeu umrankt sind. Oder ist das wilder Wein? Keine Ahnung. Sieht aber hübsch aus. Eine Bougainvillea, die bis in den zweiten Stock hinaufreicht, hat es Klara besonders angetan. Ich muss sie fotografieren. Es gibt kleine Läden und Boutiquen, Antiquitäten- und Schmuckgeschäfte, mindestens eine Enoteca und gleich mehrere Eiscafés. In einem Innenhof entdecken wir eine Galerie mit großformatigen Bildern, die ausschauen wie antike Fresken. Klara meint, sie sei schon mal da gewesen, was mir wenig glaubhaft erscheint.

Wir gehen weiter und gelangen zu einem Töpferladen. Vor den Schaufenstern stehen Schalen und Körbe mit bunten Keramiksachen. Reflexartig denke ich an Susannas kleine Vase, die ich im Karton mit ihrem Nachlass gefunden habe. Ich sehe sie vor mir. Mit den kitschigen Fischen und einem Griff wie ein Delfin. Auf der Unterseite war eine Signatur eingebrannt: *Benaco Ceramiche*.

»Kannst du dich erinnern?«, frage ich Klara. »Warst du mit Susanna in diesem Laden?«

»Wie kommst du auf diese Idee?«

»Sie hatte eine kleine Keramikvase, die ihr offenbar wichtig war. Habt ihr die hier zusammen gekauft?«

»Eine Keramikvase? Nein, daran kann ich mich nicht erinnern. Ehrlich gesagt mag ich Keramik nicht besonders. Das ist was für alte Menschen.«

Ich sehe sie schmunzelnd von der Seite an.

»Ich geh mal kurz rein«, sage ich.

»Bleib nicht zu lange, mir tun schon die Beine weh.«

Zehn Minuten später sitzen wir am kleinen Hafen von Torri auf der Terrasse des Restaurants *Gardesana*. Meine Nachfrage im Töpferladen hat erwartungsgemäß nichts ergeben. Die Vase werde wohl aus dem Ort sein, wurde mir beschieden, aber das Keramikhandwerk habe in Torri eine lange Tradition. Entsprechend viele Ursprünge könne es für die Vase geben. Auch die Signatur gebe keinen näheren Aufschluss. Nun denn, ich habe eh nicht damit gerechnet, dass die Vase ein kunsthistorisch wertvolles Einzelstück ist. Allenfalls hatte ich die klitzekleine Hoffnung, dass sie eine Spur sein könnte.

Klara lehnt sich auf ihrem Korbstuhl zurück und fühlt sich sichtlich wohl. Ihren obligatorischen Prosecco hat sie bereits bestellt. Ich frage mich, mit welchem Alkoholpegel Francesco meine Oma heute Abend übernehmen wird. Aber das ist nun wirklich nicht mein Problem.

»Also, Schätzchen, hier sitze ich mit dir immer wieder gerne«, stellt sie fest. »Das letzte Mal hast du Eiskaffee getrunken, das weiß ich noch genau.«

Wie kommt sie jetzt darauf? Verwechselt sie mich mit meiner Mutter?

Klara hebt lächelnd ihren Zeigefinger. »Davon bekommt man Magenzwicken, habe ich dir gesagt. Dann haben wir mit einem Prosecco auf unseren Abschied angestoßen.«

»Unseren Abschied?«

»Na, vom Gardasee, du Dummerchen.« Klara sieht mich an und reißt die Augen auf. »Ach, du bist's. Entschuldigung. Ich spreche natürlich von Susanna. Mit ihr habe ich mich hier häufiger getroffen.«

»Wart ihr dabei alleine, oder hatte meine Mutter ihren Freund dabei?«

Das war eine Fangfrage. Ziemlich clever, wie ich finde. Aber ein Schuss in den Ofen.

»Ich hab dir schon mal gesagt, dass Susanna keinen Freund hatte. Wie hätte sie ihn also mitbringen können?«

»Du meinst, sie hatte keinen Freund, von dem du wusstest?«

»Ja, so könnte man es auch formulieren. Ich muss zugeben, dass ich sie zwischendurch etwas aus den Augen verloren habe.« Sie zwinkert mich an. »Wegen des Conte, du weißt schon.«

Immer wieder dieser Conte. Ganz schön anstrengend, so eine Obsession.

Klara breitet die Hände aus. »Ist das nicht ein schöner Blick? Die Olivenbäume, der kleine Fischerhafen und dahinter diese imposante Burg. Wie auf einer Postkarte.«

»Ja, ziemlich schön«, gebe ich zu.

Klara stampft mit dem Fuß auf, um einige Tauben zu verscheuchen.

»Nur die frechen Spatzen nerven. Die gab es schon damals.«

Sie trinkt vom Prosecco und lächelt verträumt vor sich hin. Wie gerne würde ich an ihren Träumen teilhaben. Eine Reise in die Vergangenheit – leider kann die jeder nur für sich alleine machen.

»Die zackigen Zinnen haben was zu bedeuten«, sagt sie mit Blick auf die Burg. »Das hat mir der Lodovico erklärt. Du musst wissen, der Conte ist ein sehr gebildeter Mann.«

»Das ist eine Scaligerburg«, stelle ich fest. Das weiß ich aus Susannas altem Reiseführer.

»Ich bin beeindruckt, meine liebe Moniga. Und die Burgen der Scaliger haben zackige Zinnen, weil … weil …« Sie schnippt mit den Fingern. »Ich hab's vergessen. Es gibt in Italien auch Burgen mit geraden Zinnen.«

Ich freue mich über jede Erinnerung, die bei Klara aufflackert. Weil sie zu der Hoffnung berechtigt, dass noch mehr kommen könnte. Aber die Zinnen der Burgen bringen mich auf der Suche nach meinem Vater nicht wirklich weiter.

»Was planst du für den weiteren Tag?«, fragt sie.

»Nicht viel. Wir könnten nach Lazise fahren. Oder ist dir das zu anstrengend?«

»Warum sollte das zu anstrengend sein?«

»Schließlich hast du heute Abend ein Rendezvous«, entgegne ich.

Klara schmunzelt. »Ich weiß. Aber ich gehöre ja noch nicht zum alten Eisen. Jetzt trinke ich meinen Prosecco aus, dann fahren wir nach La… Laladingsbums.«

14

8. NOVEMBER 1989

München

Roberto fühlte sich in seinem Stolz gekränkt. Er hatte sich Hals über Kopf in eine »bella ragazza« aus Deutschland verliebt, sie hatten zusammen wunderschöne Stunden verbracht, und dann … hatte sie ihn einfach versetzt. Wie ein gehörnter Idiot war er in Torri del Benaco vor der Taverna Norma herumgestanden und hatte auf sie gewartet. Sie war nicht gekommen. Keine Nachricht, kein gar nichts. Che cazzo di merda! Er kannte das Ferienapartment, wo Susanna mit ihrer Mutter wohnte. Nach dem dritten Fernet-Branca war er dorthin gelaufen – um zu erfahren, dass die beiden schon am Nachmittag abgereist waren.

Roberto verstand die Welt nicht mehr. Wie konnte ihm die hübsche, liebe, entzückende Susanna so etwas antun? Ohne ein Wort des Abschieds, ohne Erklärung. Er war so naiv gewesen, dass er Susanna sogar seinem Vater vorgestellt hatte. Der hatte sie sympathisch gefunden. Das hatte was zu bedeuten, denn sein Papa mochte die Deutschen nicht allzu sehr, nur als zahlende Gäste in seiner Trattoria waren sie ihm willkommen. Und jetzt war Susanna weg. Incredibile!

Roberto hatte versucht sich einzureden, dass er sich in Susanna getäuscht hatte, dass sie eben auch nur eine blöde Tussi war, so wie die meisten anderen Geschöpfe in ihrem Alter. Ob italienisch oder deutsch spielte keine Rolle. Aber es war ihm nicht gelungen, sie zu vergessen, das Erlebte aus seinem Gedächtnis zu tilgen und als Affäre abzuhaken. Eine Affäre? Für ihn war es mehr gewesen.

Also hatte er Susannas Telefonnummer in München ausfindig gemacht und sie angerufen. Das war ihm nicht leichtgefallen, denn dabei hatte er über seinen Schatten springen müssen. Er war kein Mann, der einer Frau hinterherlief. Das widersprach seinem Ehrgefühl.

Aber mit Susanna hatte er eine Ausnahme gemacht – und es sofort bereut. Sie hatte ihn nämlich gar nicht erst zu Wort kommen lassen und mit einem lächerlichen »mi dispiace« aufgelegt.

Was hatte er falsch gemacht, dass sie ihm so die kalte Schulter zeigte? Er war sich keiner Schuld bewusst.

Nach Tagen des Zweifelns, des Zauderns und Zögerns hatte er sich zu einem Entschluss durchgerungen, den er nur deshalb in die Tat umsetzen konnte, weil er keinem davon erzählte. Von seinen amici *hätte es keiner verstanden. Sie würden ihm vorwerfen, sich zum Affen zu machen. Vielleicht hätten sie sogar recht, aber das war ihm gerade so was von egal.*

Roberto war mit dem Zug nach München gefahren. Vom Bahnhof lief er zu Fuß über den Stachus und die Fußgängerzone zum Marienplatz, wo am Rathaus gerade das berühmte Glockenspiel lief. Hunderte Touristen reckten die Köpfe hinauf und machten Fotos. Roberto hatte für den Ringelreihen nur einen flüchtigen Blick übrig. In seinen Gedanken war er bereits in Schwabing, wo er Susanna in ihrer Wohnung anzutreffen hoffte. Wenn er Pech hatte, war sie gerade in einer Vorlesung. Dann würde er auf sie warten. Natürlich hätte er vorher anrufen können – aber er wollte am Telefon kein zweites Mal abgewiesen werden. Also blieb ihm nur der Überraschungsbesuch … und die Hoffnung, dass sich von Angesicht zu Angesicht alles aufklären würde. Roberto war ein Romantiker. Er stellte sich vor, wie Susanna nach einem Moment der Sprachlosigkeit mit Worten der Entschuldigung in seine Arme sin-

ken würde. Ihm war klar, dass es auch ganz anders laufen könnte, aber daran wollte er nicht denken.

Am Marienplatz erfuhr er, dass er sich verlaufen hatte. Er ließ sich den Weg zur Feldherrnhalle und zur Ludwigstraße zeigen. Von dort ging es zunächst immer geradeaus. Nach der langen Zugfahrt tat es gut, zu Fuß zu gehen und den Kopf zu lüften. Er hatte keine Eile.

In Schwabing angelangt, ließ er sich an einem Stand dazu hinreißen, einen Strauß Blumen zu kaufen. Das hatte er noch nie gemacht. Nur an der »festa della mamma« für seine Mutter.

Schließlich stand er in der Georgenstraße vor dem Mietshaus, wo Susanna – so viel hatte sie ihm erzählt – zur Untermiete wohnte. Auf dem Klingelschild fand er im dritten Stock ihren mit Tesafilm hingeklebten Namen. Er atmete tief durch – und läutete. Dass kurz danach der Summton für die Haustür ertönte, hatte nichts zu bedeuten, es reichte ja, dass die Wirtsleute zu Hause waren.

Roberto lief die Treppe hinauf. Oben angekommen, versteckte er verlegen den Blumenstrauß hinter seinem Rücken. Eine ältere Frau machte ihm auf. Er stellte sich vor und fragte hoffnungsvoll nach Susanna, die eine sehr gute Freundin von ihm sei. Sein Deutsch war gut genug, um sich verständlich zu machen.

Die Wirtsfrau schüttelte den Kopf. »Da haben S' Pech, junger Mann, das Dirndl ist verreist.«

Verreist? Mit dieser Möglichkeit hatte er nicht gerechnet. Das war ein Schlag in die Magengrube.

»Wissen Sie, wohin?«

»Na, des hat's mir net g'sagt. Zu oaner Freundin, moan i.«

Er sah sie verständnislos an. »Come ha detto? Wie bitte?«

»Sie ist zu einer Freundin gefahren«, wiederholte sie lächelnd auf Hochdeutsch, »mehr weiß ich nicht.«

Besser als zu einem Freund, dachte Roberto. Aber das war auch das einzig Positive daran. »Und wann sie kommt zurück?«, fragte er.

»Woaß i net.« Die Wirtsfrau lächelte. »Auch das weiß ich leider nicht«, übersetzte sie.

»Domani, dopodomani, morgen, übermorgen …?«

»Keine Ahnung. Vielleicht auch erst in einer Woche.« Sie deutete auf die Hand hinter seinem Rücken. »Was haben's da?«

Er zeigte ihr seinen Blumenstrauß. »Ist für Susanna.« Er zögerte, dann drückte er die Blumen der verdutzten Wirtsfrau in die Hand. »Jetzt ist er für Sie.«

»Mei, des is liab, dank schön.«

»Können Sie ihr bitte ausrichten, dass Roberto da war und …«

»Jetzt kommen's erst mal rein. Ich zeig Ihnen Susannas Zimmer. Da können Sie sich hinsetzen und ihr eine Nachricht schreiben. Die Blumen tu ich in eine Vase, und wenn sie bei Susannas Rückkehr noch nicht vertrocknet sind, gebe ich sie ihr.«

Roberto kam sich vor wie ein Eindringling, als er in Susannas Zimmer stand. Er war sich sicher, dass sie das nicht mögen würde. Sie hatte ihm nicht das Recht eingeräumt, in ihre Privatsphäre einzudringen. Ihn, mit dem sie nicht einmal am Telefon reden wollte. Mit dem sie aber feurige Stunden verbracht hatte, die intimer nicht hätten sein können. Da passte was nicht zusammen.

Schon beim Betreten hatte er auf dem Fernseher die Keramikvase entdeckt, die er ihr geschenkt hatte. Immerhin hatte Susanna sie nicht weggeschmissen. Das war ein gutes Zeichen. Er widerstand der Versuchung, ihr Zimmer genauer zu inspizieren. Erst recht zog er keine Schubladen auf. Das gehörte sich nicht. Außerdem könnte sie jeden Moment auf der Türschwelle stehen.

Roberto setzte sich an ihren Schreibtisch, riss ein Blatt von einem Block und begann zu schreiben.

»Carissima Susanna …«

Aus der geplanten kurzen Nachricht wurde ein langer Brief. Er versuchte zum Ausdruck zu bringen, dass er sich am Gardasee in sie verliebt hatte, dass er sie vermisste – und dass er sie gerne wiedersehen würde. Es fiel ihm schwer, die richtigen Worte zu finden. Ein deutsch-italienisches Kauderwelsch war es sowieso. Aber vor allem empfand er es als Herausforderung, nicht allzu emotional zu wirken. Sie durfte nicht denken, dass er ein »pappamolle« war, ein Weichei. Seine Freunde hielten ihn für ziemlich cool. Roberto schmunzelte. Nicht nur die Freunde, auch einige Damen in Torri und Umgebung schätzten sein selbstbewusstes Auftreten. Sie konnten ja nicht ahnen, wie es hinter dieser Fassade aussah. Da war er eher unsicher und alles andere als ein Macho. Aber er war ein Meister des Überspielens.

Nach einer halben Stunde war er endlich fertig. Als er seinen Brief noch mal las, hätte er ihn am liebsten zerrissen. Aber er gab sich einen Ruck – und malte sogar ein Herz darunter. Und daneben seine Telefonnummer in Italien. Mit drei Ausrufezeichen!!!

Er klemmte das Blatt gut sichtbar unter die Keramikvase auf dem Fernseher. Zum Abschied hauchte er einen Kuss in die Luft. Dann zog er sich zurück. Leise schloss er hinter sich die Tür.

Hätte Roberto zuvor auf die Ablage über dem Waschbecken in Susannas Zimmer geschaut, wäre ihm vielleicht eine angebrochene Tablettenschachtel aufgefallen. Ob sein Deutsch ausgereicht hätte, den Verwendungszweck zu verstehen? »Gegen Übelkeit und Erbrechen während der Schwangerschaft.« Doch, das hätte er verstanden. Ebenso den Titel einer Broschüre auf dem Kästchen neben ihrem Bett: »Die ersten Wochen – Ratgeber für werdende Mütter«. Aber Roberto hatte weder die Tablettenschachtel noch die Broschüre bemerkt. Sonst wäre wohl alles anders verlaufen …

15

Unser Ausflug nach Lazise ist sehr kurzweilig. Wir parken am Parcheggio bei der Via Campo della Cintura und schlendern an alten Burgmauern und einem Castello vorbei zur schachbrettartig gepflasterten Piazza Vittorio Emanuele. Dann links zum Hafen, der ähnlich überschaubare Ausmaße hat wie jener von Torri del Benaco. Immer wieder murmelt Klara, dass ihr das alles sehr, sehr bekannt vorkomme. Lazise habe ihr schon vor dreißig Jahren gut gefallen. In der Kirche San Nicolo will sie eine Kerze stiften. Für meine Mutter Susanna. Leider ist das nicht möglich. Mangels Kerzen. Dann entdeckt sie ein Ristorante namens *Alla Grotta*. Sie klatscht freudig in die Hände. Diese Grotte habe es schon damals gegeben, erklärt sie. Weil ohnehin bereits Mittag ist, kehren wir ein.

Tortellini panna e prosciutto, danach Dorade vom Grill … Und zum Abschluss *Dolci*. Eine *Torta al limone* steht nicht auf der Karte, sonst hätten wir diese selbstredend bestellt. So entscheiden wir uns für ein Halbgefrorenes, ein *Semifreddo all'amaretto*. Eine Portion für uns beide. Ich erinnere mich an ein Rezept in einem alten Kochbuch von Susanna. *Semifreddo* mach ich auch ganz gerne selbst.

Dass uns als Weinbegleitung zum Essen der *Bardolino Chiaretto* gut schmeckt, verdient keine besondere Erwähnung. Schon eher die Tatsache, dass ich auf der Rückfahrt nach Torri del Benaco eine leichte Müdigkeit verspüre.

SEMIFREDDO ALL'AMARETTO

Eiskalt zu servierendes Dessertgericht (Halbgefrorenes)
Rezept aus einem alten Kochbuch von Susanna

ZUTATEN:

- 4 Eier
- 100 g Zucker
- 5 EL Marsala (Likörwein aus Sizilien)
- ½ l Schlagsahne
- 220 g Amaretti (Mandelmakronen)
- Cointreau (Orangenlikör)

ZUBEREITUNG:

1. Eigelb mit Zucker im Wasserbad schaumig rühren. Nach dem Abkühlen Marsala hinzufügen. Geschlagene Sahne unterheben.
2. Im Mörser Amaretti zerstoßen.
3. In eine rechteckige Gefrierform eine Schicht Creme geben, darüber eine Schicht Amarettibrösel, mit Cointreau beträufeln. Dann wieder eine Schicht Creme, Amarettibrösel, Cointreau … Insgesamt fünf Schichten, mit der Creme oben abschließen.
4. Einige Stunden im Tiefkühlfach frieren lassen, in senkrechte Scheiben schneiden und kalt servieren.

Jetzt kurven wir auf den Parkplatz unseres Hotels. Ich bremse scharf. In der Absicht, Klara aufzuwecken. Aber meine Oma pendelt nur mit dem Kopf einmal vor und zurück – und schläft weiter. Beneidenswert. Ich muss sie rempeln, um sie wach zu bekommen.

»Wo sind wir, mein Schätzchen?«

»Vor unserem Hotel. Ich bring dich jetzt rauf, dann kannst du dich aufs Bett legen und dein Schläfchen fortsetzen.«

»Das ist ein … hoppala, ein guter Vorschlag.«

Kommt es mir nur so vor, oder lallt sie ein wenig? Ich frage mich, wie sie bis zu ihrer Verabredung mit Francesco wieder fit werden möchte.

Zwangsweise kommen wir an der Rezeption vorbei. Riccardo taucht auf, diesmal mit blauer Brille, und begrüßt uns. Höflich erkundigt er sich nach meinem Wohlbefinden. Was ich einigermaßen befremdlich finde. Wer stützt hier gerade wen? Doch wohl ich meine Oma und nicht umgekehrt.

Mit meinem Wohlbefinden stehe es zum Besten, antworte ich ihm.

Klara nickt. »Ja, ja, meiner Enkelin geht es schon deutlich besser. Aber wie ich Ihnen schon sagte, spricht sie nicht gerne darüber.«

»Das freut mich, das freut mich sehr«, sagt Riccardo und zwinkert meiner Oma verschwörerisch zu.

Ich verstehe nur Bahnhof. Eine innere Stimme rät mir, den Mund zu halten. Aber oben auf dem Zimmer werde ich Klara gleich zur Rede stellen.

»Übrigens war der junge Mann wieder hier«, wendet sich Riccardo an Klara. »Er bedauert es sehr, dass Sie heute Abend verhindert sind.«

Verhindert? Meine Oma? Jetzt kapiere ich gar nichts mehr. Ich sehe sie mit großen Augen an. »Aber du hast seine Einladung doch angenommen?«

»Aber natürlich, mein Schätzchen. Jedenfalls wollte ich das. Doch dann sind mir Bedenken gekommen. Ehrlich gesagt würde ich mir heute Abend lieber den zweiten Teil des Fernsehkrimis anschauen. Weshalb ich Riccardo gebeten habe, diesem charmanten jungen Mann auszurichten, dass er an meiner Stelle meine liebreizende Enkelin Moniga zum Abendessen ausführen dürfe.«

Mir fällt der Kinnladen runter. Sprichwörtlich. In Wahrheit bin ich zu keiner Reaktion fähig.

»Was schaust du so komisch?«, fragt sie mich. »Das ist doch keine so schlechte Idee.« Ein Lächeln huscht über ihr Gesicht. »Nun ja, er wird etwas enttäuscht sein. Schließlich wollte er mit *mir* ausgehen. Jetzt muss er halt mit meiner Enkelin vorliebnehmen.«

Jetzt dreht sie völlig durch. Ach so, das war ein Späßchen.

»Ich werde … ich werde … auf keinen Fall mit diesem Francesco zum Essen gehen«, stammle ich.

»Tut mir leid«, meldet sich Riccardo zu Wort, »aber ich habe ihm verbindlich zugesagt. Er holt Sie um acht Uhr ab.«

»Schätzchen, es wäre ausgesprochen unhöflich, wenn du ihn im Regen stehen lässt.«

Es regnet doch gar nicht …

»Nein, meine liebe Moniga, das kannst du nicht machen«, fährt sie fort. »In unserer Familie achten wir auf die Etikette.«

Dass ich nicht lache. Gerade in unserer Familie eben nicht. Meine Mutter Susanna hielt gesellschaftliche Umgangsformen für so veraltet wie Pferdekutschen im öffentlichen Nahverkehr.

»Der Idiot ist mir mit seiner dämlichen Vespa in mein Auto reingefahren. Statt sich zu entschuldigen, hat er mich beleidigt …« Dass er mich zudem heute früh nackt auf dem Balkon gesehen hat, fällt mir zwar ein, behalte ich aber für mich. »… und jetzt verlangst du, dass ich mit diesem Volltrottel zum Abendessen gehe. Nein, meine liebe Oma, kommt nicht infrage.«

Klara fasst mich an den Schultern und sieht mir tief in die Augen. »Tu es für mich, mein Schätzchen. Dann kann ich mich entspannt aufs Bett legen und in Ruhe meinen Krimi gucken.«

Klaras Augen erscheinen mir etwas wässrig. Was auf den Alkohol zurückzuführen sein könnte. Ihr Blick ist dennoch eindringlich, fast hypnotisch … und irgendwie herzerweichend.

»Okay«, höre ich mich sagen. »Ich mach's. Aber nur für dich. Und bis dein Krimi vorbei ist, bin ich wieder zurück.«

Klara küsst mich. »Moniga, ich liebe dich.«

Riccardo, der dem ganzen Gespräch beigewohnt hat, räuspert sich verlegen. »Ich soll Ihnen noch was ausrichten.«

»Wem? Meiner Oma?«

»Nein, Ihnen. Sie möchten bitte feste Schuhe anziehen, in denen sie gut laufen können, und zur Sicherheit eine Strickjacke mitnehmen.«

Tickt dieser Francesco jetzt völlig aus? Macht mir Vorschriften, was ich zum Essen anziehen soll. Feste Schuhe? Schade, dass ich meine High Heels in München gelassen habe, sonst würde ich ihm zeigen, was ich unter festen Schuhen verstehe.

Oma Klara klimpert mit den Augen. »Das klingt doch vielversprechend, meine Liebe. Mich hätte Francesco höchstens gebeten, meinen Rollator mitzunehmen.«

»Aber Klara, du hast doch gar keinen Rollator.«

Ein Lächeln streicht über ihr Gesicht. »Stimmt. Ich hab nur einen Gehstock. Und beim Walzertanzen brauche ich selbst den nicht.«

»Auch sonst lässt du ihn oft daheim.«

»Natürlich. Mit dem Stock komme ich mir vor wie eine alte Frau.«

Minuten später begleite ich Klara auf ihr Zimmer. Ich bin immer noch fassungslos, dass ich in einem Moment der Schwäche der abendlichen Einladung zugestimmt habe. Oder gibt's da tief in meinem Inneren eine Stimme, die mir zugeflüstert hat: Komm, lass dich drauf ein. So übel sieht der Francesco gar nicht aus. Und vielleicht ist er doch nicht schwul. Finde es heraus!

»Oma Klara, ich muss dich noch was fragen.«

Sie setzt sich aufs Bett. »Gott, bin ich müde.«

»Warum hat sich Riccardo so eingehend nach meinem Wohlbefinden erkundigt? Du hast ihm geantwortet, dass es mir schon sehr viel besser gehe. Was ist denn das für ein Blödsinn? Mir ging's doch gar nicht schlecht.«

»Ja, ja, mein Schätzchen, ich weiß. Warum er dennoch besorgt ist? Das hängt vielleicht mit der Geschichte zusammen, die ich mir ausgedacht habe, damit wir das zweite Zimmer bekommen.«

Ich erinnere mich, dass sie eine »gute Geschichte« erwähnt hat, die kombiniert mit einer Charmeoffensive Wunder bewirken könne.

»Was hast du ihm erzählt?«

Klara reibt sich die Nase. »Um ehrlich zu sein, weiß ich das nicht mehr so genau. Ich glaube, ich habe ihm vorgeflunkert, dass du vor unserer Reise einen Nervenzusammenbruch hattest.«

»Einen Nervenzusammenbruch? Das hat gereicht, Riccardo rumzukriegen?«

Sie kratzt sich verlegen an der Wange. »Stimmt, das wäre zu wenig. Deshalb habe ich ihm anvertraut, dass du schwere Depressionen hast, die man dir aber nicht immer anmerkt.«

Ich schaue Klara forschend an. Ich ahne, dass das immer noch nicht alles ist. »Was hast du ihm außerdem erzählt?«

Klara zieht eine Grimasse. »Na ja, ich habe ihm unter dem Siegel der Verschwiegenheit verraten, dass du dich vor einer Woche umbringen wolltest …«

»Spinnst du?«

»… und dass dein Arzt dir dringend Erholung verschrieben hat. Du brauchst nachts deine Ruhe, damit es zu keinem Rückfall kommt. Leider schnarche ich. Das kann ich dir nicht zumuten.«

»Das ist doch haarsträubend. Sag bloß, der Riccardo hat dir diesen Unsinn geglaubt?«

Klara lächelt triumphierend. »Natürlich hat er das. Sonst hätten wir ja kein zweites Zimmer bekommen. Das ist ein ganz Netter, dieser Riccardo. Und so verständnisvoll.«

Ich kann es immer noch nicht glauben. Sehe ich vielleicht aus wie eine depressive Selbstmörderin? Nun gut, das mit dem Nervenzusammenbruch könnte schon eher hinkommen. So wie ich mich über die vermeintlich fehlerhafte Reservierung aufgeregt habe. Da war ich tatsächlich kurz vor dem Austicken.

Ich schüttle entgeistert den Kopf. »Das ist dir alles aus dem Stand eingefallen? Du hast eine blühende Fantasie.«

»Oh, mir wären noch ganz andere Plots eingefallen. Zum Beispiel, dass du gerade einen Herzinfarkt überstanden hast ...«

»Plots?«

»Ja, das kommt aus dem Englischen. So nennt man die Handlung in einem Film. Und wie du weißt, gucke ich fast jeden Abend einen Krimi. Da bleibt man fit im Kopf. Solltest du auch machen.«

»Wie wollte ich mich umbringen?«

»Hat er nicht gefragt. Ich dachte an Erhängen, aber dir fehlen ja die Strangulierungsmale am Hals. Wahrscheinlich hätte ich mich für Schlaftabletten entschieden. In diesem Fall hätte man dir nachts den Magen ausgepumpt ...«

Ich schlage die Hände über dem Kopf zusammen. »Klara, bitte hör auf!«

Sie schaut mich unschuldig an. »Hättest mich ja nicht fragen müssen.«

Nein, hätte ich nicht. Aber Gott sei Dank habe ich. So weiß ich jetzt wenigstens Bescheid, wenn mich der Riccardo wie eine arme Irre behandelt. Hoffentlich hat er Francesco nichts erzählt. Das mit dem Nervenzusammenbruch glaubt der sofort.

16

Ohne Krimi geht die Mimi nie ins Bett. Das war ein Schlager in den Sechzigerjahren. Oder ein Film? Jedenfalls lange vor meiner Zeit. Ob meine Oma Klara dafür die Blaupause geliefert hat? Vorstellbar wäre es. Jedenfalls glaube ich ihr in Zukunft auf Anhieb gar nichts mehr. Was die Situation natürlich weiter verschärft. Denn entweder kann sie sich an nichts erinnern, oder scheinbar doch – aber dann muss es nicht stimmen. Halt so wie mit dem Conte.

Es ist kurz vor acht. Ein letztes Mal überlege ich, Francesco doch noch einen Korb zu geben. Ich könnte mich ja zu meiner Oma aufs Bett legen und Fernsehen schauen. Aber so wirklich prickelnd ist diese Vorstellung auch nicht.

Also gebe ich mir einen Ruck und gehe runter zur Rezeption. Riccardo, der offenbar niemals Pause macht, befindet sich im Gespräch mit Francesco. Ich will nicht wissen, worüber sie reden. Hoffentlich nicht …

Francesco hat kurze Hosen an und Bergstiefel. Eine gewagte Kombination.

»Was macht das Bein?«, frage ich. »Ist die gebrochene Kniescheibe wieder zusammengewachsen?«

Das freche Grinsen kenne ich schon.

»Schön, dass du deine Großmutter vertrittst.«

Eine Antwort ist das nicht. Und seit wann duzen wir uns? Na, meinetwegen. Immerhin hat er endlich kapiert, dass ich nicht Klaras Tochter bin.

»Sie ist wirklich untröstlich«, erwidere ich. Ich verkneife mir einige Gemeinheiten, die mir unaufgefordert durch den Kopf schießen. Ich will dem Abend eine Chance geben. Aber nur eine kleine.

Er deutet auf meine Sneakers. »Haben die eine griffige Sohle?«

»Natürlich nicht. Die Sohle ist so glatt wie ein Babypopo. Warum?«

»Vor dem Essen machen wir einen kleinen Spaziergang. Einverstanden?«

»Ich habe eh keinen Bock aufs Abendessen«, rutscht mir raus. »Da können wir auch spazieren gehen.«

»Perfetto.« Und zu Riccardo. *»Ciao.«*

»Ciao, Francesco. In bocca al lupo!«

Das verstehe ich. Wofür braucht Francesco viel Glück?

Draußen steht seine Vespa.

»Wir müssen erst ein kurzes Stück fahren«, erklärt er.

Okay, hiermit ist der Abend schon beendet.

»Du glaubst doch nicht im Ernst, dass ich mich auf deinen Motorroller setze? Ich bin doch nicht lebensmüde.«

Gott sei Dank ist Riccardo bereits außer Hörweite. Bei »lebensmüde« hätte er vielleicht die falschen Schlüsse gezogen.

»Geht aber nicht anders. Wir müssen ein Stück fahren. Deine Oma wäre bestimmt nicht so zickig.«

Zickig? Jetzt hat er sich aber gewaltig im Ton vergriffen. Wäre ihm nur zugutezuhalten, dass ihm die Nuancen der deutschen Sprache nicht so geläufig sind.

»Meine Oma hat ja auch nicht mehr so lange zu leben«, antworte ich, »da kann man unkalkulierbare Risiken eingehen.«

»Wer nackt auf dem Balkon herumturnt, sollte nicht von unkalkulierbaren Risiken sprechen …«

Bingo. Aber das war was völlig anderes. Näher darauf eingehen möchte ich nicht.

»Wir fahren mit meinem Cinquecento. Wie wäre das?«

Francesco schüttelt den Kopf. »Nein, der ist zu groß.«

Dass mein kleiner Fiat zu groß sein könnte, ist mir noch nie in den Sinn gekommen. Jetzt fällt mir noch ein Vorschlag ein. Wenn wir uns auch bei diesem nicht einigen können, lege ich mich zu Klara aufs Bett.

»Okay, wir nehmen deine Vespa. Aber ich fahre!«

Wow. Jetzt habe ich ihn erwischt. Sein Gesicht drückt pures Entsetzen aus.

»Und ich soll mich hinten drauf setzen?«

»Du kannst auch nebenherlaufen.«

»Sehr witzig. Kannst du überhaupt Vespa fahren?«

»Besser als du«, stelle ich fest. »Und einen Motorradführerschein habe ich auch.«

Francesco runzelt die Stirn. Dann quält er sich ein Lächeln ab. *»D'accordo. Facciamo così.«*

Respekt. Er hat Eier in der Hose. Wann bin ich das letzte Mal Vespa gefahren? Das war auf Kreta. Ich denke besser nicht daran, wie das ausgegangen ist.

Bisher erträgt Francesco unsere Fahrt tapfer. Dass er mich einige Male unsittlich umklammert, laste ich ihm nicht an. Manche meiner Fahrmanöver überraschen mich selbst. Erst geht es entlang der mir schon vertrauten Uferstraße nach Garda. Dabei passieren wir auch unseren »Unfallort«, was wir beide geflissentlich ignorieren. In Garda geht es zunächst durch einige verwinkelte Gassen – und dann den Berg hinauf. Ich frage mich, wo es dort was zu essen geben soll. Die Fahrt wird immer abenteuerlicher. Wäre ich dafür nicht zu stolz, würde ich jetzt lieber nach hinten wechseln. Schließlich wird mir klar, warum mein Cinquecento zu groß wäre. Wir fahren durch den Wald über einen Feldweg, dann ist Schluss. Mir kommt der Gedanke, dass ich schon länger keinen Menschen mehr gesehen habe. Eigentlich ganz schön leichtsinnig, sich von einem Francesco, der auch ganz anders heißen könnte, in die Wildnis entführen zu lassen. Fast erleichtert sehe ich im Wald einige Wanderer auftauchen, die sich offenbar auf dem Rückweg befinden. Auf dem Rückweg von wo?

Francesco bringt die abgestellte Vespa in eine stabile Position. Auf dem Rücken hat er einen Rucksack.

»Wir sind einen Schleichweg gefahren«, erklärt er.

Nun, dass das keine Hauptstraße war, ist mir auch schon aufgefallen.

»Es ist nicht mehr weit auf die Rocca di Garda. Ein kurzer Fußmarsch, dann sind wir oben.«

»Und was wollen wir dort?«

»Die Aussicht genießen«, antwortet Francesco grinsend.

Was ist mit der Essenseinladung? Hat er die vergessen?

»Eigentlich heißt er Monte Sairo, aber so nennt ihn kein Mensch.«

Verstehe, der Monte Gu heißt eigentlich Monte Pizzocolo, die Rocca di Garda in Wirklichkeit Monte Sairo. Warum erfinden die Italiener für ihre Erhebungen immer gleich zwei Namen?

Francesco läuft vorneweg. Sportlich und dynamisch. Nicht schlecht für eine gebrochene Kniescheibe. Aber falls er glaubt, ich käme nicht hinterher, hat er sich getäuscht. Sollte es oben ein Gipfelkreuz geben, werde ich ihn kurz zuvor überholen. An steileren Stellen gibt es auf dem Pfad provisorische Stufen. Die Steine sind rutschig. Jetzt weiß ich, warum er nach dem Profil meiner Schuhe gefragt hat. Gott sei Dank sind sie entgegen meiner Aussage nicht so glatt wie ein Babypopo.

Immer wieder frage ich mich, was das alles soll. Eine klassische Einladung zu einem Abendessen ist das jedenfalls nicht. Was hätte er mit Oma Klara gemacht? Sicher hätte er für sie ein anderes, altersgerechtes Programm ausgearbeitet.

Jetzt geht es über blanken Fels. Wir kommen an Höhlen vorbei. Dorthin würde ich ihm nicht folgen. Schließlich gelangen wir auf ein großes Plateau. Wir sind nicht alleine. Irgendwie finde ich das beruhigend. Wir gehen auf einem breiten Pfad über eine Wiese … und dann – Wow! Von der Rocca hat man einen hammermäßigen Blick. Hinaus auf den See, hinunter auf die Bucht von Garda.

»Da vorne, das ist die Punta San Vigilio«, erklärt Francesco.

Richtig, an die konnte sich Klara erinnern. Da will sie mit mir an einem »putzigen kleinen Hafen« Prosecco trinken.

Vor uns geht es fast senkrecht nach unten. Auf einem Schild der Comune di Garda gibt es einen Warnhinweis: Absturzgefahr! Dennoch wage ich mich weiter vor. Bei Francesco soll gar nicht erst der Gedanke aufkommen, ich hätte Höhenangst.

Dann laufen wir auf der Rocca einmal herum. Das Panorama ist wirklich spektakulär. Über Bardolino und Lazise hinweg bis nach Sirmione im Süden. Auf der anderen Seite des Sees die *Gardesana Occidentale* mit den dahinter aufragenden Bergen. Einer von ihnen ist mein Monte Gu. Aber von hier finde ich Napoleons Nase nicht. Die Isola del Garda … Ich mache einige Fotos. Damit ich Klara morgen zeigen kann, wie toll es hier ist. Und dass es von ihr vielleicht doch keine so schlechte Idee war, mich zu diesem Ausflug zu überreden.

Ausflug? Eigentlich war ein Abendessen geplant. Aber das ist jetzt nicht mehr so wichtig. Obwohl … zu trinken hätte ich jetzt gerne was.

Francesco zeigt mir ein weiteres Schild der Comune di Garda, das in drei Sprachen auf die Absturzgefahr hinweist und zudem untersagt, Abfälle »aufzugeben«. Besonders originell ist die deutsche Übersetzung des Verbots, Feuer zu machen: »Absolutes Verbot der Zündung brennt.« Kein Witz, steht wirklich so auf dem Schild. Wir müssen beide lachen.

Gleich um die Ecke sehe ich hinter dichten Sträuchern Rauch aufsteigen. Es sieht ganz so aus, als ob da verbotswidrig die »Zündung brennt«.

Er nimmt mich an der Hand und führt mich zu einem Lagerfeuer, um das fünf Leute unseres Alters lagern.

»*Ciao, Francesco*«, wird er begrüßt. »*Tutto a posto?*«

»*Ma certo, come sempre.* Darf ich vorstellen? Das ist Moniga aus München.«

»*Piacere.*«

»Und das sind meine Freunde Giancarlo und Albertina, Beppino und Carlotta. Ach ja, und der Zausel mit dem Vollbart, das ist Tommaso.«

»*Benvenuto.*«

»Ihr kommt gerade rechtzeitig, die Steaks sind fast fertig. Fehlt nur noch der Wein.«

»*Abracadabra …*« Francesco holt aus seinem Rucksack einige Flaschen. Die Weißweine mit Kühlmanschetten. Und er zaubert Gläser hervor. Das macht er gut.

Ich lasse mich auf einer Decke nieder. Dabei denke ich, dass der Francesco vielleicht ein nicht ganz so schlimmer Idiot ist, wie ich dachte. Vom *dolce vita* scheint er jedenfalls was zu verstehen. Seine Freunde machen einen netten Eindruck. Ich freue mich auf die Steaks vom Grill. Der Pinot bianco ist schon mal köstlich. Der anschließende Amarone erst recht. Über dem Gardasee färbt sich der Abendhimmel rosa. Das Holz im Feuer knackt. Tommaso hat einen Lautsprecher dabei und streamt von seinem Handy coole Musik. Nicht zu laut, genau passend.

Verdammt, es ist gerade richtig schön. Geradezu kitschig schön. Wohlig lehne ich meinen Kopf an Francescos Schulter. Aus Versehen. Aber egal. Ich genieße einfach den Augenblick.

17

9. NOVEMBER 1989

Berlin

Heute war Susannas letzter Abend in Berlin. Morgen würde es zurückgehen nach München. Dass daraus nichts werden würde, weil sich in den nächsten Stunden die Ereignisse überstürzen sollten, konnte sie nicht ahnen. Niemand konnte das ahnen. Mit ihrer Freundin Petra und ihrer Clique saßen sie in einer verräucherten Studentenkneipe und feierten ihren Abschied. Susanna war die Einzige, die Wasser trank. Alle anderen sprachen dem Rotwein zu. Weil eine Flasche direkt vor ihr stand, bemerkte sie, dass es ein Bardolino war. Ausgerechnet. Den hatte sie am Gardasee mit Roberto getrunken. Das war noch gar nicht so lange her – und doch war seitdem eine kleine Ewigkeit vergangen.

Susanna hatte keine Gelegenheit, sentimental zu werden, dazu war die Ablenkung zu groß. Im Lokal herrschte eine aufgeregte Stimmung. Alle sprachen wild durcheinander. Vor eineinhalb Stunden war eine Eilmeldung der Nachrichtenagenturen bekannt geworden. »Die DDR öffnet die Grenzen«, hieß es da. Das konnte natürlich nicht stimmen, andererseits schien nach den Ereignissen der letzten Wochen plötzlich alles möglich. Im Radio wurde berichtet, dass sich auf Ostberliner Seite an verschiedenen Grenzübergängen, zum Beispiel in der Bornholmer Straße und der Invalidenstraße, immer mehr Menschen zusammenfanden, die Günter

Schabowski beim Wort nehmen wollten, der gesagt hatte, dass die neue Regelung ab »sofort, unverzüglich« in Kraft trete. Zwar hatte er dabei unsicher gewirkt: »… nach meiner Kenntnis … also, doch, doch …« Aber der Bann schien gebrochen.

Irgendwann hielt es keinen mehr in der Kneipe. Alle drängten hinaus, um sich mit den DDR-Bürgern auf der anderen Seite der Berliner Mauer zu solidarisieren. Susanna zog mit Petra und ihren Freunden zum Brandenburger Tor. Eine solche Stimmung hatte sie noch nie erlebt. Autos hupten, es wurden Gesänge skandiert, es wurde geschoben und gedrängelt. Plötzlich sah man die ersten Menschen, die von der anderen Seite über die Mauer kletterten. Ihnen wurden Hände entgegengereckt, sie wurden umarmt und bejubelt. Immer mehr DDR-Bürger überwanden die Mauer und strömten in den Westen. Hunderte, Tausende. Das Brandenburger Tor wurde förmlich überrannt. Ein unfassbarer, ein freudiger Tumult. Und Susanna mittendrin. Ihr war klar, dass sie gerade einen historischen Moment erlebte. Das ließ sie alles vergessen, auch Roberto – sogar ihr ungeborenes Kind.

Mit Petra stürzte sie sich in die nächtliche Jubelparty. Es wurde ausgelassen gefeiert und getanzt … jeder mit jedem, Ost mit West, West mit Ost. Irgendwann verlor sie Petra aus den Augen. Dafür gab es einen Lars, der sie auf seine Schultern hob und sich mit ihr im Kreise drehte. Wie sie später erfahren sollte, kam er vom Prenzlauer Berg. Er war Student wie sie. An der Humboldt-Universität Unter den Linden. Das war im Osten. Jetzt war er im Westen und schien es gar nicht glauben zu können. Susanna teilte die Freude mit ihm. Aber wo war Petra? Egal. Heute Nacht war alles egal …

18

Ich liege im Bett und kann mich nicht entscheiden, ob ich schon wach bin oder noch schlafe. Solange das ungeklärt ist, lasse ich die Augen geschlossen und vermeide jede Bewegung. In meinem Kopf läuft gerade ein netter Film. Ich sehe mich auf der Rocca di Garda lecker Grillfleisch essen und Wein trinken. Das Holz im Feuer knackt, und im Hintergrund läuft coole Loungemusik. Später liege ich auf einer Decke und schaue in den Sternenhimmel. Irgendjemand hält mich dabei in den Armen, was ich als durchaus angenehm empfinde. Es stellt sich heraus, dass es sich bei dem Jemand um Francesco handelt. Seltsamerweise bin ich gar nicht entsetzt. Wir sind nicht alleine. Tommaso spielt Luftgitarre. Beppino und Albertina kuscheln. Giancarlo und Carlotta tanzen barfuß in der Wiese. Alles ganz brav und gesittet. Schade eigentlich … Quatsch. Gut so! Sonst würde ich jetzt nicht so entspannt in meinem Bett liegen.

Ich höre mich, wie ich versuche Francesco auszufragen. Zum Beispiel, was er den ganzen lieben Tag so treibt, wenn er nicht gerade mit seiner Vespa einer unschuldigen Touristin ihren Cinquecento verbeult. Viel bekomme ich nicht heraus. Er scheint irgendwie mit Weinen zu handeln und mit Olivenöl. Aber nach einem richtigen Job hört sich das nicht an. Er hat mal in Hamburg gelebt, deshalb spricht er so gut Deutsch. Aber was er dort gemacht hat, verrät er nicht. War wohl nichts Gescheites. Schließlich kommen wir auf eine erstaunliche Gemeinsamkeit. Nicht nur ich habe keinen Vater, auch Francesco ist ohne Vater aufgewachsen. Wir sind also Seelenverwandte, jedenfalls in dieser Hinsicht – sonst ganz bestimmt nicht.

Irgendwann löscht Giancarlo das Feuer. Dann brechen wir gemeinsam auf. Francesco hat für uns beide Stirnlampen dabei. Er ist vielleicht ein Hallodri, aber dumm ist er nicht. Und weil ich auch nicht dumm bin, überlasse ich ihm auf der Vespa freiwillig die Position des Fahrers. Ich will nicht dran schuld sein, wenn wir im Graben landen. Irgendwann halten wir vor dem *Quattro Pini*. Zum Abschied küsst er mich. Auf die Wangen? Ich muss lächeln. Nein, ich glaube nicht …

An meiner Zimmertür klopft es. Wohl schon länger, denn das penetrante Klopfgeräusch hat meinen Traum gestört. Ich rolle mich aus dem Bett und komme in einer pirouettenartigen Drehung auf die Beine. An der Tür angelangt, öffne ich sie einen Spalt. Gerade so weit, um Oma Klaras Gesicht zu sehen.

»Gott sei Dank«, begrüßt sie mich. »Du lebst.«

»Ich freue mich auch, dass du noch lebst«, antworte ich mit belegter Stimme. »Aber deshalb musst du mich doch nicht aus dem Schlaf reißen.«

»In zehn Minuten schließt das Frühstücksbüfett.«

So spät ist es schon? Dann sei Klara ihr Geklopfe verziehen.

»Geh voraus, ich komme gleich nach.«

Die Dusche verschiebe ich auf später. Auch das Zähneputzen. Ich kann ja mit Klaras Prosecco gurgeln. Ich schaffe es gerade noch rechtzeitig in den Frühstücksraum.

Klara lächelt mich verschmitzt an. »Du schaust übernächtigt aus, mein Kleines.«

Ha, meine Oma ist neugierig.

»Der Eindruck täuscht«, sage ich betont gelangweilt. »Ist nicht spät geworden.«

»Wirklich? Wie schade.«

Ich beschließe, sie in die Irre zu führen.

»Hast du was anderes erwartet?«, erwidere ich. »Mit diesem Francesco? Kannst froh sein, dass ich dir den Termin abgenommen habe.«

Sie schaut mich mit großen Augen an. »So schlimm?«

Jetzt kann ich mir ein Lächeln nicht verkneifen. »Na ja, fast so schlimm«, schränke ich ein.

Klara droht mir mit dem Zeigefinger. »Moniga, mein Liebes, du schwindelst mich an. Dieser Francesco ist gar nicht so übel, habe ich recht?«

Ich beiße in ein *Panino*. »Ich weiß nicht«, sage ich mit vollem Mund. »Wir haben nicht viel miteinander geredet.«

»So, so. Das muss kein schlechtes Zeichen sein. Wohin hat er dich zum Essen eingeladen?«

»Hätte dir nicht gefallen. Es gab keinen gedeckten Tisch, keinen Service, nicht mal Stühle, auch keinen Prosecco.«

»Das hört sich tatsächlich etwas speziell an.«

»Und bei dir?«, wechsle ich das Thema. »Wie war der Krimi?«

»Soll ich ehrlich sein? Ich bin in der Mitte eingeschlafen. Kein Wunder nach dem anstrengenden Tag.«

Anstrengend? Ich versuche mich zu erinnern. *Tortellini panna e prosciutto*, *Orata griglia*, *Semifreddo all'amaretto* … Nicht zu vergessen die Flasche *Bardolino Chiaretto*. Wer weiß, was sie abends noch getrunken hat. In unseren Zimmern gibt es eine Minibar. Dies alles berücksichtigend, könnte der gestrige Tag für Klara tatsächlich »anstrengend« gewesen sein.

Mit der Gabel sticht sie in eine Scheibe Wurst und hebt sie theatralisch hoch. »Was ist denn das?«, fragt sie. »Ist das Schimmel? Wo kommen die weißen Flecken her?«

»Das ist eine Mortadella«, erkläre ich. »Die weißen Flecken gehören dazu.«

Sie runzelt die Stirn. »Was hast du gerade gesagt? Mord am Teller?«

Ich muss laut lachen. Dass Klara schlecht hört und oft das Falsche versteht, ist eine Sache. Richtig lustig wird's in Kombination mit ihrer Krimileidenschaft.

»Nein, Omilein, Mor-ta-della. Das ist Italienisch. Und die weißen Flecken müssen so sein.«

»Ach so, sag's doch gleich.«

Ich denke an den bevorstehenden Tag.

»Wie fit bist du heute?«

»Was soll denn diese Frage? Ich sehe heute sicher frischer aus als du.«

Das war unfair. Außerdem hat sie zwei Lagen Schminke im Gesicht.

»Wollen wir wie geplant nach Moniga del Garda fahren?«, präzisiere ich.

»Na klar, so hatten wir das doch ausgemacht. Dafür muss ich wohl nicht besonders fit sein? Oder was hast du dort vor?«

»Wir nehmen die Autofähre über den See, dann sind wir nicht so lange unterwegs.«

»Und dann?«

»Dann fahren wir nach Moniga.«

»Ach so, das sagtest du ja gerade. Warum eigentlich ausgerechnet dorthin?«

»Aber Omilein, du hast mich doch selber auf diesen Gedanken gebracht, erinnerst du dich? Weil mich Susanna Moniga genannt hat, mit ›g‹, so wie bei diesem Ort auf der anderen Seite des Gardasees.«

Sie schaut mich missbilligend an. »Natürlich erinnere ich mich, ich bin doch nicht blöd.«

Am späten Vormittag stehen wir mit meinem Cinquecento in einer kleinen Schlange und warten auf die Autofähre. Der *Traghetto autoveicoli* pendelt alle halbe Stunde zwischen Torri del Benaco und Toscolano-Maderno. Das Ticket habe ich schon gelöst.

Klara ist aufgeregt. Sie sagt, dass sie schon lange keine »Kreuzfahrt« mehr gemacht habe.

Mein Smartphone macht mich auf eine eingehende Textnachricht aufmerksam. Überrascht stelle ich fest, dass sie von Francesco kommt. Ich kann mich nicht erinnern, ihm meine Handynummer gegeben zu haben. Woran sonst kann ich mich nicht erinnern?

Verstohlen lese ich, dass er mir einen schönen Tag wünscht. Und dass er mich wie besprochen heute Abend um neunzehn Uhr am Hafen von Torri erwartet. *Ci vediamo. Bacino.*

Stimmt, das hatten wir besprochen. Aber da hatte ich schon einige Gläser Wein intus. Soll ich ihm absagen? Oder mich tot stellen?

Manchmal machen meine Finger, was ich ihnen gar nicht angewiesen habe. Als Antwort erscheinen auf meinem Display ein emporgereckter Daumen und ein grinsender Smiley. Den Befehl zum Senden kann ich nicht mehr verhindern. Gott sei Dank ist mir kein Herzchen durchgerutscht oder sonst eine Peinlichkeit.

»Was machst du da?«, fragt Klara.

»Ich beantworte eine Textnachricht.«

»Ach, wie nett. Doch nicht etwa von diesem Francesco?«

Klara ist gefährlich gut im Kombinieren.

»Von Francesco? Gott bewahre.«

»Von wem dann?«

Und hartnäckig ist sie auch noch.

Ich schaue sie unschuldig an. »Von meiner Freundin Janine aus München. Sie will wissen, wie es uns geht.«

»Gut geht's uns, sehr gut sogar.« Sie deutet nach vorne. »Kannst den Motor anlassen, gleich geht's los.«

Die Autos setzen sich in Bewegung. Über eine Rampe fahren wir auf die Fähre. Weisungsgemäß parken wir in der rechten Spur zwischen zwei protzigen SUV. Aussicht gleich null.

»Komm, lass uns aussteigen!«, fordere ich Klara auf. »Das machen die anderen auch. Offenbar kann man raufgehen und von oben gucken.«

»Ich bleibe hier. Und ich bleibe angegurtet.«

»Angegurtet? Das hilft dir wenig, wenn wir sinken.«

Sie schaut mich mit großen Augen an. »Das hältst du für möglich?«

»Quatsch, natürlich nicht.«

»Aber falls doch, ist's oben besser, da hast du recht. Hoffentlich haben sie Schwimmwesten …«

»Omilein, wir sinken ganz bestimmt nicht. Jetzt steig schon aus! Vielleicht gibt's oben eine Bar, wo du einen Prosecco bekommst.«

Jetzt lächelt sie wieder. »Du weißt, wie du mich rumkriegst.«

19

Die Überfahrt ist viel zu kurz. Wir genießen sie. Klara tatsächlich mit einem Glas Prosecco in der Hand. Links die Isola di Garda und die Bucht von Salò. Hinter uns die immer kleiner werdende Silhouette von Torri. Im Süden reicht der Blick bis zur Landzunge von Sirmione. Im Norden nach Malcesine und Limone, wo die Berge immer näher an den See rücken. Von hier bekomme ich zum ersten Mal eine Vorstellung von der Größe des Lago. Von der Rocca gestern Abend hat man den nördlichen Teil nicht gesehen. Etwa fünfzig Kilometer ist der Gardasee lang, steht in Susannas Reiseführer. Und er ist über dreihundert Meter tief. Diese Information sollte ich Klara besser vorenthalten. Sonst fragt sie wieder nach den Schwimmwesten. Die Fähre nähert sich Maderno. Schaut nett aus. Ockerfarbene Villen, viele Bäume, eine große Kirche mit einer klassischen Fassade. Gerne hätte ich hier oben noch eine Weile ausgeharrt, aber weil ich nicht weiß, wie lange Klara zum Auto braucht, helfe ich ihr die Treppen hinunter zum Parkdeck.

Nach der Abfahrt über die Rampe folge ich den Schildern, die mich irrwitzigerweise erst nach rechts führen, obwohl ich doch nach links will. Aber ich widerstehe der Versuchung, eine Abkürzung zu suchen. Mit Oma Klara im Auto werde ich noch zum Lamm.

Na ja, war vielleicht doch nicht so verkehrt. Denn kurz danach kurve ich auf die Uferstraße *Gardesana Occidentale,* die gen Süden an Gardone vorbei Richtung Salò führt. In Susannas Reiseführer habe ich gelesen, dass es auf der Fahrt viele lohnenswerte Abstecher zu Sehenswürdigkeiten gibt, wie zum Beispiel zum größenwahnsinnigen *Vittoriale degli Italiani* des in meinen Augen ziemlich durchgeknallten Dichters Gabriele d'Annunzio. Aber wir sind ja nicht zum Vergnügen hier. Und eine Bildungsveranstaltung soll unser Ausflug auch nicht werden. Weshalb ich bei Salò die Umfahrung wähle, um möglichst schnell meinem Ziel näher zu kommen: Moniga del Garda!

Immer wieder kontrolliere ich, ob Klara wach ist. Damit ihr ja nichts entgeht, lese ich ihr die Ortsnamen laut vor. Auch die Hinweisschilder zu großen Hotels. In der vagen Hoffnung, dass sie irgendwann wie vom Blitz getroffen ausruft: Da war ich schon mal!

»Warum redest du dauernd vor dich hin?«, fragt mich Klara. »Woher hast du denn plötzlich diese Macke?«

Okay, die Methode scheint nicht zu funktionieren. Also hülle ich mich auf den nächsten Kilometern in Schweigen.

Puegnago, Manerba …

»Schau, da steht Moniga del Garda«, ruft Klara.

Mein Herz beginnt zu hüpfen. Ein riesengroßes Ortsschild mit meinem Namen. *Moniga!* Ich sollte anhalten, es abschrauben und mitnehmen.

Auf den nächsten Metern verfliegt meine Euphorie.

»Hab ich mir schöner vorgestellt«, rutscht mir raus.

»Ja, schaut nicht so toll aus. Irgendwie trostlos.«

Plötzlich erscheint ein Hinweisschild mit dem *Centro*-Zeichen. Aha, dann ist das noch gar nicht der eigentliche Ort. Zu ihm geht es links ab. Meine spontane Richtungsänderung überrascht nicht nur meine Oma. Sie stößt einen spitzen Schrei aus. Ein von vorne kommendes Auto täuscht eine Vollbremsung vor. Und hinter mir hupt einer wie besoffen. Nur weil ich keine Zeit hatte, den Blinker zu setzen. Die Italiener sind ganz schön schreckhaft.

Ich entschuldige mich bei Klara.

»Ist schon gut, Schätzchen«, antwortet sie. »Aber manchmal fährst du wie im Autoscooter auf dem Oktoberfest.«

In meinen Ohren ist das ein Kompliment.

Zu meiner Freude wird Moniga del Garda mit jeder Minute schöner. Es geht über einen kopfsteingepflasterten Platz mit hübschen Häusern, kleinen Läden und Cafés. Wir gelangen an einer Kirche vorbei zu einem mächtigen Castello. Durch einen Torbogen entdecke ich, dass innen Häuser sind. Coole Adresse.

Intuitiv folge ich einem Schild zum *Porto nautica*. Über Häuserdächer und Bäume hinweg sieht man bereits den See.

Ich bin erleichtert. Moniga scheint doch ein nettes Plätzchen zu sein. Gott sei Dank. Wer will schon so heißen wie eine Plattenbausiedlung? Dies nur als Beispiel. Verona wäre auch ein netter Vorname gewesen. Oder Alba. Aber ich heiße nun mal Moniga. Stellt sich die Frage, warum?

Immer wieder werfe ich Klara einen forschenden Blick zu. Sie zeigt kein Zeichen einer Erinnerung.

Am Hafen angekommen, entdecke ich eine Pizzeria mit eigenem *Parcheggio*. Weil ich nicht möchte, dass mir Klara erneut vorwirft, sie verhungern und vor allem verdursten zu lassen, kehren wir dort ein. Wir bekommen einen Tisch auf der Terrasse.

Vor uns liegen viele Boote. Ein großer blauer Kran ist wohl dazu da, sie an Land zu heben. Und zurück ins Wasser. Dann ist das wohl ein Jachthafen. Wobei ich nicht weiß, ab welcher Größe man von einer Jacht spricht. Aber ich weiß, was eine *Pizza Margherita* ist. Wir bestellen *una per due*, eine für zwei.

Der Ober klärt uns auf, dass die Gemeinde Moniga zum Weinbaugebiet Valtènesi gehört, weshalb er uns einen *Chiaretto* aus der Gegend empfiehlt. Das ist ein Roséwein, so viel habe ich schon kapiert. Gestern haben wir uns mittags eine Flasche *Bardolino Chiaretto* gegönnt. Im Anschluss war Oma Klara hundemüde. Vielleicht klappt das heute erneut. Schließlich habe ich abends eine Verabredung.

Es bleibt nicht aus, dass wir über Moniga reden. Nein, nicht über mich, sondern über den Ort, an dem wir uns gerade befinden. Beziehungsweise über das Phänomen, dass er meinen Namen trägt.

Oma Klara korrigiert mich. Eigentlich sei es umgekehrt, *ich* trüge den Namen von Moniga del Garda. Haarspalterei. Sie weiß genau, wie ich es meine. Bleibt die alles entscheidende Frage, warum mir meine Mutter Susanna ausgerechnet diesen Namen gegeben hat. Vielleicht hat er ihr einfach gefallen. Das wohl auch, aber das kann nicht der alleinige Grund gewesen sein. Ich denke an ihren Reiseführer, in dem genau die Seite über Moniga rausgetrennt ist. Hat sie mir das Blatt im Babybett unters Kopfkissen gelegt? Oder mit einem Streichholz angezündet und verbrannt?

Ich sehe Klara nachdenklich an. »Du weißt es wirklich nicht, oder?«

»Schätzchen, du musst dir abgewöhnen, immer das Gleiche zu fragen. Du bist ja wirklich ein liebes Ding, aber damit strapazierst du meine Nerven.«

Ich lächle verlegen. »Tut mir leid, ich will dich nicht nerven. Aber du verstehst doch, dass ich herausbekommen will, weshalb mich Susanna nach diesem Ort benannt hat.«

»Natürlich verstehe ich das. Aber ich fürchte, dafür bräuchten wir keine Pizza, sondern eine Glaskugel …«

»Glaskugel?«

»Oder sagt man Kristallkugel? Halt so eine Zauberkugel, mit der man hellsehen kann.«

»O ja, das wäre nicht schlecht.«

»So, und jetzt muss ich aufs Klo. Wenn du mich bitte entschuldigst.«

Während Klara mit Trippelschritten im Lokal entschwindet, checke ich mein Handy. Von Francesco gibt's eine neue Textnachricht. Er schreibt, dass ich heute Abend meine Badesachen mitbringen soll. Das hört sich ja nett an, aber ich bin mir nicht sicher, ob ich mit ihm zum Schwimmen gehen möchte. Das kann ich genauso gut alleine vor unserem Hotel. Außerdem mag ich es nicht, wenn man mir Anweisungen gibt. Gestern festes Schuhwerk und eine Strickjacke. Heute Badesachen. Stellt sich außerdem die Frage, was er darunter versteht. Schwimmflügel, Flossen, Sonnencreme und Handtuch? Ich reduziere die Anforderung auf meinen Bikini. Meine Antwort fällt entsprechend knapp aus: »Bin Nichtschwimmerin. Freue mich trotzdem. Smiley.«

Das mit dem Freuen hätte ich auch weglassen können. Aber ein ganz klein bisschen stimmt es sogar.

Klara ist zurück von der Toilette. Irgendwie schaut sie derangiert aus. Ihre Haare sind durcheinander, und die Brille sitzt schief.

»Geht's dir gut?«, frage ich.

»Na klar.« Sie deutet auf mein Handy, das ich noch in der Hand halte. »Wieder eine Nachricht von deiner Freundin?«

»Von Janine, richtig«, bestätige ich.

»Ganz schön penetrant, deine Freundin.«

Da tut sie ihr unrecht. Tatsächlich hat sich die untreue Nuss noch gar nicht gemeldet. Trotz meines schönen Fotos mit Oma Klara auf Instagram. Aber als faule Ausrede erweist mir Janine gute Dienste.

Weil Klara heute keine Lust auf *Dolci* hat, was mich ein bisschen besorgt, bezahle ich. Dann brechen wir auf.

»Willst du wieder mit der Fähre fahren?«, frage ich. »Oder lieber unten um den See rum?«

»Wohin soll's denn gehen?«

»Zurück zu unserem Hotel in Torri del Benaco.«

Sie sieht mich empört an. »Ist nicht dein Ernst? Du fährst mit mir den weiten Weg und willst mich mit einer halben Pizza abspeisen?«

»Hättest auch eine ganze bestellen können. Und zum Dessert Tiramisù.«

»Papperlapapp. Irgendwas musst du mir noch bieten.«

Jetzt wird sie auch noch anspruchsvoll. Na ja, wahrscheinlich war sie das schon immer. Ich hätte ihr mehr Wein einschenken sollen, dann wäre sie jetzt müde.

»Was stellst du dir denn vor?«, frage ich.

»Bin ich der Reiseleiter oder du? Denk dir was aus.«

Klara hat leicht reden. Wir könnten in Gardaland mit der Achterbahn fahren, bis ihr schlecht wird … Das war gemein. Das nehme ich zurück. Außerdem wird mir vielleicht schneller schlecht als ihr. Bei Oma Klara muss man mit allem rechnen.

»Okay, dann fahren wir am See entlang über Padenghe und Desenzano nach Sirmione«, schlage ich vor.

»Simone? Wer bitte ist Simone?

»Sir-mi-one«, wiederhole ich. »Das ist ein Ort ganz im Süden auf einer Halbinsel. In München hast du gesagt, dass du dort schon mal warst. Damals, mit Susanna.«

»Habe ich das? Nun, dann wird's wohl stimmen.«

»Dort können wir etwas spazieren gehen.«

»Das hört sich schon viel besser an. Sirmione, Sirmione … ja, du hast recht, ich erinnere mich. Du musst ganz vor bis zum Kastell fahren, damit wir nicht so weit laufen müssen.«

Ich bin immer wieder verblüfft, was ihr aus heiterem Himmel ins Gedächtnis kommt. Leider vorwiegend Belanglosigkeiten. Bei allem, was mich wirklich interessiert, ist ihre Erinnerung vernebelt wie ein naturtrüber Apfelsaft.

»Hoffentlich darf man da parken.«

»Aber Schätzchen, du parkst doch sowieso, wo es dir gefällt. Da mache ich mir keine Gedanken.«

20

13. NOVEMBER 1989

München

Auf der Rückfahrt von Berlin nach München war Susanna immer noch überwältigt von den Ereignissen und Erlebnissen der letzten Tage – und Nächte. Die Berliner Mauer war gefallen. Unglaublich. Es gab sie, seit sie sich erinnern konnte. Faktisch war die Mauer älter als sie selbst. Sie war mit ihr aufgewachsen. Und jetzt war sie zum Einsturz gebracht worden. Das »Wunder von Berlin« – und sie war dabei gewesen. Davon könnte sie mal ihrem Kind erzählen. Susanna strich sich lächelnd über ihren Bauch. Ihr Kind? In ihren Gedanken war es ein Mädchen und hieß Moniga. Genau genommen war Moniga in Berlin dabei gewesen. Ob sie was von der Aufregung mitbekommen hatte? Ob sich die Stimmung auf ihr späteres Temperament übertrug? Dann würde Moniga ein quirliges, temperamentvolles Kind werden, voller Lebensfreude und Optimismus. Diese Annahme würde natürlich auch für einen Jungen gelten. Der wäre ihr selbstverständlich genauso recht, nur hätte sie für ihn noch keinen Namen. Roberto? Nein, so würde sie ihn ganz bestimmt nicht nennen.

Natürlich gingen Susanna auch ihre Zukunftspläne durch den Kopf. Sie war entschlossen, an ihnen festzuhalten. Sie würde nach Berlin ziehen und eine WG mit Petra gründen. Das sparte Kosten. Vor allem aber würde sie mit ihrer Hilfe die Schwangerschaft meis-

tern. Petra würde ihr bei der Geburt zur Seite stehen und danach bei der Betreuung des Kindes helfen. Nur so war es möglich, ihr Studium fortzusetzen. Einen Studienplatz hatte sie schon. Alles würde gut werden. Diese Zuversicht hatte sie aus Berlin mitgebracht. Wenn man nur fest genug an etwas glaubte, konnte alles wahr werden, konnten sogar Mauern zum Einsturz gebracht werden.

Susanna dachte immer wieder an die Nacht vom 9. auf den 10. November – und an Lars vom Prenzlauer Berg, auf dessen Schultern sie gejubelt, mit dem sie getanzt und gefeiert hatte. Gestern hatte sie sich wieder mit ihm getroffen. Diesmal in Ostberlin, am Gendarmenmarkt. Leise lächelnd stellte sie fest, dass dieser Lars bei ihrer Entscheidung für Berlin keine Rolle gespielt hatte, aber ein Hinderungsgrund war er auch nicht.

In der Münchner Georgenstraße angekommen, lief sie mit gemischten Gefühlen hinauf in den dritten Stock. Noch war hier ihr Zuhause, morgen würde sie kündigen und bald ihre Sachen packen.

Ihre Vermieterin, die eine einfache, aber immer freundliche Frau war, freute sich, sie wiederzusehen.

»Schön, dass'd wieder da bist Dirndl«, wurde sie von ihr begrüßt. Noch im Flur drückte sie ihr einen Blumenstrauß in die Hand. »Die Blimerl sind für dich. Sie san nimmer ganz frisch …«, sie legte den Kopf zur Seite und betrachtete den Strauß, »… aber geht schon noch.«

Susanna sah sie überrascht an. Blumen? Wer bitte schenkte ihr Blumen? Ihre Wirtsfrau ganz bestimmt nicht.

»Die hat ein junger Mann für dich abgegeben«, antwortete ihre Vermieterin auf ihre unausgesprochene Frage. »Vor ein paar Tagen. Er hat g'sagt, er sei ein guter Freund von dir. Ganz enttäuscht war er, dass du ned da warst.«

Susanna fiel kein Freund ein, der ihr Blumen vorbeibringen würde.

»Hat er gesagt, wie er heißt?«, fragte sie.

»Freilich hat er das g'sagt.« Die Wirtin runzelte die Stirn. »Aber jetzt fällt mir der Name nimmer ein. Das war ein ganz besonders netter junger Mann, ja, ja, das war er, und er hat ziemlich gut Deutsch gesprochen.«

Susanna beschlich eine Ahnung. Sie musste schlucken.

»Hieß er vielleicht Roberto?«

»Roberto, richtig, so hieß er.«

Susanna wurde es gleichzeitig heiß und kalt. Mit allem hatte sie gerechnet, aber nicht, dass Roberto nach München kommen würde. Woher hatte er überhaupt ihre Adresse? Und warum brachte er ihr Blumen mit?

»Der Roberto hat dir einen Brief geschrieben«, sagte die Wirtin. »Er liegt in deinem Zimmer auf dem Fernseher, unter der Vase, du weißt schon …«

Susanna nickte stumm. Wie in Trance ging sie zu ihrem Zimmer, in der einen Hand den Blumenstrauß, mit der anderen den Rollkoffer hinter sich herziehend.

Sie schloss die Tür und zog die Vorhänge auf. Den Brief hatte sie schon beim Eintreten gesehen, aber zunächst brauchte sie ein Glas Wasser. Sie hatte plötzlich einen trockenen Mund.

Erst Minuten später war sie bereit. Dass Roberto das Blatt ausgerechnet unter die Keramikvase geklemmt hatte, war wie eine kleine Botschaft. Sie hatten sie zusammen in Torri del Benaco entdeckt. Er hatte sie gekauft und ihr geschenkt. Die Vase solle sie immer an diesen Sommer erinnern, hatte er gesagt. Und an ihn.

Sie nahm das Blatt, setzte sich und begann zu lesen.

»Carissima Susanna …«

Als sie fertig war, schaute sie noch eine Weile auf das gemalte Herz, dann lehnte sie sich zurück und schloss die Augen. Roberto, Roberto … Er machte es ihr nicht leicht. Seine Zeilen gingen ans Herz. Sie brachten die Erinnerungen an die schönen Stunden zu-

rück, die sie mit ihm verbracht hatte. Und sie zeigten, dass Roberto mehr in ihr sah als eine naive deutsche Urlauberin, die man mal so eben aufs Kreuz legen konnte. Sie war kein schnelles Abenteuer für ihn – und wenn sie ehrlich war, hatte sie daran nie eine Sekunde gezweifelt. Aber genau das war das Problem. Roberto würde die Trattoria seines Vaters übernehmen, das stand fest. Wie schon der Vater die Trattoria von seinem Vater übernommen hatte. Die Fortsetzung dieser Familientradition war wie in Stein gemeißelt. Hunderte Male schon hatte sie darüber nachgedacht. In ihrem Studium hatte sie gelernt, logisch zu denken – und zu erkennen, wenn etwas keine Perspektive hatte. Roberto war an sein Zuhause gefesselt, er würde unter keinen Umständen nach Deutschland ziehen. Das war ein Faktum. Und sie? Für sie kam es genauso wenig infrage, nach Italien umzusiedeln. Dafür hätte sie nicht studieren müssen. Auch das war ein Faktum. Ergo gab es keine Optionen. In der Gleichung fehlte eine Variable. Dass Roberto sie wiedersehen wollte, war wahrscheinlich nicht mehr als eine Schwärmerei. Sie kannten sich doch kaum. Susanna streichelte ihren Bauch. »Und von dir, mein Kleines, weiß er nichts«, flüsterte sie. Roberto war Italiener. Wahrscheinlich würde er Amok laufen, wenn er von ihrer Schwangerschaft erfuhr – und von ihrer Absicht, das Kind alleine aufzuziehen. Er würde mit allen Mitteln versuchen, dies zu verhindern. Er würde so lange Druck ausüben, bis sie nachgab.

»Das wollen wir doch nicht«, sprach sie wieder zu ihrem ungeborenen Kind. »Es reicht doch völlig, wenn du eine Mami hast, die dich liebt und auf dich aufpasst.«

Susanna überlegte, den Brief zu zerreißen. Aber das brachte sie nicht übers Herz. Sie faltete ihn zusammen und versteckte ihn in einer Schublade unter ihrer Unterwäsche. Dabei liefen ihr Tränen über die Wangen.

21

Wir befinden uns auf der Fahrt von Moniga del Garda nach Sirmione. Weit sind wir noch nicht gekommen. Plötzlich kommt es zu einem Zwischenfall. Klara wühlt auf der Suche nach einer Haarbürste in ihrer Handtasche.

»O mein Gott, sie ist weg«, stöhnt sie plötzlich. Ihr Gesicht wird aschfahl, und sie langt sich ans Herz.

»Ist doch nicht so schlimm. Wir kaufen eine neue.«

»Ich bekomme keine Luft mehr. Ich glaube, ich ersticke.«

Wegen einer Haarbürste? Aber Klara sieht wirklich schlimm aus.

»Brauchst du einen Arzt?«

Ich fächere ihr Luft zu.

»Nein, wir müssen zur Polizei.«

»Warum denn das? Was willst du bei der Polizei?«

»Ich muss den Diebstahl melden.«

»Aber Omilein, die Polizei interessiert sich doch nicht für den Diebstahl einer Haarbürste.«

»Wer spricht denn davon? Meine Brieftasche ist weg. Ich bin bestohlen worden.«

Ich fahre rechts ran und reiche ihr eine angebrochene Flasche Wasser.

»Jetzt trink erst mal, das hilft.«

»Wir dürfen keine Zeit verlieren, sonst entkommt der Täter.«

Ist sie jetzt wieder in einem ihrer Krimis? Egal, was zählt, ist, dass sich ihr Atem langsam beruhigt.

Ich denke an die Geschichte mit ihrem Medikamentenbeutel. Also lasse ich sie aussteigen und kontrolliere ihre Handtasche. Die Haarbürste ist da, aber keine Brieftasche. Ich schaue im Fußraum nach und unter dem Sitz. Fehlanzeige.

»Was war denn in der Brieftasche?«, frage ich.

»Meine Versicherungskarte, mein Rentenbescheid, mein Medikamentenfahrplan …«

»Damit kann doch kein Dieb was anfangen«, stelle ich beruhigt fest. »Lässt sich außerdem alles wieder besorgen.«

»… und mein Notgroschen«, fährt sie fort, »der war auch drin.«

»Notgroschen? Was verstehst du darunter? Münzen für die Toilette?«

»Nicht doch, mein Kleines. Ich habe ein paar Scheinchen mitgenommen, zur Sicherheit.«

»Aber ich habe doch deine Bankkarte?«

»Eben, *du* hast sie. Und wie soll *ich* heimkommen, wenn dir was passiert?«

Da hat sie gar nicht mal so unrecht. Jedenfalls ist das eine nachvollziehbare Vorsichtsmaßnahme.

»Wie viele ›Scheinchen‹ waren es denn?«

»Ich habe sie nicht gezählt, aber halt einige Hunderter und Fünfhunderter. Die habe ich zu Hause in einer alten Puderdose versteckt.«

Einige Fünfhunderter? Ich schaue sie fassungslos an. Das also versteht sie unter einem »Notgroschen«. Und jetzt ist er weg. Ich enthalte mich eines Kommentars, muss mich aber sehr beherrschen.

»Wann hast du deine Brieftasche das letzte Mal gesehen?«, frage ich stattdessen. »Hast du sie vielleicht im Hotel vergessen?«

»Ja, das wäre schön. Aber ich hatte sie ganz sicher dabei.«

»Vielleicht hast du sie auf der Fähre verloren.«

»Verloren ganz bestimmt nicht, aber vielleicht wurde ich auf der Fähre bestohlen? Mir sind da einige finstere Gestalten aufgefallen.«

Mir nicht. Da waren nur harmlose Touristen an Bord und einige Lastwagenfahrer. Und eine Gruppe Radler im Rentenalter. Aber ich will ihr die »finsteren Gestalten« nicht ausreden.

»Oder es ist in der Pizzeria passiert, in der wir Mittagessen waren?«, kombiniere ich. Wenngleich ich mir kaum vorstellen kann, wie das möglich sein sollte. Sie war ja immer an meiner Seite. Abgesehen von ihrem Gang auf die Toilette.

»Auch das ist denkbar«, sagt sie zögerlich. »Vor Kurzem habe ich einen Film über Taschendiebe gesehen …«

»Wir drehen um und fahren zurück nach Moniga in die Pizzeria«, entscheide ich.

»Aber vorher halten wir bei der Polizei.«

»Nein, hinterher.«

Klara verschränkt ihre Arme vor der Brust. »Du wirst schon sehen, dass das ein Fehler ist. Aber ganz wie du meinst.«

Erleichtert registriere ich, dass es ihr schon wieder besser geht. Den ersten Schock hat sie überwunden. Jetzt kommt die Trotzphase.

In Moniga finde ich auf direktem Weg zur Pizzeria am *Porto nautica*. Allzu viel Zeit ist seit unserem Mittagessen nicht vergangen. Klara würde sagen: Die Spur ist noch heiß. Fragt sich nur, ob es überhaupt eine Spur gibt. Ehrlich gesagt kann ich mir das nicht vorstellen.

Klara steigt mit mir aus, und wir gehen ins Lokal. Ihre Handtasche hält sie fest umklammert. Offensichtlich rechnet sie mit dem Schlimmsten. Zum Beispiel mit einem bewaffneten Überfall.

Uns kommt der Ober entgegen, der uns auf der Terrasse bedient hat.

»Schön, dass Sie wieder da sind«, begrüßt er uns.

Glaubt er, dass wir jetzt eine zweite Pizza bestellen? Dennoch möchte ich ihn nicht gleich mit dem Verdacht konfrontieren, dass wir in seinem Lokal womöglich bestohlen wurden. Das könnte er persönlich nehmen.

»Wir haben ein Problem«, beginne ich diplomatisch. »Meiner Großmutter …«

»Ich weiß«, unterbricht er mich mit einem Lächeln. »Ihrer Großmutter ist ihr *portafoglio* abhandengekommen. Die Brieftasche wurde gefunden, und wir haben sie an einem sicheren Platz aufbewahrt.«

Puuh, mir fällt ein Stein vom Herzen.

»*Grazie tante,* vielen herzlichen Dank«, sage ich.

Klara denkt einen Schritt weiter. »Ist das Geld noch drin?«

»Aber Signora, wie soll ich das wissen? Wir haben die Brieftasche natürlich nicht geöffnet. *Questa è una domanda* … was ich sagen will, das ist eine Frage der Diskretion, Sie verstehen? Aber wenn Sie einen Moment warten, dann hole ich sie.«

Ich nehme Klara in die Arme. »Siehst du, alles wird gut.«

»Woher willst du das wissen, du bist ganz schön naiv.«

»Und du siehst im Fernsehen zu viele Krimis.«

Sie hebt ihren Zeigefinger. »Wenn sie die Brieftasche nicht aufgemacht und demnach meinen Ausweis nicht gesehen haben, woher wissen Sie dann, dass sie mir gehört?«

Oma Klara als Miss Marple. Ziemlich scharfsinnig.

Der Ober kommt zurück und überreicht ihr die Brieftasche.

»*Ecco qua* …«

»Da ist sie ja wieder. Vielen Dank.«

Mit zittrigen Händen macht sie den Reißverschluss auf. Ich sehe ihr über die Schulter. In einem Seitenfach stecken Geldscheine. Sie zieht sie heraus. Ziemlich viele Hunderter – und die angesprochenen Fünfhunderteuroscheine.

Der Ober bekommt große Augen. Womöglich bereut er jetzt seine Diskretion.

»Fehlt was?«

»Woher soll ich das wissen? Ich hab doch die Scheine nicht gezählt. Aber es könnte hinkommen. Ja, ja … ich denke schon. Was für ein Glück. Ich bin vielleicht erleichtert.«

»Aber ein bisschen verrückt bist du auch«, stelle ich fest. »Wie kannst du so viel Bargeld mit dir rumschleppen?«

»Zur Sicherheit, mein Kleines, zur Sicherheit. Falls du die Plastikkarte verlierst.«

Nachdem es sich offenbar um keinen Diebstahl handelt, so meine Schlussfolgerung, hat Klara die Brieftasche irgendwo liegen lassen.

»Wo wurde die Brieftasche gefunden?«, frage ich.

»Sie wissen ja, dass Ihre Großmutter gestürzt ist …«

Ich schaue sie entsetzt an. »Wie bitte? Du bist gestürzt?«

»So kann man das nicht sagen. Ich bin auf dem Weg von der Toilette gestrauchelt und kurz zu Boden gegangen. Nicht weiter der Rede wert.«

»Hast du dir dabei wehgetan?«

Sie reibt sich ihr Handgelenk. »Nein, natürlich nicht.«

»Ihre Großmutter hat dabei ihre Handtasche verloren, und der Inhalt ist rausgefallen …«

»Ich kaufe mir eine neue, aber eine mit Reißverschluss«, entscheidet sie.

»Wir haben ihr geholfen, alles einzusammeln. Dabei haben wir wohl die Brieftasche übersehen.«

»Das hätte Ihnen nicht passieren dürfen.«

Ich finde, dass Vorwürfe fehl am Platz sind.

»Wer hat die Brieftasche gefunden?«, frage ich.

»Ein Stammgast. Er hat sie abgegeben. Uns war natürlich sofort klar, dass sie Ihrer Großmutter gehört.«

Womit auch die Frage von Miss Marple beantwortet wäre.

»Ist er noch da, Ihr Stammgast?«, fragt Klara. »Ich möchte mich bei ihm bedanken.«

»Ja, er sitzt draußen auf der Terrasse. Soll ich Sie zu ihm bringen?«

»Das wäre sehr freundlich.«

Ich nehme ihr die Brieftasche ab. »Ab jetzt passe ich auf sie auf. Und heute Abend kommt das Geld in den Hotelsafe.«

»Du lässt mich auf dem Trocknen sitzen?«

Ich nehme sie kurz in den Arm. »Aber nicht doch, die Hunderter lassen wir in der Brieftasche.«

»Damit komme ich doch nicht weit.«

Vielleicht besser so, denke ich.

Der Ober geht vorneweg.

»Meinst du, ich soll ihm Finderlohn geben?«, fragt sie mich leise.

»Kannst du machen. Aber höchstens zwanzig Euro.«

Sie schaut bekümmert auf die Brieftasche in meinen Händen. »Ich hab ja kein Geld mehr.«

Ich lächle. »Doch, hast du. Ich geb die zwanzig Euro dem Ober.«

»Du hast mich missverstanden. Ich wollte dem ehrlichen Gast den Finderlohn geben.«

»Das würde ich unterlassen. Er weiß ja nicht, wie viel Geld da drin war.«

Sie schaut mich verschmitzt an. »Hast auch wieder recht. Das bleibt unser Geheimnis.«

Nun ja, der Ober weiß es schon mal. Ein richtiges Geheimnis ist es also nicht mehr.

Auf der Terrasse sitzt ein Mann an einem Ecktisch. Vielleicht Mitte fünfzig. Er ist alleine und trägt einen Strohhut. Vor ihm eine kleine Karaffe mit Rotwein. Er liest Zeitung.

»Signor Righetti, darf ich kurz stören? Die beiden Damen möchten sich bei Ihnen bedanken.«

Der Signore schaut erst irritiert, dann scheint er zu verstehen und steht auf.

Klara reicht ihm die Hand. »Ich danke Ihnen sehr herzlich, dass Sie meine Brieftasche gefunden und abgegeben haben. Sie haben mir einen Herzinfarkt erspart.«

Wie selbstverständlich geht sie davon aus, dass dieser Righetti Deutsch versteht. Sie hat Glück, er tut es tatsächlich.

Er zieht kurz den Hut. »Gnädige Frau, es war mir ein Vergnügen«, antwortet er lächelnd. »Aber einen Herzinfarkt hätten Sie deshalb nicht bekommen müssen.«

Er kann ja nicht wissen, dass sie zur Übertreibung neigt. Obwohl ihre Panikattacke im Auto schon beängstigend war.

Klara schiebt mich nach vorne. »Das ist meine Enkelin, auch sie möchte sich bei Ihnen bedanken.«

Jetzt wollen wir mal nicht übertreiben, denke ich. Gleich küsst sie ihm die Füße.

»Ja, vielen Dank«, sage ich brav. »Aber jetzt wollen wir Sie nicht länger bei der Zeitung stören.«

»Das tun Sie nicht.« Er deutet auf die freien Stühle am Tisch. »Wollen Sie nicht kurz Platz nehmen?«

Klara ist reaktionsschnell. Bevor ich ablehnen kann, sitzt sie schon. Nun gut, dieser Righetti macht einen sympathischen Eindruck, aber für mich ist er zu alt und für Klara zu jung.

Sie bestellt einen Prosecco. Mir ist die Aufregung auf den Magen geschlagen. Ich brauche jetzt einen Averna, mit Eis und Zitrone.

Die beiden kommen rasch ins Gespräch. Er erweist sich als charmanter Plauderer. Und die vor Kurzem noch so bleiche Klara bekommt schon wieder rosa Bäckchen. Ich habe den Eindruck, dass mich der Signor Righetti ab und zu von der Seite mustert. Ich kann mich aber auch täuschen.

Ich lasse die beiden alleine. Diesmal bin ich es, die auf die Toilette muss. Kurz davor sind zwei Stufen. Da ist die Oma also gestolpert. Sind eigentlich kaum zu übersehen. Und zu viel getrunken hatte sie zu diesem Zeitpunkt auch nicht. Muss ich mir Sorgen machen? Jedenfalls ist mir jetzt klar, warum sie von der Toilette mit zerzausten Haaren und einer schief sitzenden Brille zurückgekehrt ist.

Dem Ober gebe ich den vereinbarten Finderlohn. Und ich zahle gleich unsere Rechnung. Denn wir sollten langsam zurückfahren. Schließlich habe ich um sieben eine Verabredung zum Schwimmen.

Zurück am Tisch sehe ich, dass Klara ihren Prosecco schon ausgetrunken hat. Jetzt hat sie richtig rote Backen. Alles gut, kein Herzinfarkt.

Ich klopfe auf meine Uhr. »Wir müssen fahren«, sage ich.

Er sieht mich an. »Schade, wir beide haben uns gar nicht unterhalten.«

»Tja, kann man nichts machen. Aber meine Großmutter ist ohnehin die interessantere Gesprächspartnerin.«

Mir gefällt sein Lächeln.

»Wenn Sie meinen.«

Ich reiche Klara die Hand, um sie hochzuziehen. Eher widerstrebend lässt sie es zu.

Righetti steht ebenfalls auf und lupft zum Abschied wieder seinen Strohhut. Bei Klara deutet er einen Handkuss an. Was sie endgültig dahinschmelzen lässt. Mir dagegen drückt er nur die Hand. Etwas länger als nötig. Dabei schaut er mir in die Augen.

Ich glaube, es ist tatsächlich besser, wenn wir jetzt fahren.

»Buon viaggio!«

»Grazie e arrivederci.«

22

Aus Zeitgründen wähle ich für die Rückfahrt wieder die Autofähre von Toscolano-Maderno. Klara ist wie aufgedreht. Ich muss daran denken, dass sie sich nach mehr Abwechslung gesehnt hat. Die hat sie jetzt bekommen. Auch ihren Prosecco.

»Dieser Signore war sehr nett, findest du nicht?«, stellt sie eine Frage, die als Feststellung gemeint war.

»Ja, das war er. Aber für dich ist er zu jung.«

Sie sieht mich missbilligend an. »Du bist immer so direkt.«

»'tschuldigung, ist mir so rausgerutscht.«

»Menschen können sich einfach sympathisch finden, ohne Hintergedanken.« Sie hüstelt verlegen. »Über alles Weitere bin ich nun wirklich hinaus.«

Sollte man annehmen. Aber bei meiner Oma rechne ich mittlerweile mit allem.

»Sag mal, wie ist das mit deinem Sturz passiert?«, wechsle ich das Thema.

»Tja, wie ist das passiert? Ich glaube, ich war selber schuld.«

Das ist anzunehmen. Es wird ihr wohl kaum jemand ein Bein gestellt haben.

»Hast du nicht aufgepasst und die Stufen übersehen?«

»Ganz genau, aber aufgepasst habe ich schon, nur leider nicht nach unten geschaut, sondern nach oben.«

»Nach oben? Warum denn das? Du solltest schauen, wo du hintrittst.«

»Das ist mir klar.« Sie blickt mich zögernd von der Seite an. »Dir kann ich's ja sagen. Von Frau zu Frau. Meine Kopfhaltung hatte ästhetische Gründe.«

»Versteh ich nicht.«

»Mein Schätzchen, auf der Toilette habe ich meinen Lidstrich nachgezogen und mich dabei im Spiegel angeguckt. Ich finde ja, dass ich gar nicht so übel ausschaue. Für mein Alter habe ich auch wenig Falten. Wenn da nur nicht mein Hals wäre.«

»Dein Hals?«

Sie streicht sich mit der Hand über den Hals. »Die Falten hier stören mich wirklich. Bald schaue ich aus wie eine Schildkröte. Ich habe schon viele Cremes ausprobiert, doch ohne Erfolg. Das Einzige, was hilft, ist, das Kinn nach oben zu strecken. Auf diese Weise strafft sich die Haut am Hals.«

»Ist nicht wahr?«

»Doch, doch, den Tipp habe ich von meiner Kosmetikerin. Aber ich vergesse es meistens. Auf dem Rückweg von der Toilette habe ich daran gedacht.«

»Und dann bist du erhobenen Hauptes über die Stufen gesegelt.«

»Weil ich sie nicht gesehen habe, richtig.«

»Hättest du dir dabei das Genick gebrochen, müsstest du über deine Falten am Hals nicht mehr nachdenken.«

»Du hast einen schwarzen Humor.« Wieder streicht sie sich über ihren Hals. »Meinst du, man kann ähnlich wie bei der Stirn auch den Hals unterspritzen? Vielleicht mit Botox?«

Sie überlegt sich das wirklich? Wie alt muss man werden, um auf solche Gedanken zu kommen?

»Also, da kenne ich mich wirklich nicht aus. Botox ist ein lähmendes Nervengift. Wahrscheinlich kannst du hinterher nicht mehr schlucken.«

»Das hört sich auch nicht gut an.«

»Zieh doch Rollkragenpullis an«, schlage ich vor.

»Mach ich doch, im Winter.«

»Und im Sommer tolle Seidenschals.«

»Die habe ich zu Hause vergessen.«

Ich denke an ihren Notgroschen. »Morgen kaufen wir einen Schal, einverstanden?«

»Ja, aber lieber wäre mir, die Falten wären weg.«

Ich schüttle amüsiert den Kopf. »Oma, wie kann man in deinem Alter noch so eitel sein?«

»*Nur* in meinem Alter, mein Schätzchen. Wenn man so jung ist wie du, hat man das nicht nötig.«

Wir sind im Hotel angekommen. Ich habe Klara bereits gebeichtet, dass ich sie heute Abend erneut alleine lasse. Sie findet das nicht schlimm. Das Essen im *Quattro Pini* sei gut. Und danach könne sie in Ruhe glotzen. Sie wünscht mir viel Spaß mit Francesco.

Seinen Namen habe ich nicht erwähnt. Aber warum soll ich mir eine Ausrede ausdenken? Das muss man Klara lassen: Sie ist eine verständnisvolle Oma.

An der Hotelbar nehmen wir noch einen Drink. Das heißt, ich trinke Wasser, Klara natürlich nicht. Sie hat ja auch nichts mehr vor. Ich zeige ihr auf meinem Handy einige Fotos, die ich gestern Abend auf der Rocca geschossen habe. Landschaftsaufnahmen, die anderen überspringe ich. Obwohl auch diese unverfänglich wären.

Sie zupft sich am Ohr. »Moniga, mein Schätzchen, hast du nicht auch bei der Einfahrt mit den Steinlöwen Fotos gemacht? Du weißt schon …«

»Bevor uns Francesco ins Auto gefahren ist? Ja, habe ich. Warum?«

»Kann ich die noch mal sehen?«

Ich scrolle zurück und zeige sie ihr.

»Auf den Bildern schaut jetzt alles wieder größer aus«, stellt sie fest. »Fast so wie in meiner Erinnerung.«

Mein Blick fällt bei einem Foto auf die verschnörkelten Initialen unter dem Klingelknopf. Sie sind aus Messing und so kunstvoll gestaltet, dass man die beiden Buchstaben nicht ohne Weiteres identifizieren kann.

»Hast du nicht gesagt, dein Conte hieß Lodovico?«, frage ich.

»Ja, aber ich habe Vico zu ihm gesagt.«

»Und sein Nachname war wie aus einer Oper von Verdi?«

»Vielleicht, vielleicht auch nicht, aber mindestens so schön und klangvoll.«

Sie ist eine unverbesserliche Romantikerin.

»Unter dem Klingelknopf sind zwei Buchstaben zu sehen«, erkläre ich. »Der erste ist wohl ein L, so wie bei Lodovico. Und der zweite sieht aus wie ein P. Beginnt sein Nachname vielleicht mit einem P?«

Klara runzelt die Stirn. Es ist ihr anzusehen, wie sie angestrengt nachdenkt.

Über dem Klingelknopf entdecke ich erst jetzt einen stilisierten Vogel, der in den Stein gemeißelt ist. Könnte ein Habicht sein oder ein Falke.

»Falke, Falcone …«, murmle ich vor mich hin.

Sie klatscht in die Hände. »Moniga, du bist ein Genie. Genauso hieß er, Falcone, ja, ja … Lodovico Falcone, Conte Lodovico Falcone.«

»Geht aber nicht mit einem P los. Und an eine Oper von Verdi erinnert er mich auch nicht.«

»Stimmt, da hast du leider recht. Irgendwas fehlt, aber wir sind ganz nah dran.«

Ich frage mich, warum ich mich so ins Zeug lege. Wir sind nicht hier, um Klaras schwärmerisch verehrten Conte aufzuspüren. Wahrscheinlich liegt er längst unter einer Grabplatte. Ich will meinen Vater finden, deshalb sind wir an den Gardasee gefahren. Aber spätestens nach dem heutigen Tag glaube ich nicht mehr an einen Erfolg. Es gibt keinen einzigen Anhaltspunkt. Ich kann wochen- und monatelang am Gardasee herumirren und werde ihn nicht finden. Deshalb gönne ich Klara auch ihren Conte nicht …

Ich schaue sie an. Ich bin gemein. Doch, ich würde ihn ihr gönnen – auch wenn das Wiedersehen unter Garantie zu einer großen Enttäuschung führen würde.

Riccardo, der auch für die kleine Bar zuständig ist, hat Klaras letzte Worte aufgeschnappt.

»Sprechen Sie gerade von Conte Prantofalcone?«

Klara schlägt sich gegen die Stirn. »Genau, so heißt er. Riccardo, lassen Sie sich küssen.«

Der Concierge hebt abwehrend die Hände. Außerdem schützt ihn die Theke.

»Kennen Sie den Conte?«, frage ich.

»Nein, ich hatte nie die Ehre, ihn kennenzulernen. Aber er ist in der Region sehr bekannt. Sein voller Name ist Conte Lodovico Othello Prantofalcone.«

Klara reißt die Augen auf. »Otello? Ich hab's doch gesagt: Wie eine Oper von Verdi.«

Stimmt, das hat sie gesagt.

»Und er lebt noch?«, frage ich vorsichtig nach.

»Aber ich bitte Sie, natürlich. Der Conte hat erst letzte Woche ein Waisenhaus eingeweiht.«

Jetzt ist er auch noch ein Wohltäter. Langsam reicht's. Demnächst reitet er auf einem weißen Pferd übers Wasser.

»Danke, Riccardo. Ja, über diesen Prantofalcone haben wir gerade geredet, aber uns ist sein vollständiger Name nicht mehr eingefallen.«

Ich nehme Klara am Arm und führe sie zu einem Tisch in der Ecke. Riccardo muss ja nicht alles mitbekommen. Ich hole unsere Gläser und setze mich zu ihr.

»Was machen wir jetzt?«, frage ich sie. »Soll ich ihn anrufen und einen Termin vereinbaren?«

Klara schüttelt den Kopf. »Einen Termin? Wie bei einem Zahnarzt? Nein, nein …«

»Was dann?«

»Ich muss drüber schlafen. Vielleicht will ich ihn gar nicht sehen.«

Das kann ja wohl nicht wahr sein. Seit München geht sie mir mit ihrem Conte auf den Wecker – und jetzt bekommt sie plötzlich kalte Füße.

»Weil er sich womöglich nicht mehr an dich erinnert?«

Sie zuckt mit den Schultern. »Kann sein. Glaube ich aber nicht.«

»Was spricht also dagegen?«

»Mein Kindchen, das ist dreißig Jahre her und war nicht mehr als eine Urlaubsromanze …«

Von wem spricht sie jetzt? Von sich und dem Conte? Oder von meiner Mutter Susanna, die wohl auch so was wie eine »Urlaubsromanze« hatte? Nur nicht ganz so folgenlos.

»Wie ich schon sagte, ich muss drüber schlafen.«

Ich denke, das geht in Ordnung. Und falls sie ihn dann doch treffen möchte, kaufe ich ihr vorher einen Seidenschal.

23

29. NOVEMBER 1989

Bardolino

Genau drei Wochen waren seit Robertos Kurztrip nach München vergangen. Drei Wochen des Wartens – und stetig schwindender Hoffnung. Denn von Susanna, der er einen herzerweichenden Brief hinterlassen hatte, kam über all die Zeit keine Reaktion. Dabei hatte er sich extra einen Anrufbeantworter angeschafft, damit sie ihn auch gewiss erreichen konnte. Aber nichts. Niente, nulla!

Gestern schließlich die finale Ernüchterung. Er hatte es nicht mehr ausgehalten und in München angerufen. Susannas Wirtin, die er bei seinem Besuch kennengelernt hatte, war drangegangen. Sie hatte sich sofort an ihn erinnert. Sie hatte eine niederschmetternde Nachricht für ihn. Susanna sei wieder zurück in München, habe auch seine Blumen bekommen und ganz sicher seinen Brief gelesen. Aber soweit sie wisse, wolle sie Roberto nicht sehen. Das jedenfalls habe sie ihr gegenüber angedeutet. Sie wisse auch nicht, was mit dem Dirndl los sei. Wo doch der Roberto so ein netter Bua sei.

Das war's dann gewesen. Roberto war zwar ein Schwärmer, aber er war kein Fantast. Und er war kein Idiot, der einer Urlauberin nachlief, die nichts mehr von ihm wissen wollte. Er hatte geglaubt, dass aus ihnen was werden könnte. Im Rückblick war das eine sehr naive Annahme gewesen. Schließlich hatten sie sich nur kurz gekannt. Gekannt? Nun, offensichtlich nicht. Er hatte sich in Susanna getäuscht. Wie es schien, war er nichts anderes für sie gewesen als ein kleiner Italiener, der für eine stürmische Affäre gut war … aber nicht für mehr. Es war hart, sich das einzugestehen.

Roberto fasste den Entschluss, Susanna abzuhaken. Er würde ihre Adresse und Telefonnummer wegwerfen. Ciao e arrivederci. Er korrigierte sich: Nein, kein Arrivederci, ein Wiedersehen würde es nicht geben.

Ob er es schaffte, Susanna aus seinem Gedächtnis zu streichen? Das war eine ganz andere Frage. Aber er würde es versuchen, velocemente, so schnell wie möglich. In der Nachbarschaft gab es viele schöne Frauen, bei denen er Ablenkung finden konnte. Italienische Frauen! Mit den deutschen war er durch.

Blieb dennoch eine kleine Erinnerung, die er sich als Geheimnis bewahren wollte. Nämlich die Erinnerung an eine überaus köstliche Torta al limone. Susanna und er hatten sie in Moniga del Garda im Rustico seiner Tante gebacken – und im Bett genossen. Das Rezept stammte von seiner Familie, aber gemeinsam hatten sie es »verfeinert«. Am Schluss hatte Susanna den Einfall, die Torta mit zermahlenen Cantuccini zu beschichten und sie mit einem Herz aus Puderzucker zu garnieren. Es war die beste Torta al limone, die er je gegessen hatte – und auch der Sex …

Roberto zwang sich, nicht weiterzudenken, denn genau diese Erinnerung wollte er aus seinem Gedächtnis löschen. Warum eigentlich? Damit der Abschied nicht so schwerfiel? Der Abschied von einem Traum – und von einer bella ragazza aus München in Baviera.

24

Mit Klara ist heute nicht mehr viel anzufangen. War ja ein langer Tag. Unser Ausflug nach Moniga del Garda, der vermeintliche Diebstahl ihrer Brieftasche, die Identifizierung ihres Conte …

Ich verabschiede mich von ihr mit zwei Wangenküsschen. In ihren Gedanken ist sie ganz woanders, das spüre ich. Wahrscheinlich wird sie den ganzen Abend und die halbe Nacht darüber nachgrübeln, ob, wie, warum … oder warum nicht … sie sich mit dem Conte Prantofalcone treffen sollte. Der weiße Ritter aus ihren Träumen – der mittlerweile auch schon steinalt sein muss und von wahrscheinlich klappriger Statur. Eher ein Don Quijote als ein Richard Gere aus *Pretty Woman*. Das war ein Lieblingsfilm meiner Mutter. Weshalb ich der festen Überzeugung bin, dass es für Klara besser wäre, den Conte nicht wiederzusehen. Es ist nie gut, wenn eine verzuckerte Erinnerung auf den harten Boden der Realität fällt. Sie zerbricht in tausend Scherben. Ich weiß, wovon ich spreche. Ich bin vor Kurzem dem Mädchenschwarm aus meinem Tanzkurs begegnet. Sorry, ich habe tatsächlich einen spießigen Tanzkurs besucht, aber darum geht es nicht. Also, dieser Typ war in meiner Erinnerung mindestens so cool wie … wie … zum Beispiel wie Patrick Swayze in *Dirty Dancing*. Noch so ein Lieblingsfilm meiner Mutter. Und heute? Ein Schock! Ich würde mich von dieser Schnarchnase nicht mal zum Eis einladen lassen. Woraus sich zwei Schlussfolgerungen ergeben: Erstens verklärt die Erinnerung dramatisch, und zweitens bröckelt mit fortschreitendem Alter der Putz an der Fassade. Selbst Richard Gere sieht heute nicht mehr so toll aus wie in *Pretty Woman*. Und der arme Swayze ist gar schon tot.

Wie komme ich auf dieses Thema? Ach so, Oma Klara und ihr Conte. Es wäre also besser, wenn sie von einem Treffen absieht. Einerseits. Andererseits würde sie mich in den nächsten Tagen mit ihm ständig weiter nerven. Das halte ich nicht aus. Lieber tröste ich Klara über ihre Enttäuschung hinweg. Jetzt soll sie erst mal schön zu Abend essen, dazu ein oder zwei Weinchen trinken und dann vor dem Fernseher einschlafen.

Das Schöne an Sommertagen im Süden ist, dass sie unendlich lang sind. Mit Francesco bin ich um neunzehn Uhr in Torri del Benaco vor der Chiesa della Santissima Trinità verabredet. Was soll ich da mit meinen Badesachen? Will er in Weihwasser planschen? Ist jedenfalls nicht weit, und ich kann zu Fuß hinlaufen. Ich denke an den gestrigen Abend mit dem Überraschungsausflug auf die Rocca di Garda. Da hat er sich wirklich was Cooles einfallen lassen. Hätte ich ihm nicht zugetraut. Wie ich mich überhaupt in ihm getäuscht habe – na ja, ein bisschen jedenfalls. Zumindest ist er kein ganz so schlimmer Typ, wie ich zunächst gedacht habe. Ich muss lächeln. Habe ich das? Nein, nicht wirklich. Bei mir ist das so eine Art Schutzmechanismus. Wenn mir jemand gefällt, was ich in Sekundenbruchteilen checke, und er mir deshalb gefährlich werden könnte, schaltet mein Unterbewusstsein zunächst auf Ablehnung. Francesco hat's mir leicht gemacht. Wer mit seiner Vespa meinen Cinquecento verbeult, sich dann noch über mich lustig macht, den habe ich sowieso erst mal gestrichen. Sein Glück, dass ich ein Mensch bin, der in der Lage ist, seine Meinung zu ändern. Mal sehen, wie es heute weitergeht.

Ziemlich pünktlich flaniere ich am kleinen Hafen von Torri über die Piazza Calderini und halte nach Francesco Ausschau.

»Ciao, Moniga, è un piacere rivederti.«

Ich drehe mich um. Da steht er und hat wieder sein freches Grinsen im Gesicht.

Was hat er gerade gesagt? Es ist ihm eine Freude, mich wiederzusehen? Na klar, wäre ja noch schöner.

Seine Wangenküsse sind unverfänglich – aber kratzig. Der Fünftagebart sieht gut aus, ist aber wenig beziehungsfreundlich. Mir fällt auf, dass er barfuß ist. Gestern hatte er Bergstiefel an. Francesco trägt ein verblichenes Poloshirt und Badeshorts, deren Ursprungsfarbe nicht mehr festzustellen ist. Man kann ihm kaum vorwerfen, dass er sich für unser zweites Treffen besonders in Schale geworfen hätte. Ich habe weiße Bermudas an und ein T-Shirt in Oversize. Und darunter meinen Bikini. Also auch nicht gerade Highfashion. Das passt schon mal.

Dass meine Ledersandalen von einem Edeldesigner aus Mailand stammen, ist ihnen nicht anzusehen. Ich habe sie mal in der Geschirrspülmaschine gewaschen. Das hat ihr Aussehen nachdrücklich verändert.

»Wo ist deine Vespa?«, frage ich, in der Annahme, dass wir zum Baden gleich irgendwohin fahren werden.

»Meine Vespa? Die brauchen wir nicht.«

In fußläufiger Entfernung sind keine Badeplätze, das weiß ich mittlerweile. Außerdem hat Francesco keine Schuhe an.

»Wir wollten doch schwimmen.«

»Ma certo.« Er deutet lachend auf das Hafenbecken.

Unwillkürlich weiche ich einen Schritt zurück. »Ich glaube, du spinnst. Ich schwimm doch nicht im Hafen.«

Zugegebenermaßen bin ich ab und an etwas schwer von Begriff. Nicht oft, aber es kommt vor. Zum Beispiel gerade eben.

Francesco nimmt meine Hand und führt mich zur Kaimauer. Rechts und links liegen größere Kajütboote. Aber direkt vor uns, da ist – nichts.

Allerdings stehen einige Männer im Weg, die uns den Rücken zuwenden und sichtbar fasziniert in dieses Nichts nach unten schauen. Sie unterhalten sich. Einer schnalzt mit der Zunge.

»*Riva Aquarama. Una bellezza ...*«

»*In perfette condizioni ...*«

»*Otto cilindri. Più di trecento PS ...*«

Francesco präzisiert die PS-Zahl – und bittet, uns durchzulassen.

Jetzt sehe ich, was vor uns im Wasser liegt und für Bewunderung sorgt. Ein klassisches, überaus elegantes Motorboot mit glänzendem Mahagoni, funkelnden Chrombeschlägen, türkisfarbenen Ledersitzen und einer großen Liegefläche – nostalgisch, wie aus einer anderen Zeit. Unwillkürlich denke ich an alte Filme mit Brigitte Bardot. Aber auch an George Clooney, von dem ich Bilder gesehen habe, wie er auf dem Comer See in einem ähnlichen Motorboot herumcruist.

Doch Francesco ist kein Hollywood-Schauspieler. Und er ist nicht reich. Seine Mutter hat als Köchin gearbeitet. Er ist vaterlos aufgewachsen. Er fährt Vespa. Er handelt mit Wein und Olivenöl aus der Region, ohne eigenen Laden und ohne feste Anstellung.

Er hilft mir an Bord.

»Ist leider nicht mein Boot«, stellt er klar.

Das habe ich auch keine Sekunde angenommen.

»Hast du es gestohlen?«

Er zieht eine Augenbraue nach oben. »Das würdest du mir zutrauen?«

»Absolut.«

Er scheint sich über meine Einschätzung zu freuen. Jedenfalls wird sein Grinsen immer breiter.

»Nein, nicht gestohlen, nur ausgeliehen«, erklärt er.

»Weiß der Besitzer davon?«

Francesco zögert mit der Antwort etwas zu lang. »Nicht direkt, aber ich denke, er hat nichts dagegen.«

Auch ohne Klaras kriminalistischen Scharfsinn kombiniere ich, dass die Rechtslage nicht eindeutig geklärt ist. Das wäre die günstige Interpretation. An eine andere will ich nicht denken. Denn das Boot ist ein Traum. Ich liebe es, auf dem Wasser herumzufahren. Und sei es mit der Luftmatratze auf der Isar flussabwärts.

Hätte ich noch Skrupel gehabt, wären diese spätestens verflogen, als Francesco den Motor anlässt. Ein dumpfes, brummelndes Inferno setzt ein. Ich bekomme eine Gänsehaut.

Ich weiß, meine Reaktion ist primitiv. Wie kann man so emotional auf ein Machospielzeug reagieren? Aber manchmal bin ich halt primitiv. Und ich bin es gerne und ohne Gewissensbisse. Geklaut oder geliehen. Jetzt mach schon die Leinen los!

Wir ziehen die Blicke auf uns, als wir mit tiefem Wummern in langsamer Geschwindigkeit aus dem Hafen fahren. Aus dem Augenwinkel sehe ich, dass wir fotografiert werden. Wir? Nein, wohl eher das Boot. Obwohl wir als Paar ja auch recht ansehnlich sind und für gut getarnte Promis gehalten werden könnten. Wäre ich Brigitte Bardot in einer ihrer Filme, würde ich mich jetzt in Szene setzen. Jedes kleine Starlett wüsste, wie das geht. Zum Beispiel könnte ich mich lasziv auf der Liegefläche am Heck rekeln. Am besten ohne mein T-Shirt. Doch wie albern wäre das? Stattdessen stehe ich gebannt neben Francesco hinter der in Chrom gefassten geschwungenen Frontscheibe – und denke, dass es dieser *ragazzo* draufhat, mich zu verblüffen. Gestern ein Grillabend auf der Rocca, heute ein Badeausflug in einem Traum von Boot.

Der Gardasee ist glatt wie ein Spiegel. Die von Süden wehende Ora, die regelmäßig kurz nach Mittag einsetzt, ist heute früher als üblich abgeflaut. Für Segler wohl nicht so toll, aber für uns großartig. Ich blicke über die Schulter und sehe, dass wir uns schon ein Stück von Torri mit seiner markanten Scaligerburg entfernt haben. Dann schaue ich zu Francesco, der sich seine langen Haare gerade hinten mit einem Gummi zusammenbindet. Ich denke, dass er saugut aussieht. Irgendwie hatte ich Glück, dass gerade er mit meinem Cinquecento zusammengestoßen ist. Hätte ja auch ein zahnloser Tattergreis sein können. Was natürlich nicht entschuldigt, dass er mein Autochen demoliert hat. So gesehen betrachte ich unseren Badeausflug als kleine Wiedergutmachung für den angerichteten Schaden.

»Gefällt's dir?«, fragt Francesco.

Ich glaube, er kann es mir ansehen.

»Nicht schlecht«, antworte ich. Doch es gelingt mir nicht so richtig, ein gelangweiltes Gesicht aufzusetzen. So als ob es für mich das Normalste der Welt wäre, mit einer Riva Aquarama – den Namen habe ich mir gemerkt – auf dem Gardasee zu cruisen.

»Ja, die alte Dame ist ganz nett«, bestätigt er.

Alte Dame? Spricht er von Klara? Ach so, er meint das Boot. Schiffe sind weiblich, das weiß ich eigentlich.

»Hast du was dagegen, wenn ich etwas Gas gebe?«

Dumme Frage. Ich warte schon darauf.

»Nur zu!«

»Dann halte dich mal fest.«

Francesco schiebt den Gashebel nach vorne. Die Maschine im Heck brüllt los wie eine Horde Elefanten. Der Bug hebt sich …

Fast haut es mich nach hinten über die Lehne auf die Rückbank. Gerade noch gelingt es mir, mich festzuklammern. Wow, die »alte Dame« hat's noch voll drauf. Jetzt fängt sie sogar an zu springen. Wasserfontänen auf beiden Seiten. Wie toll ist das denn?

Francesco wirft mir einen Blick zu. Ich lache und zeige ihm meinen emporgereckten Daumen. Dann halte ich mich wieder mit beiden Händen fest. Meine Haare flattern im Fahrtwind. Jetzt ist mir klar, warum Francesco seine zum Pferdeschwanz gebunden hat.

Einige Minuten brettern wir so über den See, dann nimmt Francesco den Gashebel zurück. Es fühlt sich an wie eine Vollbremsung. Aha, ich weiß sogar, warum. Weil wir vom Gleiten in die langsame Verdrängerfahrt übergegangen sind. Ich hab mal versucht, den Bootsführerschein zu machen, bin aber bei der Prüfung durchgefallen. Wegen der Theorie. Und weil ich einen Knoten namens Palstek auch im dritten Versuch nicht hingebracht habe. Wie von magischer Hand hat er sich immer wieder geöffnet. Danach habe ich beschlossen, dass ich keinen Bootsführerschein brauche. Für meine Luftmatratze ist keiner vorgeschrieben. Weder auf der Isar noch auf dem Starnberger See.

Jetzt fahren wir im Cruising-Tempo dahin. Was genau genommen viel schöner ist. Und die »alte Dame« kann sich von ihrer Kraftanstrengung erholen.

»Wollen wir schwimmen?«, fragt er nach einer Weile.

»Mitten auf dem See?«

»*Perché no?* Hier ist es am schönsten.«

Er schaltet den Motor aus und zieht sich das Polo über den Kopf. Was ich sehe, gefällt mir. Abgesehen davon, dass es mich nicht interessiert. Natürlich nicht.

In null Komma nichts habe ich mich von meinem T-Shirt und den Bermudas befreit. Den Bikini habe ich ja schon an. Er mustert mich grinsend. Gleich hau ich ihm eine runter.

Gerade noch rechtzeitig turnt er nach hinten, um mir zu zeigen, wie man von hier ins Wasser kommt – und vor allem wieder heraus.

Weil mich theoretische Abhandlungen grundsätzlich wenig interessieren, steige ich auf die Bordwand und hechte ins Wasser. Uups, hier draußen ist der See kälter, als ich dachte. Ich tauche ein Stück. Als ich wieder hochkomme, fällt mir ein, dass ich vergessen hatte, meine Sonnenbrille abzunehmen. Jetzt ist sie weg. Ich werde gegenüber Francesco mein Missgeschick mit keinem Wort erwähnen. Sonst denkt er noch, ich wäre unbesonnen. Was zwar stimmt, aber das muss er nicht wissen.

Ich schaue mich um und stelle fest, dass unser Boot erstaunlich weit weg ist. An Deck sehe ich keinen Francesco. Gott sei Dank neige ich nicht zur Panik. Wobei Panik das falsche Wort ist. Angst habe ich selten, vielleicht zu selten. Weshalb ich mich beim Skifahren schon mal übel verletzt habe. Ich bin über einen Hügel gesprungen – ohne zu ahnen, dass dahinter ein Heuschober stand. Furchtsam bin ich also nicht, nur ab und zu etwas spontan und unüberlegt. Halt so wie mit der Sonnenbrille. Bleibt die Frage, warum das führerlose Boot immer kleiner wird. Und wo Francesco abgeblieben ist.

Ich beginne zu kraulen. Plötzlich greift was nach meinen Füßen. Ein Riesenkrake?

Quatsch. Der Riesenkrake entpuppt sich als Francesco. Er hält mich auch nicht wirklich fest, sein Glück, denn ich hasse solche Kindereien. Er will sich nur bemerkbar machen. Irgendwie ist er zuvor unter mir durchgetaucht.

Langsam schwimmen wir zurück. Er hat recht, mitten auf dem See ist es zum Baden am schönsten. Schon deshalb, weil wir alleine sind. Weit und breit keine kreischenden Kinder oder aufblasbaren Plastikschwäne.

Dass wir nicht genau auf der Route der Fähre nach Toscolano herumplanschen oder einem anderen Fahrgastschiff im Weg sind, scheint Francesco genau zu wissen. Ich beginne ihm zu vertrauen.

Er steigt vor mir über eine am Heck befindliche Leiter aufs Boot. Dann will er mir die Hand reichen, um mir zu helfen. Blödmann. Das schaffe ich nun gerade noch alleine. Das sollte er wissen. Schließlich hat er gesehen, wie ich artistisch von einem Balkon auf den anderen turne.

Ich ziehe mich dynamisch rauf und verharre freihändig auf der obersten Sprosse. Er steht vor mir, mit verschränkten Armen vor der Brust – und grinst noch breiter, als ich es von ihm schon kenne. Stimmt was nicht?

Ich fahre mir durch die nassen Haare, schaue nach unten – und stelle fest, dass ich bei meinem Hechtsprung nicht nur meine Sonnenbrille verloren habe. Von meinem Bikini habe ich jedenfalls nur noch den Slip an. Künstlerpech.

Wenn er denkt, dass mir das peinlich wäre, hat er sich getäuscht. Nun gut, ich wollte ihm nicht schon wieder meine Brüste zeigen. Diesmal aus der Nähe. Ist aber nicht zu ändern. Soviel ich weiß, hat der Anblick noch jedem Mann gefallen. Dennoch könnte mir Francesco ein Badehandtuch reichen. Er macht keine Anstalten. Okay, ein Gentleman ist er nicht. Habe ich auch nicht erwartet.

Ohne ein Zeichen der Verlegenheit komme ich an Bord. Erst jetzt löst sich Francesco aus seiner Erstarrung. Und tatsächlich schafft er ein großes Frotteetuch herbei. Ich habe aber keine Lust, mich abzutrocknen. Also breite ich es auf der Matratze aus und lege mich drauf. Bäuchlings. Zeit zum Gucken hat er jetzt genug gehabt. Oder sollte ich mich doch auf den Rücken drehen?

Was in der nächsten Stunde passiert ist, behalte ich für mich. Jedenfalls weiß ich jetzt, dass das Cockpit einer Aquarama größer ist, als man denken sollte.

Francesco startet den Motor. Langsam gleiten wir über den See zurück in Richtung Torri. Er zaubert zwei Gläser herbei und öffnet eine Flasche gekühlten Spumante. Den Korken schießt er in den See. Nein, kein Prosecco, wie er auf meine Frage klarstellt. Er bevorzuge Franciacorta aus der Lombardei, der sei besser.

Oma Klara würde ihm vehement widersprechen. Vielleicht sollte ich mal ihren Horizont erweitern. Denn der Franciacorta schmeckt großartig. Ich muss lächeln. Könnte aber sein, dass ich gerade nicht in der Lage bin, ein objektives Urteil abzugeben.

Am liebsten würde ich über die Frontscheibe steigen und am Bug meine Arme ausbreiten. Wie Kate Winslet im Film *Titanic*. Nur hätte ich entschieden weniger an. Aber Verrücktheiten habe ich heute schon genug gemacht. Ich nehme stattdessen einen Schluck vom Franciacorta.

»Wollen wir was essen?«, fragt Francesco.

Ich nicke. »Hast du was dabei?«

»Nein, aber ich weiß, wo wir was kriegen, ohne von Bord zu gehen.«

»Hört sich gut an.«

Er deutet ans Ufer. »Da ist die Punta San Vigilio.«

Ich erinnere mich, dass er mir diese Landzunge schon von der Rocca gezeigt hat. Und auch dass Klara mit mir dorthin will. Sie sei da schon mal gewesen, hat sie gesagt. Dort gebe es einen putzigen kleinen Hafen.

Francesco korrigiert den Kurs, nimmt sein *telefonino* und kündigt sein Kommen an. In so schnellem Italienisch, dass ich ihn nicht richtig verstehe. Jedenfalls scheint er auch eine Bestellung aufzugeben.

Da wir offenbar wieder unter Menschen kommen, ziehe ich meinen Bikinislip an und streife mir das T-Shirt über.

»Wäre nicht nötig«, meint Francesco lächelnd.

Da bin ich anderer Ansicht.

Wir nähern uns einer kleinen Landzunge, auf der eine zweigeschossige sandfarbene Villa steht, mit großen Fenstern, in denen weiße Vorhänge wehen. Rechts davon die Einfahrt in einen wie es scheint wirklich »putzig« kleinen Hafen. Und eine Mole, auf der unter einer berankten Pergola einfache Tische stehen. Sie scheinen gut belegt.

»*Ecco qua,* der schönste Platz der Welt«, sagt Francesco.

Er neigt zur Übertreibung. Wie bei seiner gebrochenen Kniescheibe. Aber schön ist es hier schon, das muss ich zugeben.

»Steht so in jedem besseren Reiseführer«, erklärt er. »Die Beurteilung stammt von Agostino di Brenzone.«

Aha, noch nie von ihm gehört. »Wann hat dieser Brenzone gelebt?«

»Ich weiß nicht, wohl vor einigen Hundert Jahren.«

»Dann hat er nicht viel von der Welt gesehen«, stelle ich fest. Entdecke ich in Francescos Gesicht Zeichen der Enttäuschung? »Versteh mich richtig«, beeile ich mich hinzuzufügen. »Es ist sicher traumhaft schön hier. Danke, dass du mich hergebracht hast.«

Er lächelt wieder. Gerade noch gut gegangen. Aber Superlative sind mir ein Gräuel und provozieren meinen Widerspruch.

Wir fahren auf eine Boje zu. Er drückt mir einen Bootshaken in die Hand. Ich schaffe es im ersten Versuch, den Ring zu fassen. Das klappt auch ohne Bootsführerschein. Hoffentlich muss ich jetzt keinen Palstek machen. Gott sei Dank erledigt Francesco alles Weitere selbst.

Und jetzt? Ich sehe ihn fragend an.

»*Aspetta,* warte ab!«

Er klappt einen Tisch auf und deckt ihn mit Teller und Besteck ein. Sogar Servietten gibt es. Die »alte Dame« namens Aquarama ist gut ausgestattet. Zu trinken haben wir noch unseren Franciacorta.

Einige Zeit später legt von der Mole ein Boot ab und fährt das kurze Stück zu uns rüber.

»*Ciao, Francesco, come va?*«

»*Sto bene, come sempre.*« Francesco deutet auf mich. »Wie kann es mir mit dieser Frau schlecht gehen?«

»*Hai ragione, amico mio.*«

Francesco nimmt einen Topf entgegen. Ich bin beeindruckt. Das ist mal ein Pizzaservice der besonderen Art. Obwohl es sich ganz sicher um keine Pizza handelt, denn die käme im Pappkarton, jedenfalls bei mir zu Hause.

»*Buon appetito!*«

»*Grazie, stammi bene.*«

Ich hebe den Deckel. »*Gamberoni alla griglia …*« Der Duft ist betörend. Am Knoblauch wurde nicht gespart.

»*Il primo piatto*«, erläutert Francesco. »Später gibt's einen Saibling aus dem See.«

Verdammt, wenn er so weitermacht, dann hat er mich am Haken. Nicht den Saibling, sondern mich, die kleine Moniga aus München, der es schon lange nicht mehr so gut ging.

Das Boot schwankt sanft hin und her. Wir essen, wir trinken, wir lachen – und wir schauen uns in die Augen.

Kitschig? Ja, und zwar so richtig.

Natürlich reden wir auch. Nicht nur dummes Zeug. Er fragt mich ein wenig aus, dann ich ihn. Aber wollen wir wirklich alles übereinander wissen? Wozu? Dass er keiner geregelten Arbeit nachgeht und sich trotzdem irgendwie durchs Leben mogelt, das habe ich schon gestern mitgekriegt. Wie ist das italienische Wort für Lebenskünstler? Immerhin verdient er ein bisschen mit seinem Wein und dem Olivenöl. Und ich? Ich verdiene gerade überhaupt nichts. Ich habe keinen Job – nur eine Großmutter, die mir diesen Urlaub finanziert. Das sage ich ihm sogar. Nun ja, nicht direkt. Immerhin weiß er jetzt, dass ich eine topqualifizierte Karrierefrau bin, die sich gerade eine Auszeit nimmt. Tatsächlich mache ich mir keine Sorgen, schnell wieder eine Anstellung zu finden. Obwohl meine »Qualifikation« mehr auf meinem forschen Auftreten beruht als auf meinem abgebrochenen BWL-Studium. Mit der »Karriere« hat es bislang auch nicht so richtig geklappt. Doch nur deshalb, weil ich immer Idioten als Chefs hatte. Wie den kahl rasierten Eierkopf aus der Maximilianstraße.

Mir fällt ein, warum ich an den Gardasee gereist bin. Weil ich auf den Spuren der Vergangenheit wandle und irgendwie meinen Vater zu finden hoffe. Francesco wird mir dabei nicht helfen können. Niemand kann das. Also behalte ich den wahren Grund meiner Reise für mich.

Wenn hier überhaupt jemand jemanden findet, dann ist das meine Oma Klara. Und zwar ihren Urlaubsschwarm von vor dreißig Jahren.

»Kennst du einen gewissen Conte Prantofalcone?«, frage ich.

Der Themenwechsel ist wohl etwas abrupt. Entsprechend verstört schaut mich Francesco an.

»Prantofalcone? Wie kommst du jetzt ausgerechnet auf ihn?«

»Meine Oma Klara meint, ihn von früher zu kennen.«

»Den Conte? Wirklich?«

Ich lache. »Ja, sie war wohl mal in ihn verliebt.«

Er grinst. »*Non è vero,* ist nicht wahr?«

»Doch, jedenfalls bildet sie sich das ein.«

»Und warum willst du wissen, ob ich den Conte kenne?«

»Nur so. Ich will wissen, was das für ein Mensch ist. Meinst du, es ist eine gute Idee, wenn ich ihn anrufe und ihm vorschlage, sich mit meiner Oma zu treffen.«

Francesco kratzt sich am Kinn. »Wie soll ich das wissen? Ich bin ihm nur einige Male begegnet.«

»Und wie ist er so?«

»Sagen wir so, er ist etwas speziell. Aber nicht so unfreundlich, wie er sich den Anschein gibt.«

»Also, was meinst du, soll ich ihn anrufen?«

»Wie lange ist das her, das mit deiner Oma und dem Conte?«, antwortet er mit einer Gegenfrage.

»Drei Jahrzehnte.«

Er hält sich prustend die Hand vor den Mund. »Das ist ja eine kleine Ewigkeit. Ob sich der Conte überhaupt noch an sie erinnert?«

»Tja, um das herauszufinden, müsste ich ihn anrufen.«

Francesco schüttelt feixend den Kopf. »Ihr seid schon eine Truppe, deine Oma und du. Aber was spricht dagegen? Ruf ihn an!«

»Ja, das mache ich. Gleich morgen. Damit der Spuk ein Ende hat.«

»Aber wundere dich nicht, wenn er einfach auflegt.«

»So was macht er?«

»Ich könnte es mir vorstellen. Der Conte steht im Ruf, ein ziemlicher Griesgram zu sein. Außerdem ist er schwerhörig.«

Puuh. Das kann ja heiter werden – falls ein Treffen je zustande kommen sollte. Ein griesgrämiger und schwerhöriger alter Herr im Gespräch mit meiner Oma Klara, die oft etwas falsch versteht und Dinge durcheinanderbringt. Aber wenigstens hat sie meist gute Laune.

»Wie wär's jetzt mit dem Saibling?«, fragt Francesco. »Soll ich in der Küche Bescheid geben?«

Ich lange mir an den Bauch. »Vielen Dank, aber ich kann nicht mehr.« Was kein Wunder ist, denn seit ich mit Oma Klara unterwegs bin, gibt's fast ständig was zu essen. Das bin ich nicht gewöhnt. Da stoßen meine Verdauungsorgane an ihre physiologischen Grenzen.

»*Non ci credo,* das kannst du mir nicht antun.«

»Doch, doch, leider. Ich bin pappsatt.«

Francesco verzieht das Gesicht. »Dabei habe ich für später noch ein *Dolce* vorbereitet. «

Ein *Dolce?* Habe ich richtig gehört? Jetzt treibt er es aber auf die Spitze. Wie kann er wissen, dass ich bei Süßspeisen notorisch schwach werde? Innerlich muss ich kichern. Denn schwach geworden bin ich heute schon … Ist noch nicht so lange her.

Zurück zum *Dolce.* So »pappsatt« kann ich gar nicht sein, dass ich einem guten Dessert widerstehen könnte. Physiologische Grenzen hin oder her.

»*Du* hast ein *Dolce* vorbereitet?«, frage ich.

»Genau genommen nicht ich, sondern meine Mutter. Ich hab dir ja erzählt, dass sie früher als Köchin gearbeitet hat. Ihr Tiramisù ist ein …«, er küsst seine Finger, »… ist ein *sogno,* ein Traum.«

Tiramisù? Jetzt? Auf dem Boot? Jetzt gleich? Ich versuche meinen lüsternen Blick zu verschleiern.

»Ein Tiramisù geht immer«, sage ich.

»Hat ja keine Kalorien.«

»Nein, so gut wie gar keine«, stimme ich ihm lachend zu. »Low carb, low fat. Ein echtes Diätgericht.«

»Na gut, dann überspringen wir den Saibling.«

Er steht auf und holt aus einer Kühlbox eine gläserne Auflaufform. Ob seine Mutter weiß, mit wem er das Tiramisù teilt? Aber er ist aus dem Alter raus, wo Mütter alles wissen müssen.

Wir brauchen keine Teller. Mein Löffel gleitet durch die braune Kakaoschicht, zerteilt geschmeidig die in Kaffee getränkten Löffelbiskuits, schmatzt durch die Mascarponecreme … und schwebt erst meiner Nase entgegen und dann unverzüglich zu meinem Gaumen.

Francesco hat recht, das Tiramisù seiner Mutter ist ein *sogno,* ein Traum. So wie der ganze Abend. Fragt sich nur, wie ich aus dieser Nummer wieder rauskomme. Aber darüber will ich jetzt nicht nachdenken. Für den Augenblick ist *dolce vita* angesagt.

25

20. NOVEMBER 1989

München

Susanna traf sich mit ihrer Mutter Klara in einem Café in der Münchner Briennerstraße. Seit ihrem Urlaub am Gardasee hatten sie sich nicht mehr gesehen. Aber telefoniert hatten sie einige Male, weshalb Susanna wusste, dass es ihrer Mama gut ging. Bei Pralinen und feinem Teegebäck erzählte Klara von einem neuen Verehrer, mit dem sie gestern im Konzert gewesen sei. Susanna bewunderte ihre Mutter für ihre Leichtigkeit des Seins. Diesen unbeschwerten Frohsinn hatte sie von ihr nicht geerbt. Sie war eher eine Grüblerin, die sich vieles mehr zu Herzen nahm, als ihr eigentlich guttat. Aber das war ihr Naturell. Weshalb sie sich nach Abschluss ihres Jurastudiums auch für sozial benachteiligte Menschen engagieren wollte, denen Unrecht widerfuhr. Und sie wollte gegen Umweltsünder zu Felde ziehen. Nur eines wollte sie nicht: sich anpassen und auf Teufel komm raus Geld verdienen.

Susanna ließ ihre Mutter erzählen und wartete ab. Erst nach zwei weiteren Trüffelpralinen und einem kleinen Haselnusslikör hielt sie den Zeitpunkt für gekommen.

»Ich habe zwei Neuigkeiten für dich«, sagte sie.

»Hast du dich in deinen Professor verliebt?«

Susanna schüttelte lächelnd den Kopf. »Nein, aber du wirst …«, sie machte eine dramatische Pause, »… du wirst Oma!«

Klara sah sie ungläubig an. »In meinem Alter? Das kann nicht sein.«

»Dein Alter spielt dabei keine Rolle, sondern meines.«

Erst jetzt schien bei Klara der Groschen zu fallen. »O mein Gott, bitte entschuldige. Willst du mir damit sagen, dass du …?«

Susanna nickte. »Ja, das will ich dir damit sagen. Ich bin schwanger.«

Klara sprang auf und umarmte ihre Tochter. Susanna kippte fast vom Stuhl. Auf dem kleinen Tisch fiel das Likörglas um.

»Das ist ja großartig. Ich freue mich so für dich.«

Susanna gefiel die spontane Begeisterung ihrer Mutter. Sie war die Erste, die so euphorisch reagierte. Sie selbst und auch ihre Freundin Petra waren im ersten Moment eher betroffen gewesen.

Doch Klara hatte ein Talent, gleich alles wieder zunichtezumachen.

»Wer ist der Vater?«, fragte sie. »Wann heiratet ihr?«

Das waren definitiv die falschen Fragen.

Susanna strich sich über ihren Bauch. »Das Kind gehört mir. Es gibt keinen Vater.«

»So ein Blödsinn, natürlich gibt's einen Vater.« Klara drohte ihr lächelnd mit dem Finger. »War's vielleicht doch dein Professor?«

»Hör doch mit dem Quatsch auf. Ich hab nichts mit meinem Professor, der ist steinalt.«

»War ja nur Spaß. Du willst mir also nicht sagen, wer der Vater meines Enkelkindes ist?«

Susanna schüttelte den Kopf. »Nein, will ich nicht. Das bleibt mein kleines süßes Geheimnis.«

Klara brauchte eine kurze Bedenkzeit. Dann gab sie sich einen Ruck. »Okay, einverstanden. Den Vater von dir hätte ich besser auch gleich vergessen …«

»Ist nicht vergleichbar.«

»Das hoffe ich für dich. Also wird's keine Hochzeit geben«, stellte Klara fest. »Das ist schade. Aber ich respektiere deine Entscheidung.«

Jetzt zahlte sich aus, dass Klara ein Freigeist war und schon viel erlebt hatte. Darauf hatte Susanna gehofft.

»Wann soll das Kind kommen?«

Diese Frage kam für Susanna nicht unerwartet. »Der Termin steht noch nicht fest. Aber bestimmt nicht vor Juni«, log sie. Keinesfalls wollte sie ihre Mutter auf die Idee bringen, dass der Ursprung ihrer Schwangerschaft am Gardasee liegen könnte. Später könnte sie ihr immer noch eine Frühgeburt vorschwindeln.

»Demnach hast du es gerade erst erfahren? Finde ich lieb von dir, dass du mich gleich einweihst.«

»Ist doch selbstverständlich. Immerhin bist du meine Mama.«

»Das stimmt. Deine Mama, die dich unendlich lieb hat. Auch wenn ich nicht immer so für dich da bin, wie ich gerne würde.« Klara schaute bekümmert. »Aber ich muss ja mein eigenes Leben auf die Reihe bringen. Das ist nicht immer leicht, das kannst du mir glauben.«

Susanna glaubte ihr sofort. Immerhin waren sie zusammen an den Gardasee gefahren, weil ihre Mutter Liebeskummer hatte. Aber davon war schon längst keine Rede mehr.

Klara runzelte die Stirn. »Hast du vorhin nicht von zwei Neuigkeiten gesprochen? Was ist die zweite?«

»Ich werde nach Berlin ziehen und mein Studium dort fortsetzen.«

»Nach Berlin? Vom wunderschönen München nach Berlin? Ist nicht dein Ernst?«

»Doch, und zwar …«

Klara hob den Zeigefinger. »Ich hab's. Weil der unbekannte Vater ein Berliner ist, stimmt's?«

Susanna musste schmunzeln. Da lag ihre Mutter wirklich total daneben.

»Nein, er kommt nicht aus Berlin. Du kennst doch meine alte Freundin Petra …«

»Die mit den Zöpfen?«

»Zöpfe hat sie keine mehr. Aber genau diese Petra meine ich. Ich kann bei ihr wohnen. Einen Studienplatz habe ich auch schon.«

Klara dachte sichtbar angestrengt nach. »Na ja, ist vielleicht gar nicht so schlecht«, räumte sie nach einer Weile ein. »Wenn es schon keinen Vater gibt, sollte man wenigstens eine gute Freundin an der Seite haben. Aber lesbisch seid ihr nicht, oder?«

Susanna lachte. »Du hast vielleicht Ideen. Wir sind ganz sicher nicht lesbisch.« Sie kicherte. »Aber was nicht ist, kann ja noch werden«, fügte sie im Spaß hinzu.

Klara zuckte mit den Schultern. »Wäre auch nicht schlimm. Ohne Männer wäre mir vieles erspart geblieben.«

»Ich hab noch eine Bitte«, wechselte Susanna das Thema.

Klara hob die Augenbrauen. »Du brauchst Geld?«, kombinierte sie scharfsinnig.

»Wenn du deine monatliche Zahlung etwas aufstocken könntest, wäre das tatsächlich eine große Hilfe.«

»Mal schauen, was sich machen lässt. Aber Windeln musst du ja noch keine kaufen …«

»Trotzdem.«

»Ja, ja, ich verstehe. Jetzt trinken wir erst mal einen Prosecco.«

»Ich nicht.«

»Stimmt, du bist ja schwanger. Das kann mir Gott sei Dank nicht mehr passieren. Ich kann so oft und so viel Prosecco trinken, wie ich will.«

»Vorausgesetzt, deine Leber spielt mit.«

»Meine Leber? Die hat noch nie protestiert. Ohne Prosecco würde sie vermutlich vertrocknen. Das Risiko will ich nicht eingehen.«

26

Ich weiß nicht mehr, wann ich ins Hotel gekommen bin. Der Nachtportier wüsste es, schließlich hat er mir aufgesperrt. Jedenfalls war es noch dunkel. Ich ziehe mir das Kissen über den Kopf. Aus Schamgefühl? Nein, dafür besteht kein Anlass. Was passiert ist, ist passiert. Aber damit gerechnet habe ich nicht. Echt nicht. Ausgerechnet mit dem Typen, der meinen Cinquecento verbeult hat.

Im Bett liegend geht mir durch den Kopf, dass das irgendwie irre ist. Denn mit etwas Fantasie ist meiner Mutter Susanna vor rund dreißig Jahren Ähnliches widerfahren. Als ob sich die Geschichte wiederholen würde. Eine junge Frau aus München trifft im Urlaub am Gardasee einen Kerl, mit dem sie in die Kiste geht. In meinem Fall war die »Kiste« eine Riva Aquarama. Danach war Susanna schwanger. Das kann mir nicht passieren, ich nehme die Pille. Auch ist nicht gesagt, dass Susannas Bekanntschaft ein Italiener war. Aber wünschen würde ich es mir. Denn besser einen unbekannten Italiener zum Vater als einen käsigen Urlauber aus Wanne-Eickel. Nichts gegen Wanne-Eickel, ich war noch nie dort. Und »käsig« war Susannas Casanova wohl auch nicht – dagegen spricht mein allzeit brauner Teint. Also doch ein Italiener?

Ich schaue auf die Uhr. Höchste Zeit fürs Frühstück. Gleich klopft Klara an die Tür und fragt, wo ich bleibe. Fast habe ich ein schlechtes Gewissen, dass ich sie jetzt schon den zweiten Abend in Folge alleine gelassen habe. Ich werde es wiedergutmachen. Später rufe ich ihren Conte an.

Als ich zehn Minuten später im Frühstücksraum aufkreuze, kann ich Oma Klara nicht finden. Ist sie noch auf ihrem Zimmer? Riccardo, der mir über den Weg läuft, sagt, dass sie ihren Schlüssel an der Rezeption abgegeben habe, um spazieren zu gehen. Ihr Frühstück habe sie heute schon ganz früh zu sich genommen. Nein, eine Nachricht für die Signorina habe sie leider nicht hinterlassen.

Ich beschließe, mich nicht aufzuregen. Besser sie geht spazieren, als tot im Bett zu liegen. Sorry, Oma, das habe ich so nicht gemeint.

Ich frühstücke ausführlich und lese dabei auf meinem Tabletcomputer die Tageszeitung. Später stelle ich fest, dass nicht nur meine Oma weg ist, auch Francesco ist abgetaucht. Jedenfalls habe ich von ihm noch keinen Gutenmorgengruß bekommen.

Von Klara immer noch keine Spur. Ich frage Riccardo, ob sie gesagt hat, wo sie hingehen wollte.

Er hebt ratlos die Hände in die Luft. Nein, das habe sie nicht. Aber sie habe ihren Gehstock dabeigehabt. Viele Möglichkeiten gebe es nicht. Da sie kaum den Berg nach Albisano rauflaufen würde, könne sie ja nur *lungolago* in die eine oder andere Richtung am See entlang unterwegs sein.

Ich frage nach einem Fahrrad. Minuten später bin ich unterwegs und halte nach ihr Ausschau. Mir fällt der Bericht ihres Arztes ein, nach dem sie gelegentlich nicht mehr heimfindet und in der Gegend herumirrt. Das habe ich nicht wirklich geglaubt.

Erst radle ich am See nach Norden, wo es aber bald nicht mehr weitergeht. Allerdings könnte Klara die Hauptstraße überquert haben und drüben in irgendeine Seitengasse gelaufen sein. Wahrscheinlicher aber ist sie in die andere Richtung in den Ort spaziert. Die Strecke kennt sie, die haben wir ja schon gemeinsam zurückgelegt.

Also drehe ich um und radle ins Zentrum von Torri del Benaco. Erst am See entlang bis zur Piazza Calderini, wo ich mich gestern Abend mit Francesco getroffen habe. Dann kreuz und quer durch die Nebenstraßen: Via Cairoli, Vicolo Benaco … Und natürlich über den Corso Dante Alighieri.

Langsam werde ich nervös. Das heißt, ich bin es schon. Ich mache mir Sorgen.

Mir kommen zwei Carabinieri entgegen. Ich spreche sie an und frage, ob sie eine alte Dame mit Gehstock gesehen hätten. Sie schütteln bedauernd die Köpfe. Immerhin können sie mir sagen, dass es keinen Notfall gegeben habe, davon wüssten sie. Ich teile ihnen mit, dass wir im *Quattro Pini* wohnen – falls sie ihnen doch noch über den Weg läuft.

Anschließend sehe ich in der Kirche am Hafen nach, der Chiesa della Santissima Trinità. Die kenne ich von gestern. Vielleicht sitzt sie drin und betet? Fehlanzeige. Hätte mich auch gewundert.

Und jetzt? Ich radle an der Scaligerburg und am großen Parkplatz vorbei über die Viale Guglielmo Marconi zum Fährterminal. Von dort rufe ich bei Riccardo im Hotel an. Nein, die gnädige Frau sei von ihrem Spaziergang noch nicht zurück.

Ich radle wieder zum Hafen und von dort ziellos weiter. Schließlich bleibe ich stehen und denke nach. Soll ich bei der Polizei eine Vermisstenmeldung aufgeben?

Mein Handy zeigt eine eingehende Textmeldung. Francesco ist wach und wünscht mir einen schönen Tag. Verbunden mit einem intimen Gruß, dessen Wortlaut ich aus Gründen der Diskretion für mich behalte. Aber löschen tue ich ihn nicht.

Na also, denke ich, immerhin ist *ein* Vermisster wieder aufgetaucht.

Ich habe das Handy noch in der Hand, als ein Anruf eingeht. Riccardo ist dran.

»Signorina, Ihre Großmutter ist wieder da. Zwei Carabinieri haben sie gerade vorbeigebracht.«

Ich atme erleichtert auf. »Wie geht es ihr?«

»Es geht ihr gut. Sie hat mich um ein Glas Prosecco gebeten.«

27

Ich bin richtig froh, als ich Oma Klara wohlbehalten in einem Korbsessel auf der Terrasse unseres Hotels antreffe. Ich beuge mich zu ihr runter und gebe ihr zwei Küsschen auf die Wange.

Dabei kommen mir fast die Tränen. Nicht vor Rührung, sondern weil mich ihr Parfum einnebelt. Hat sie sich eine ganze Flasche über den Kopf geschüttet?

Ihr scheint es nichts auszumachen. Sie hat rote Bäckchen und strahlt mich an.

Ich wedle mir mit der Hand frische Luft zu. »Aber Omilein, du riechst ja wie im Puff«, rutscht mir raus.

»Wirklich? Woher willst du das wissen? Ich war noch nie in einem Puff.«

»'tschuldigung, war nicht so gemeint, aber Chanel No 5 ist das nicht.«

»Natürlich nicht. Das hier ist ein exotischer Duft, der zu meiner Persönlichkeit passt und meine feminine Aura unterstreicht. Außerdem ist es der Hit der Saison.«

Ich sehe sie mit offenem Mund an. Exotischer Duft? Feminine Aura? Hit der Saison? Wer hat ihr denn diesen Unsinn eingeredet? Oder hat sie im Fernsehen zu viel Teleshopping geschaut? Auf einem Kanal für reife Zielgruppen.

Klara fährt sich durch die Haare und lächelt. »Ich war in einer Parfümerie«, erklärt sie. »Die Verkäuferin war ausgesprochen nett und hat mich eingehend beraten.«

»In einer Parfümerie? Warum denn das? In deiner Handtasche sind mindestens zwei Flakons.«

Von den Flakons weiß ich, seit ich in ihrer Handtasche nach der verlorenen Brieftasche gesucht habe.

»Nun ja, mein Schätzchen. Ab und zu steht mir der Sinn nach etwas Neuem. Außerdem will ich gut riechen, wenn ich mich mit Vico treffe.«

Vico … Lodovico … ach so, der Conte, natürlich, war ja klar.

»Hast du also darüber geschlafen und entschieden, dass du ihn doch gerne wiedersehen würdest?«, schlussfolgere ich.

Klara nickt, erst zögerlich, dann heftiger. »Ja, ich denke, ein Versuch kann nicht schaden. Ich bin neugierig, was aus ihm geworden ist. Du musst wissen, vor dreißig Jahren war er ein unglaublich attraktiver Mann.«

Oddio, nicht schon wieder. Von Francesco weiß ich, dass aus ihm ein schwerhöriger Griesgram geworden ist.

»Okay, dann lasse ich mir von Riccardo seine Telefonnummer geben und rufe ihn an. Einverstanden?«

»Ja, mach das, mein Schätzchen, aber ich will nicht zuhören.«

Hat sie Angst, dass er sich nicht erinnern könnte oder dass er ihr einen Korb gibt? Ist ja süß, wie bei einem jungen Mädchen.

»Vorher hab ich noch zwei Fragen. Erstens …«

»Ich sag nichts«, unterbricht sie mich störrisch.

Ich frage mich, welche Fragen sie erwartet. Dabei sind meine ganz harmlos.

»Erstens: Könnte es sein, dass du von deinem neuen Parfum etwas zu viel erwischt hast?«

Ihr gerade noch trotziger Gesichtsausdruck weicht einem verlegenen Lächeln.

»Ja, das könnte sein«, gibt sie zu. »Mir ist die Verschlusskappe abgegangen. Jetzt ist das Fläschchen fast leer. Wir müssen später noch mal hin und ein neues kaufen.«

»Das müssen wir nicht«, widerspreche ich. »Bis die Überdosis verflogen ist, dürften Wochen vergehen.«

»Du übertreibst.«

»Na ja, vielleicht keine Wochen, aber ganz bestimmt einige Tage.«

»Papperlapapp. Später dusche ich mich und wasche mir die Haare.« Sie schaut versonnen in den Himmel. »Dann unterstreicht halt nur noch ein zarter Schleier von Exotik meine feminine Aura.«

Oma, Oma …

»Was war doch gleich deine zweite Frage?«, findet sie zurück in die Realität.

Welche zweite Frage? Ach so. »Bist du nur wegen des Parfums heute früh losspaziert?«

Sie runzelt die Stirn. »Nein, ganz bestimmt nicht. Das hätten wir ja später auch zusammen kaufen können.«

»Also?«

»Beim Aufwachen habe ich von damals geträumt …«

Oje, bitte nicht schon wieder vom Conte.

»… und von dem Ferienapartment, in dem ich mit deiner Mutter gewohnt habe. Plötzlich wurde mir klar, dass sich unsere kleine Wohnung ganz in der Nähe befinden muss. Mich erinnert hier so viel daran. Und weil das gerade in meinem Kopf so lebendig war, habe ich mich ganz früh auf den Weg gemacht, um das Haus mit unserem Apartment zu suchen.«

»Und? Hast du es gefunden?«

Enttäuscht schüttelt sie den Kopf. »Leider nein, dabei hatte ich das Haus genau vor Augen. Es war pastellgelb und hatte blaue Fensterläden.«

»Omilein, das ist dreißig Jahre her. Vielleicht ist es heute grün mit roten Fensterläden.«

»So hässlich? Nein, das glaube ich nicht. Jedenfalls habe ich dann irgendwo einen Cappuccino getrunken und später die Parfümerie entdeckt, in der ich so nett beraten wurde. Schließlich kamen die beiden freundlichen Postboten des Wegs und haben mich zurück ins Hotel begleitet.«

Postboten? Ach ja, die beiden Carabinieri.

Ich sehe Klara nachdenklich an. Es hätte mir gefallen, wenn sie das Ferienapartment von damals gefunden hätte. Auch wenn es mich keinen Schritt weitergebracht hätte. Oder vielleicht doch? Womöglich hat mein Erzeuger im Apartment nebenan gewohnt – und meiner Mutter die Zeit vertrieben, während Klara anderweitig beschäftigt war. Nur so eine Hypothese. Eine von unendlich vielen. Ich nehme mir vor, mal selber nach einem pastellgelben Haus mit blauen Fensterläden zu suchen.

Klara schnippt mit den Fingern. »Moniga-Schätzchen, wo bist du mit deinen Gedanken?«

Ja, wo bin ich gerade? Natürlich hier, wo sonst?

»Bitte bleib sitzen«, fordere ich sie auf. »Ich geh zu Riccardo, lass mir die Telefonnummer von deinem Conte geben und rufe ihn an. Dann komme ich wieder.«

»Oje, ich glaube, jetzt brauche ich einen Grappa.«

Ich deute lächelnd auf den Beistelltisch. »Der Prosecco tut es für den Moment auch. Wird nicht lange dauern. Bin gleich wieder da.«

Ich stehe draußen im Schatten der vier Pinien, nach denen unser Albergo benannt ist, und bin aufgeregt wie vor einem Blind Date. Dabei betrifft es mich ja gar nicht, sondern meine fidele Oma, die riecht wie eine Puffmutter und soeben wahrscheinlich das zweite Glas Prosecco bestellt. Mir klingen Francescos Worte im Ohr: schwerhörig, Griesgram – und womöglich legt er gleich auf.

Ich habe seine Handynummer. Immerhin geht er mit der Zeit und ist Klara in diesem Punkt um Lichtjahre voraus.

Er meldet sich mit einem unverbindlichen *Pronto,* weshalb ich zunächst fragen muss, ob er selbst am Telefon ist.

Statt mir aber eine Antwort zu geben, will er umgekehrt von mir wissen, wer denn ich sei und was ich von ihm wolle. Sein Ton könnte freundlicher sein.

Bei einem telefonischen Blind Date würde ich ihm erst mal eine freche Bemerkung an den Kopf werfen und anschließend auflegen. Aber dann könnte ich Klara nicht mehr unter die Augen treten. Weshalb ich gedanklich Valium schlucke und ihm in Engelszungen darlege, dass ich die Enkelin einer Dame sei, die ihn vor vielen Jahren, genauer gesagt vor dreißig Jahren gekannt habe und ihn gerne wiedersehen würde. Ich nenne ihm den Namen meiner Großmutter. Weil ich weiß, dass er schwerhörig ist, wiederhole ich ihn mit so lauter Stimme, dass ich fast selber erschrecke.

Daraufhin ist erst mal Funkstille. Entweder ist ihm das Hörgerät aus dem Ohr gefallen – oder er kramt in seiner Erinnerung verzweifelt nach einer Dame dieses Namens.

Ich frage vorsichtig, ob er noch dran sei.

Sì, sì, certo, bekomme ich mit kratziger Stimme zur Antwort.

Ich gebe ihm noch etwas Zeit. »Können Sie sich an meine Großmutter erinnern?«, frage ich schließlich.

Der Conte hüstelt. »Signora Klara? Natürlich kann ich mich an sie erinnern. Wie geht es ihr?«

Plötzlich hört er sich ganz anders an. Und dass er sich »natürlich« an Klara erinnern kann, habe ich nicht erwartet.

»Es geht ihr gut. Wir machen gerade Urlaub in Torri del Benaco. Sie hat mich gebeten, Sie anzurufen.«

»*È molto gentile,* das ist sehr freundlich von ihr.«

Das wiederum klang eher unverbindlich.

»Wie gesagt, meine Großmutter würde Sie gerne treffen.«

Erneut hüstelt er. »Ja, das habe ich verstanden. Aber der Anruf kommt, wie Sie sich denken können, etwas überraschend. Deshalb muss ich erst darüber nachdenken. Außerdem habe ich im Moment zu tun. Bitte richten Sie Klara meine herzlichsten Grüße aus. Ich rufe Sie im Laufe des Tages zurück. Einverstanden?«

Sein Deutsch ist ausgezeichnet, geradezu geschliffen. Manchmal beneide ich die Oberschicht um ihre Bildungschancen.

»Meine Oma wird sich freuen. Sie sitzt gerade auf der Terrasse und trinkt einen Prosecco.«

Ich höre ein verhaltenes Lachen.

»Mir scheint, sie hat sich kaum verändert«, stellt er fest.

»Doch, das hat sie, ganz sicher sogar«, sage ich, um ihn darauf vorzubereiten, falls es wirklich zu einem Treffen kommen sollte. »Dreißig Jahre sind eine lange Zeit. Damals war ich noch gar nicht geboren.«

»Tatsächlich? Wie ist doch gleich Ihr Name?«

»Moniga. Moniga mit g.«

»Gefällt mir. Wenn Klara Ihre Oma ist, dann … dann ist Susanna Ihre Mutter, richtig?«

Ich bekomme eine Gänsehaut. Er weiß ihren Namen.

»Sie kannten sie?«

»Aber ja, von damals. Nicht gut, aber ich kannte sie. Eine hübsche junge Frau, etwas schüchtern, aber sehr sympathisch.«

Er spricht von meiner Mutter. Das geht mir ans Herz. Aber was ihre Schüchternheit betrifft, hat er sich wohl getäuscht – sonst gäbe es mich nicht.

»Sie lebt nicht mehr«, sage ich.

»Wirklich? Das tut mir leid, aufrichtig leid.« Er macht eine Pause. »Die Zeit vergeht, und nicht alles ist schön im Leben«, stellt er fest. »Übrigens habe auch ich mich verändert, das können Sie Ihrer Großmutter schon mal sagen. Ich bin ein alter Mann und brauche zum Gehen einen Stock.«

Dass auch Klara gelegentlich einen Stock benötigt, verschweige ich.

»Ich habe mich über Ihren Anruf …«, er stockt, »… über Ihren Anruf sehr gefreut«, bringt er den Satz zu Ende. »Sie hören von mir.«

Hat er gerade aufgelegt? Einfach so, ohne sich zu verabschieden. Ungläubig schaue ich auf das Display meines Handys. Tatsächlich, die Verbindung ist getrennt. Francesco hatte recht, der Conte ist »etwas speziell«. Und doch irgendwie netter, als ich erwartet hätte.

28

Dass sich der Conte »natürlich« an sie erinnert und herzlichste Grüße ausrichten lässt, hat Klara in Hochstimmung versetzt. Ich versuche ihre Erwartungen zu dämpfen. Zwar glaube ich, dass er zurückrufen wird, ob er sich aber wirklich zu einem Treffen durchringen kann, scheint mir zumindest zweifelhaft. Doch meine Oma schwebt auf Wolke sieben – und ist von dort nicht runterzubekommen. Ich kenne das Gefühl. Nur hat bei mir noch jeder Höhenflug unweigerlich zu einer Bruchlandung geführt. Ich fürchte, dass es ihr genauso ergehen wird.

Dessen ungeachtet, erinnere ich mich an mein Versprechen, ihr einen Seidenschal zu kaufen. Damit sie sich wegen ihrer Falten am Hals nicht genieren muss. Das halte ich zwar für ziemlich unsinnig, denn natürlich hat ihr Alter auch im Gesicht Spuren hinterlassen, aber diese Furchen scheinen sie weniger zu stören. Das werde ich wohl erst verstehen, wenn ich so alt bin wie sie – also in gefühlten hundert Jahren.

Jedenfalls freut sich Klara, dass ich mit ihr shoppen möchte. Ich nehme sie am Arm, und wir laufen in den Ort. Zum zweiten Mal an diesem Tag, aber diesmal zusammen. Da kann sie nicht verloren gehen.

Unwillkürlich halte ich auf dem Weg nach einem pastellgelben Haus mit blauen Fensterläden Ausschau. Auch wenn ich keine Sekunde daran glaube, auf diese Weise das Ferienapartment zu finden, in dem sie damals mit meiner Mutter gewohnt hat. Doch möglich ist alles, sogar das Unmögliche. Aber nicht heute.

Immerhin entdecken wir eine Boutique, die viele Schals im Angebot hat. Zu viele, wie sich schnell herausstellt. Entsprechend zeitintensiv gestaltet sich die Entscheidungsfindung. Als wir endlich einen Seidenschal ausgewählt haben, der ihrem Geschmack entspricht, und ich schon beim Bezahlen bin, da macht sie plötzlich einen Rückzieher. Das Muster erinnere sie an die Tapete in ihrer Gästetoilette. Leider habe sie das erst jetzt bemerkt. Da fällt mir kein Gegenargument ein. Abgesehen davon, dass es in ihrer kleinen Wohnung gar keine Gästetoilette gibt. Aber die Assoziation ist nicht so vorteilhaft, das muss ich zugeben. Also lassen wir uns nochmals alle Schals zeigen. Nicht nur jene aus Seide, sondern auch aus Kaschmir und Baumwolle. Die Verkäuferin kann immer noch lächeln. Ich bewundere sie. Immer wieder wackelt Klara zweifelnd mit dem Kopf. Sie stellt sich vor den Spiegel und drapiert die Schals um ihren Hals. Fehlt nur noch, dass sie sich bei dieser Gelegenheit den Lidstrich nachzieht.

Schließlich reißt mir der Geduldsfaden. Ich halte ihr einen Seidenschal hin und entscheide, dass wir diesen nehmen. Als Argument verweise ich auf ihr Parfum. Dieser Schal unterstreiche in gleicher Weise ihre feminine Aura. Die Verkäuferin stimmt mir zu. Klara lächelt zufrieden. Ja, dieser Schal gefalle ihr. Da sehe man mal wieder, dass man sich nicht gleich für das Erstbeste entscheiden solle. Das müsse ich wohl erst noch lernen.

Beim Bezahlen zwinkert mir die Verkäuferin verschwörerisch zu. Erst jetzt bemerke ich, dass ich mit genau diesem Schal schon mal an der Kasse gestanden habe.

Ich weiß nicht so recht, wie ich den weiteren Tag gestalten soll. Es ist noch nicht mal Mittag. Mit meinen Gedanken bin ich sowieso nicht ganz bei der Sache. Immer wieder sehe ich mich mit

Francesco auf der Aquarama. Ich sehe uns über das Wasser rauschen, ich sehe mich im See schwimmen, ich sehe … ich sehe uns vor der Punta San Vigilio an der Boje liegen und Tiramisù essen. Außerdem … sehe ich … Fast werde ich rot. Nein, das will ich nicht sehen – es reicht völlig, mich daran zu erinnern.

»Also, mein Schätzchen, irgendwie bist du heute zu nichts zu gebrauchen«, wirft mir Oma Klara vor.

Puh, das ist heftig. Was habe ich heute nicht schon alles für sie getan? Ich habe mich mit dem Fahrrad auf die Suche nach ihr begeben. Ich habe den Carabinieri gesagt, wo sie Klara hinbringen sollen, wenn sie sie finden. Ich habe ihr gemeingefährliches Parfum eingeatmet. Ich habe ihren Conte angerufen und ein mögliches Wiedersehen eingefädelt. Ich habe mit ihr einen Seidenschal gekauft … Und das alles nach einer ziemlich kurzen Nacht.

Ich schaue sie fassungslos an. »Wie kommst du denn darauf?«

»Jetzt sitzen wir schon seit geschlagenen zehn Minuten auf dieser Parkbank und glotzen auf den See …«

Zehn Minuten? Woher will sie das wissen? Oma Klara hat ihre Armbanduhr vergessen.

»Dumm rumsitzen kann ich, wenn ich tot bin«, fährt sie fort.

Zwar kann ich ihrer bestechenden Logik nicht folgen, aber irgendwas unternehmen sollten wir schon.

»Hast du eine Idee?«, frage ich.

»Wie wäre es, wenn wir deinen Vater suchen?«

Toller Vorschlag. Deshalb bin ich hier. Aber die Hoffnung habe ich längst aufgegeben.

»Wie soll das gehen? Soll ich vielleicht am Rathaus einen Anschlag machen? Hübsche junge Frau aus München sucht Vater.«

»Warum nicht?« Klara zupft nachdenklich an ihrem Schal. »Aber ich fürchte, so findest du eher einen Mann zum Heiraten.«

Na also, so geht's auch nicht.

»Dein Conte hat sich an Susanna erinnert«, sage ich. »Das hat mich überrascht.«

»Wirklich? Das überrascht mich auch. Sein Gedächtnis scheint besser zu sein als meines.«

Da kann ich ihr nicht widersprechen.

»Vielleicht kann er sich nicht nur an ihren Namen erinnern«, denke ich laut vor mich hin. »Womöglich hat er mitbekommen, mit wem sich meine Mutter getroffen hat.«

»Schätzchen, Vico hatte nur Augen für mich.«

Klaras Selbstbewusstsein hätte ich gerne geerbt.

»Könnte aber trotzdem sein«, stelle ich fest.

Mir geht durch den Kopf, dass der Conte wohl meine letzte und einzige Chance ist. Nur er kann mich noch auf die Spur meines Vaters bringen. Weil mir das plötzlich bewusst wird, hoffe ich wie meine Oma auf seinen Rückruf und darauf, dass es zu einem baldigen Treffen kommt.

Mir ist doch noch ein kleines Unterhaltungsprogramm eingefallen. Von Riccardo weiß ich, dass von Torri del Benaco eine kleine Straße hinauf nach Albisano führt, von wo man eine *vista meravigliosa* auf den See habe. In Susannas altem Reiseführer steht, dass das Dorf den Beinamen »Balkon des Gardasees« trägt. Es scheint also was dran zu sein am großartigen Ausblick.

Mit Klara auf dem Beifahrersitz steure ich meinen Cinquecento über die schmalen Serpentinen. Ich lasse mir Zeit, damit wir die Fahrt genießen können. Zudem sind es kaum fünf Kilometer. Einige Radfahrer, die sich den Hang hinaufquälen, erwecken Klaras Erbarmen. Ich weise sie darauf hin, dass sich diese »bemitleidenswerten Geschöpfe« aus freien Stücken abstrampeln. Klara schüttelt den Kopf ob dieser Unvernunft.

Oben angekommen, stellen wir fest, dass es sich bei Albisano um einen winzigen Ort handelt mit einem hübschen Marktplatz.

Wir stellen das Auto auf einem Parkplatz ab und laufen die wenigen Schritte zur Pfarrkirche San Martino. Wir gehen um sie herum – und stehen auf dem kleinen Kirchplatz, der tatsächlich etwas von einem »Balkon« an sich hat. Ein pittoresker Balkon mit schattenspendenden Bäumen und einem weiten Blick hinunter auf die Dächer von Torri, von dort hinaus auf den See und das gegenüberliegende Ufer bis zu den dahinter liegenden Bergen. Einer davon ist mein Monte Gu mit der Nase Napoleons. Von hier erkenne ich ihn nicht. Klara ist entzückt. Das freut mich. Ich bin es auch – wobei ich meine eigenen Assoziationen habe. Irgendwo da unten war ich gestern mit Francesco im Boot unterwegs. Mit einem guten Fernrohr … Ich mag nicht daran denken. Außerdem wäre es mir egal.

»Das hast du gut gemacht, mein Schätzchen«, sagt Klara.

Nach dem Rüffel von vorhin tut mir ihr Lob gut. Dass sie sich auf eine der Bänke setzt, um von dort entspannt den Ausblick zu genießen, lässt mich schmunzeln. Wie waren doch ihre Worte? Dumm rumsitzen kann ich, wenn ich tot bin.

Ich mache einige Fotos und poste sie auf Instagram.

Später schauen wir uns die Kirche von innen an. Auch sehr schön. Auf einem halbrunden Fresko reitet der heilige Martin auf einem weißen Pferd. Dann gehen wir zurück zum Marktplatz und nehmen unter weißen Markisen an einem runden Tischchen Platz. Zu meiner Verwunderung bestellt Klara keinen Prosecco, sondern einen Cappuccino mit einem Glas Wasser. Ich habe mal gelesen, dass der heilige Martin Schutzpatron von ganz vielen Menschen ist, darunter auch von jenen, die dem Alkohol abgeschworen haben. Erlebe ich gerade ein spontanes Wunder? Hat der kurze Besuch der *Chiesa di San Martino* ausgereicht, Oma Klara zur Abstinenzlerin zu bekehren?

Ich muss nicht lange warten, bis mich die irdische Realität vom Gegenteil überzeugt. Klara benötigt einen Limoncello, zur

Beruhigung ihrer angegriffenen Nerven. Nun ja, er enthält wahrscheinlich mehr Zucker als Alkohol. Seit wann hat sie eigentlich Probleme mit ihren Nerven? Ach so, der Conte. Wird er oder wird er nicht? Diese Ungewissheit zerrt an ihr.

Eine Stunde später erfülle ich Klara einen ihrer Wünsche. Wir fahren zur Punta San Vigilio. Ich kenne sie ja bereits, aber nicht von der Landseite. Es geht durch eine Allee mit hohen Zypressen, und weil Klara freundlich darum bittet und auf ihre Gehbehinderung verweist, öffnet sich die Schranke, und wir dürfen weiter nach vorne auf einen kleinen Parkplatz fahren. Von dort laufen wir durch eine malerische Gasse hinunter zur Locanda. Von Klaras »Gehbehinderung« ist auf dem holprigen Kopfsteinpflaster wenig zu bemerken. Aber ihren Stock hat sie mit. Wir kommen am Eingang der Locanda vorbei und an einer kleinen Boutique … schon sehen wir durch einen Torbogen den kleinen Hafen und die Tische der Taverna. Für mich ein seltsames Gefühl, war ich doch erst gestern hier. Aber ich sag kein Wort. Wir haben Glück und bekommen einen Platz unter der Pergola auf der Mole.

Klara murmelt unablässig vor sich hin. Dass sie hier schon mal gewesen sei, verstehe ich. Und dass es hier unglaublich schön sei. Da muss ich ihr recht geben. Ich schiele hinüber zu den Bojen, wo einige Boote festgemacht haben. Eine Aquarama ist nicht darunter. Seit gestern bin ich Expertin und würde sie von hier erkennen.

Als hätte es noch eines endgültigen Beweises bedurft, dass Klara nicht zum Abstinenzlertum konvertiert ist, bestellt sie flugs einen Prosecco. Der Ober empfiehlt ihr stattdessen einen Sprizz, Prosecco mit Aperol. Sie ist leicht zu überzeugen. Ich übrigens auch.

Ich genieße es, hier zu sitzen. Was hat Francesco behauptet? Die Punta San Vigilio sei der »schönste Platz der Welt«. Ich habe ihm widersprochen. Aus Prinzip. Doch schön ist es hier, keine Frage.

Wir essen Caprese, also Tomaten mit Mozzarella, Basilikum und Olivenöl. Mir hat mal jemand erzählt, dass daraus die Farben der italienischen Flagge entstanden sind. Von rechts nach links: erst die Tomaten, also rot, dann der Mozzarella, also weiß, und schließlich das Basilikum, also grün. Drei Streifen: *verde, bianco e rosso.* Ich erzähle Klara die Geschichte. Sie hält sie für Blödsinn. Ich übrigens auch. Aber die Anekdote gefällt mir. Außerdem kann ich mir so immer die Farben der italienischen Trikolore herleiten.

Wir beobachten gerade ein kleines Boot, da klingelt mein Handy. Genauer gesagt spielt es die Titelmelodie aus einem meiner Lieblingsfilme, also …

»Nun geh schon ran«, fordert mich Klara zappelnd auf.

Ich schau aufs Display. Tatsächlich ist es der Conte. Trotzdem warte ich noch einen Moment. Alles andere wäre uncool.

Ich nehme das Gespräch entgegen, indem ich ihn höflich begrüße. »Signor Conte, *buongiorno,* schön, dass Sie anrufen …«

Signor Conte? Sagt man das so? Keine Ahnung, mir fehlt die Erfahrung im Umgang mit italienischen Grafen.

»Ich habe über Ihren Vorschlag nachgedacht«, sagt er ohne lange Vorrede.

Mir schwant nichts Gutes. Weil er nicht weiterspricht, helfe ich ihm auf die Sprünge. »Klara sitzt neben mir, wollen Sie sie sprechen?«

Klara sieht mich erwartungsvoll an.

»Nein, nicht nötig.«

Uups, das war heftig. Gott sei Dank kann ihn Klara nicht hören.

»Wo sind Sie gerade?«, schließt er eine Frage an.

»Wir sitzen am kleinen Hafen der Punta San Vigilio und essen eine Kleinigkeit.«

»Punta San Vigilio? Da gefällt es Signora Klara, richtig?«

Was soll denn diese Frage? Wenn er sie nicht sprechen will, muss er auch nicht wissen, ob es ihr hier gefällt.

»Kann ich ihr was ausrichten?«, frage ich stattdessen.

Der Conte hüstelt verlegen. Ist es ihm peinlich, ihr einen Korb zu geben?

»Ja, das können Sie. Sagen Sie ihr, dass ich in einer halben Stunde da bin. Bitte halten Sie mir einen Platz frei.«

Habe ich mich gerade verhört? Das hätte er doch gleich sagen können.

»Das freut mich, ähm … ich will sagen, meine Oma Klara freut sich. Na ja, ich auch …« Ich hasse es, wenn ich mich verhasple. Also mache ich Schluss: »Bis gleich. *A presto! Arrivederci!*«

Klara hebt fragend die Hände.

Ich will sie nicht länger auf die Folter spannen. »Er kommt. In einer halben Stunde ist er da.«

Hoffentlich fällt sie mir vor Glück nicht vom Stuhl. Aber sie reagiert erstaunlich gefasst.

»Alles andere hätte mich auch sehr gewundert«, stellt sie lakonisch fest.

Da tut sie sich jetzt leicht. Ihr Gesicht hätte ich sehen wollen, wenn er ihr eine Abfuhr erteilt hätte. Ich korrigiere mich: Nein, dieses Gesicht hätte ich nicht sehen wollen. So ist es mir viel lieber. Ich freue mich, dass er kommt. Für sie – und ein wenig auch für mich. Denn es bleibt die vage Hoffnung, dass er was von meiner Mutter erzählt. Ich werde ihn mit diesem Thema nicht gleich überfallen. Wenn alles gut läuft, sehen wir uns wieder. Dann passe ich einen geeigneten Moment ab.

»Schätzchen, könntest du bitte meinen Gehstock ins Auto bringen.«

Ich sehe sie lächelnd an. »Ist nicht nötig, er hat auch einen.«

»Wirklich? Vico braucht einen Stock?«

»Hat er mir am Telefon gesagt.«

»Na ja, aber verstecken können wir ihn trotzdem.«

Ich sehe mich um. »Hier gibt's kein Versteck, ich könnte ihn höchstens ins Wasser werfen.«

»Bist du verrückt?«

»Am besten lassen wir ihn an deinem Stuhl hängen. Ist doch lustig, dass ihr beide am Stock geht.«

»War das eine freche Anspielung? Moniga, mein Liebes, komm du mal in mein Alter, dann schauen wir, wer von uns beiden am Stock geht.«

Das wird schwierig, denke ich mir. Jedenfalls was den direkten Vergleich betrifft.

Ich stehe auf und organisiere vom Nachbartisch einen freien Stuhl.

Klara kramt einen kleinen Spiegel aus ihrer Handtasche und prüft ihr Aussehen. Sie zieht die Lippen nach und pudert ihre Wangen. Mit ihrer Frisur scheint sie zufrieden. Noch eine kleine Korrektur am Seidenschal. Dann setzt sie ihre Sonnenbrille auf, bringt sich in Position und schaut erwartungsvoll zum Torbogen, durch den er bald kommen muss. Auch ich habe den Durchgang im Blick. Im Unterschied zu ihr weiß ich, wie er heute aussieht, denn natürlich habe ich den Conte Prantofalcone gegoogelt. Sein letztes Foto stammt von der Eröffnung des Waisenhauses, von dem uns Riccardo erzählt hat. Aber Fotos spiegeln nicht unbedingt die Realität. Wenn das jemand weiß, dann ich. Ich habe mich mal über eine Partnerbörse im Internet mit einem Mann verabredet, der sah auf dem Foto aus wie eine Mischung aus Brad Pitt und David Beckham. In Wahrheit … Ich mag gar nicht mehr daran denken. Nun ja, der Conte spielt in einer anderen Altersklasse. In der kenne ich mich nicht aus. Da fallen mir überhaupt keine Vorbilder ein, die noch am Leben sind.

29

29. DEZEMBER 1989

Berlin

Wie schnell die Zeit verging. Jetzt lebte Susanna schon einige Wochen in Berlin. Der Umzug war schnell vonstattengegangen, denn allzu viele Habseligkeiten hatten sich in ihrer kleinen Studentenbude in München nicht angesammelt. Die passten in wenige Koffer vom Trödelmarkt. Wie geplant, hatte sie ein Zimmer in Petras großer Altbauwohnung bezogen. Eine kleine Programmänderung gab es aber doch. Sie hatten einen Mitbewohner. Er hieß Lars und kam aus Ostberlin. Auf seinen Schultern hatte sie sich in der Nacht des Mauerfalls im Kreise gedreht. Susanna fand ihn ausgesprochen nett. Weil Petra der gleichen Ansicht war, hatten sie ihn spontan eingeladen, sich ihrer WG anzuschließen. Sozusagen eine deutsche Wiedervereinigung auf engstem Raum. Das Projekt barg einige Risiken. Nein, nicht nur die Wiedervereinigung im Großen, von der noch nicht abzusehen war, ob sie wirklich kommen würde, sondern auch in ihrer kleinen WG. Schließlich gab es auch hier »Grenzen«, die es zu respektieren galt. Lars wusste, dass Susanna schwanger war. Das hatte ihn aber nicht davon abgehalten, mit ihr schlafen zu wollen. Doch darauf hatte sie sich nicht eingelassen. Ob er mit Petra intim war, wusste sie nicht. Aber sie ging davon aus. Es störte sie nicht. Warum sollte nicht auch Petra ihren Spaß haben. Und Lars nahm sowieso alles ganz locker. Ir-

gendwie schienen die Moralvorstellungen in der DDR andere zu sein.

Fast musste sie lachen. Bei ihrem letzten Treffen mit ihrer Mutter Klara hatte diese halb im Scherz gefragt, ob sie vielleicht mit Petra ein lesbisches Verhältnis habe. Jetzt könnte sie ihr berichten, dass es fast zu einer Dreiecksbeziehung gekommen wäre. Das würde ihr gefallen. Denn Klara hielt sich für eine 68erin. Das war natürlich Quatsch, denn 1968 war ihre Mutter bereits Anfang dreißig gewesen. Alt genug, um sie auf die Welt zu bringen. Aber noch jung genug, die Freiheiten jener Zeit auszuleben.

Was Susanna gedanklich wieder zu ihrer WG mit Petra und Lars brachte. Sie wusste nicht, ob sie gut gehen würde. In vielerlei Hinsicht war Susanna konservativer als ihre Mutter. Aber für den Moment war alles gut, besser hätte sie es nicht treffen können. Mit dem Umzug von München nach Berlin hatte sie auch geografisch den Abstand zum Gardasee vergrößert – und zu Roberto. Das hier war eine völlig andere Welt, eine aufregende Welt, die sich im Umbruch befand. Wäre nicht ihre Schwangerschaft, hätte sie Roberto längst vergessen. Glaubte sie jedenfalls. Sicher war sie nicht. Zuletzt hatte sie Weihnachten intensiv an ihn gedacht. Sie hatte eine Kerze für ihn angezündet und ihn um Vergebung gebeten. Um Vergebung dafür, dass sie auf seinen Brief nicht geantwortet hatte … und dass sie ihm verschwieg, dass er Vater wurde. Diese »Sünde« würde er ihr nie verzeihen – aber er würde auch nie davon erfahren. Das war besser für ihn. Das war besser für sie beide. Und vielleicht auch für ihr ungeborenes Kind. Hoffentlich. Susanna streichelte ihren Bauch. Sie glaubte fest daran, dass sie ein Mädchen bekommen würde. Dafür sprach unter anderem ihr Heißhunger auf Süßes. Sie würde es Moniga nennen. Moniga mit g. Nach Moniga del Garda, wo sie gezeugt wurde. Wo es unglaublich schön gewesen war. Ihr fiel die Torta al limone ein. Es wurde Zeit, dass sie wieder eine machte. Petra würde sie lieben. Lars sicher auch. Aber was es für eine Bewandtnis mit der Torta hatte, würde sie verschweigen. Das blieb ihr kleines »süßes« Geheimnis. Für immer.

Für übermorgen, den 31. Dezember, war eine gemeinsame deutsch-deutsche Silvesterparty am Brandenburger Tor geplant. Natürlich würde sie dabei sein. Sie freute sich darauf. Der Beginn eines neuen Jahres, das viele Veränderungen bringen würde. Die allergrößte, die sensationellste, die großartigste, die wunderbarste war für den Mai angekündigt. Susanna juchzte. Da würde ihre kleine Moniga auf die Welt kommen! Auguri!! Felice anno nuovo!!!

30

Jetzt sitzen wir schon eine halbe Stunde zusammen, der Conte, meine Oma Klara und ich. Und ich muss sagen: Der alte Herr ist sehr beeindruckend.

Schon sein Auftritt war fast filmreif. Kaum war er durch den Torbogen geschritten, kamen gleich zwei Ober auf ihn zugestürzt, um ihn zu begrüßen. Zu übersehen war er nicht. Fast zwei Meter groß, in einem weißen Leinenanzug mit Weste und mit einem Panamahut auf dem Kopf. Er nahm die dunkle Sonnenbrille ab und sah sich suchend um. Ich stand auf und winkte ihm zu. Zur Bestätigung hob er kurz seinen Gehstock. Dann kam er näher. Die beiden Ober hinter ihm her. Zuvor waren sie mir nicht durch übertriebene Gastfreundschaft aufgefallen. Vor unserem Tisch blieb er stehen. Er nahm seinen Hut ab, schaute Klara an und lächelte leise. Ich mag keine Schnurrbärte, aber ihm steht er. Er begrüßte meine Oma mit einem angedeuteten Handkuss. Dann kam ich an die Reihe. Gott sei Dank ohne Handkuss. Das wäre mir peinlich gewesen.

»Und Sie sind Moniga? Ich freue mich, Sie kennenzulernen.«

»*Piacere*«, antwortete ich höflich. Mehr fiel mir auf die Schnelle nicht ein.

Wie gesagt, das war vor ungefähr einer halben Stunde. Inzwischen weiß der Conte, dass wir nicht wegen ihm an den Gardasee gefahren sind, sondern weil wir meinen Vater suchen. Obwohl … mittlerweile bin ich mir da gar nicht mehr so sicher. Vielleicht hat mich Oma Klara hinterlistig manipuliert. Wahrscheinlich ist es ihr von Anfang an vor allem darum gegangen, ihren Vico wiederzutreffen. Ich könnte es ihr nicht verdenken. Jedenfalls kann er mir bei der Suche nach meinem Vater nicht weiterhelfen. Aber er verspricht, darüber nachzudenken. Sein Gedächtnis scheint ausgezeichnet. Auch glaubt er sich zu erinnern, in welchem Haus Klara und meine Mutter ihr Ferienapartment hatten.

Und jetzt? Ich habe zunehmend den Eindruck, dass sich die beiden besser unterhalten könnten, wenn ich nicht dabei wäre. Ich spüre zwischen den beiden eine seltsame Vertrautheit. Aber ich kann mich ja nicht an einen anderen Tisch setzen. Oder in den See springen und eine Runde schwimmen.

»Moniga, mein Schätzchen«, spricht mich Klara unvermittelt an. »Wärst du mir böse, wenn ich dich bitte, uns für eine Weile alleine zu lassen.«

Da hat mich mein Gefühl also nicht getrogen.

»Natürlich nicht, das wollte ich gerade selber vorschlagen. Wann soll ich dich abholen?«

»Ist nicht nötig«, sagt der Conte. »Ich kann Signora Klara später ins Hotel bringen. Dann haben Sie den Nachmittag zu Ihrer freien Verfügung.«

Gute Idee. Ich weiß zwar nicht, was ich mit der »freien Verfügung« anfangen soll, aber ich ziehe mich gerne zurück. Trotzdem würde ich die beiden gerne belauschen. Aus purer Neugier.

Ich stehe auf und verabschiede mich von Klara mit Wangenküsschen. »Mach keinen Unsinn«, sage ich im Spaß.

»Freches Ding«, bekomme ich zur Antwort.

Auf dem Weg zum Parkplatz sehe ich, dass man bis direkt vor die Locanda fahren kann. Jedenfalls parkt dort ein alter Jaguar. Auf dem Dach liegt eine Chauffeurskappe. Der Fahrer ist nicht zu sehen. Neben dem italienischen Kennzeichen entdecke ich ein Emailleschild mit einem Falken. Oh, là, là, der Conte. Nicht schlecht. Jedenfalls muss ich mir keine Sorgen machen, wie Oma Klara heimkommt. Zumindest standesgemäß, so viel steht fest.

Bei meinem Cinquecento angelangt, der mir jetzt noch viel kleiner erscheint als sonst, aber dennoch liebe ich ihn, greife ich kurz entschlossen zu meinem Handy und rufe bei Francesco an.

Der ist auch gleich dran. Ich sage ihm, dass ich gerade überraschend Zeit habe, weil Klara anderweitig beschäftigt sei. Ob wir uns kurz sehen oder ob er arbeiten müsse?

Francesco lacht. »Du weißt doch, ich arbeite nicht so gern. Natürlich können wir uns sehen. Wo wollen wir uns treffen?«

»Mach einen Vorschlag.«

»Wieder in Torri auf der Piazza Calderini?«

»Gerne. Ich kann in einer Viertelstunde da sein.«

»Ich in zwei Minuten. Aber diesmal ohne Boot.«

Francesco lehnt mit verschränkten Armen an einer Mauer und sieht mir grinsend entgegen. Ich kann nicht anders, ich muss schon wieder einräumen, dass er mir gefällt. Leider hat er was von einem Gigolo. Damit tue ich ihm wahrscheinlich unrecht. Nur weil sich die Frauen nach ihm umdrehen? Außerdem bin ich mir nicht sicher, was man genau unter einem Gigolo versteht. Der Begriff scheint mir etwas aus der Mode gekommen. In Bayern gibt es den Hallodri, darunter versteht man einen leichtfüßigen Menschen. Das trifft es vielleicht besser. Vielleicht ist er auch beides. Tatsächlich weiß ich nicht viel von ihm. Trotzdem lasse ich mich zur Begrüßung gerne von ihm drücken, sehr gerne sogar.

Aber die Frage hat sich in meinem Kopf eingenistet. Wer oder was ist dieser Francesco? Auf wen habe ich mich da eingelassen?

»Wie konntest du so schnell hier sein?«, frage ich. »Hast du dein Büro in der Nähe?«

Fangfrage. Ganz schön clever von mir.

Er lacht. »Schaue ich so aus, als ob ich ein Büro hätte?«

Nein, eben nicht, das genau ist das Problem.

»Aber ich wohne gleich um die Ecke«, fügt er hinzu.

Stimmt, er muss ja wo wohnen. Daran habe ich noch gar nicht gedacht. Irgendwie hat er es geschafft, bei mir den Verstand auszuknipsen.

»Mitten in Torri, das ist ja schön. Darfst du da Damenbesuch empfangen?«

Autsch, das könnte er falsch verstehen. Ich bin nur neugierig, wie er wohnt. Um mir ein Bild von ihm zu machen.

Er sieht mich schmunzelnd an. »Ich weiß nicht, ich hab noch nie jemanden mit nach Hause genommen.«

Meint er das ernst? Spricht das für oder gegen einen Gigolo?

»Was ist? Ich bin auch ganz brav …«

»Schade.«

Frecher Kerl.

»Zeigst du mir trotzdem deine Wohnung?«

»Sieht aber wild aus. Ich packe nämlich gerade alles in Umzugskartons.«

»Du ziehst um?«

»Ja, demnächst.«

Ich will fragen, ob er mit einer Frau zusammenzieht. Aber ich beiße mir auf die Unterlippe. Wir sind uns erst gestern nähergekommen. Ich bin doch keine eifersüchtige Tussi.

Er nimmt mich am Arm. »Wenn dir das Durcheinander nichts ausmacht, dann komm mit.«

Wir gehen nur wenige Schritte. Rechts, links … Schon sind wir da. Das erkenne ich daran, dass dort seine Vespa steht. Mit abgebrochenem Außenspiegel. Er sperrt ein kleines Tor auf, wir laufen über einen Hinterhof und dann über eine Außentreppe in den zweiten Stock.

Seine Eingangstür hat drei Schlösser. Aber er drückt einfach die Klinke herunter, und sie geht auf. Das passt zu ihm. Wie es scheint, macht er sich im Leben nicht allzu viele Sorgen und nimmt alles so, wie es kommt. Diese Wesensart ist mir nicht fremd. Ob sie klug ist, lasse ich mal dahingestellt.

Er geht voraus. Schnell bemerke ich, dass das Chaos in seiner Wohnung gar nicht so groß ist wie angekündigt. Einige Kartons stehen herum, sonst scheint alles an seinem Platz. Die reduzierte Einrichtung ist ein charmanter Mix aus antiken und modernen Möbeln. An der Wand ein riesiger Flatscreen. Eine schicke und aufgeräumte Küche. Na ja, wahrscheinlich kocht er nie. Ein kleiner Schreibtisch mit Laptop. Auf einem Sideboard entdecke ich das Bild einer älteren Frau. Ihr Lächeln gefällt mir.

»Meine Mutter Rosa«, erklärt er.

»Von ihr war das köstliche Tiramisù …«

»Genau, sie ist eine begnadete Köchin.«

Francesco lässt mich einen Blick in sein Schlafzimmer werfen. Das Bett ist riesengroß, trotzdem sehe ich nur ein Kopfkissen. Geht mich zwar nichts an, aber ich nehme es dennoch … wohlwollend … zur Kenntnis.

Minuten später haben wir es uns auf seiner kleinen Dachterrasse gemütlich gemacht. Sie ist der eigentliche Knüller an dieser Wohnung. Wir fläzen in tiefen Loungebags, in die man leicht reinkommt, aber nach meiner Erfahrung sehr viel schwerer wieder raus.

Ich erzähle ihm, dass Klara gerade mit dem Conte zusammen ist. Er habe recht gehabt, der alte Herr sei zunächst etwas spröde gewesen, dann aber habe er sich als ausgesprochen nett erwiesen.

»Freut mich, dass es geklappt hat«, sagt er.

»Weißt du, wo die beiden gerade sind? Sie sitzen an einem Tisch auf der Mole von der Punta San Vigilio.«

Er grinst. »Wie die Jungen so die Alten.«

Dass er damit auf gestern anspielt, ist mir klar.

»Darf ich dich was fragen?«

»Fragen darfst du schon, ob ich antworte, kann ich dann ja immer noch entscheiden.«

»Wir haben mal darüber gesprochen, dass wir eine Gemeinsamkeit haben. Wir sind beide ohne Väter aufgewachsen.«

Er nickt. »Ja, das stimmt. Aber dafür hatte ich mit Rosa eine herzensgute Mutter, das heißt, ich hab sie immer noch.«

»Da kannst du dich glücklich schätzen, meine Mutter ist gestorben.«

»Tut mir leid, aber immerhin hast du mit Klara eine liebenswerte Oma.«

Liebenswert? Doch, das ist sie. Aber sie kann mir nicht meine Mutter ersetzen.

Francesco sieht mich von der Seite an. »Das aber war nicht deine Frage, oder?«

Da hat er recht, doch dummerweise habe ich vergessen, was ich konkret fragen wollte. Eigentlich will ich ihn nur etwas aushorchen, um mehr über ihn zu erfahren.

»Hat es dich gestört, keinen Vater zu haben? Hast du ihn vermisst?«

Ich finde, das ist eine gute Frage. Die Antwort interessiert mich wirklich.

»Man kann niemanden vermissen, den man nicht kennt«, antwortet er nach kurzem Nachdenken.

Ich nicke. Francesco ist ganz schön klug.

»Ging mir genauso, bis vor Kurzem. Aber jetzt vermisse ich ihn doch, irgendwie, weiß auch nicht, warum. Jedenfalls möchte ich plötzlich wissen, wer mein Vater ist. Kannst du das verstehen?«

»Ja, kann ich.«

»Meine Mutter kann ich nicht mehr fragen. Und Oma Klara hat keine Ahnung.« Ich mache eine Pause. »Weißt du denn, wer dein Vater ist?«

Er sieht mich mit ernstem Gesicht an. »Ich möchte nicht darüber reden.«

Aha, er weiß es. Und er ist nicht stolz auf seinen Erzeuger. Genau das könnte auch mir passieren. Vielleicht sollte ich mit der Suche nach ihm aufhören.

Ich winke ab. »Entschuldigung.«

»Kein Problem.«

Ich suche nach einem unverfänglichen Themenwechsel.

»Du kannst supergut Deutsch, ich bin wirklich beeindruckt.« Das war ein Kompliment. Jetzt könnte er sich wenigstens freuen. Tut er aber nicht. »Weil du zwei Jahre in Hamburg gelebt hast, stimmt's?« Ich bin mir fast sicher wegen einer Frau, aber ich will nicht schon wieder indiskret sein.

»Richtig. Zwar konnte ich schon vorher Deutsch, aber erst in Hamburg habe ich es richtig gelernt.«

»Was hast du dort gemacht?« Ich finde, das ist eine harmlose Frage.

»Willst du eine ehrliche Antwort?«

»Na klar, eine ehrliche oder keine.«

»Dann besser keine«, entscheidet er.

»Feigling.« Das hätte ich nicht sagen sollen.

»*Allora,* wenn du es unbedingt wissen willst, die meiste Zeit habe ich … hinter Gittern verbracht. Genau zwanzig Monate und vier Tage, dann wurde ich wegen guter Führung vorzeitig entlassen.«

Ich schau ihn entgeistert an. Mist, Mist, Mist … Warum habe ich ihn gedrängt, mir die Wahrheit zu sagen? Eine schöne Lüge hätte es auch getan.

»Was hast du ausgefressen?«, stammle ich.

»Ich habe in Hamburg alte Freunde aus Kalabrien getroffen. Die haben mich überredet, bei einem Einbruch mitzumachen. Ich hatte zu viel getrunken …«

Francesco spricht nicht weiter. Er schaut so unglücklich, dass er mir fast leidtut.

»Dabei haben sie dich erwischt?«

»Ja, mich haben die Bullen erwischt, meine Freunde konnten entkommen.«

Verdammt, das war heftig.

»Die größte Dummheit meines Lebens«, flüstert er, gerade so laut, dass ich es hören kann.

»Hoffentlich deine einzige.«

Er schafft es, wieder zu lächeln. »Nicht die einzige Dummheit, aber die einzige, für die man bestraft wird.«

Soll ich ihm das glauben?

»Stimmt nicht«, sage ich, aber im Scherz, um die Situation zu entkrampfen. »Du bist mit deiner Vespa in einen Cinquecento geknallt und hast Fahrerflucht begangen.«

Jetzt kehrt sogar wieder sein breites Grinsen zurück. »Das habe ich vergessen. Obwohl ich den Tathergang anders in Erinnerung habe.«

Mein Schock von gerade eben verebbt. Plötzlich finde ich es sogar beeindruckend, dass er so offen zu mir ist. Die Größe muss man erst mal haben. Ich hätte sie nicht.

Doch die Zweifel bleiben. Kleiner geworden sind sie nicht. Mir ist immer noch nicht klar, wie sein Leben aussieht und wie er es schafft, über die Runden zu kommen. Mit dem bisschen Wein- und Olivenölhandel? Ohne Büro? Das kann ich mir nicht vorstellen. Ich hoffe inständig, er bestreitet seinen Lebensunterhalt auf ehrliche Weise. Nicht, dass ich ein übersteigertes Rechtsempfinden hätte, aber ich muss mich in den Ferien nicht gerade mit einem Gauner einlassen. Und sei er noch so nett.

Ich denke kurz nach und revidiere meine Ansicht. Warum eigentlich nicht? Wenn überhaupt, dann im Urlaub!

31

Am nächsten Morgen wache ich schweißgebadet auf. Ich hatte gerade einen bösen Traum. Ich habe geträumt, dass ich mit einem Kleinganoven geschlafen habe. Das allein hätte mich nicht in Panik versetzt. Aber ich habe gleichzeitig geträumt, dass ich mit meinem Bruder geschlafen habe. Zum besseren Verständnis: Der Kleinganove war mein Bruder. Und der Bruder hat ausgesehen wie Francesco!

Ich brauche eine Weile, bis ich kapiere, dass das ein völlig abgefahrener Unsinn ist. Francesco mein Bruder? Seine Mutter heißt Rosa. Und meine Susanna. Dass ich ohne Geschwister aufgewachsen bin, das weiß ich definitiv. Na bitte! Manchmal frage ich mich, warum sich mein Kopf so bescheuerte Träume ausdenkt. Ich hatte sogar schon schlimmere. Zum Beispiel … Na egal. Das muss an meinen Synapsen liegen. Sie führen gelegentlich zu Fehlschaltungen zwischen den Nervenzellen in meinem Hirn. Vor allem, wenn ich beim Schlafen kalte Füße habe. Oder nach zu viel Alkohol. Ich erinnere mich an gestern Abend, da habe ich ganz brav mit Oma Klara im Hotel zu Abend gegessen und dazu nicht mehr als ein Glas Wein getrunken. Das kann es also nicht gewesen sein. Und für kalte Füße ist es in meinem Zimmer zu warm.

Mir kommt der beunruhigende Gedanke, dass der Traum zwar absurd war, aber nicht jeder Logik entbehrt. Schließlich könnte Francesco mein Halbbruder sein. Rein hypothetisch. Vorausgesetzt, wir hätten denselben Vater. Scheiße, das wäre möglich – aber extrem unwahrscheinlich. Wie viele zeugungsfähige

Männer gab es vor dreißig Jahren südlich und nördlich der Alpen? Zudem scheint Francesco zu wissen, wer sein Vater ist. Auch wenn er über ihn nicht reden möchte. Was wiederum zum Schluss führt, dass er mit ihm nichts zu tun haben möchte. Der Vater scheint also ein Idiot zu sein. Und eines ist ganz sicher: Meine Mutter Susanna war bestimmt mit keinem Idioten intim. Ich habe selber erlebt, wie wählerisch sie war. Außerdem sehen wir uns nicht ähnlich. Francesco und ich. Von der Haar- und Augenfarbe bis hinunter zur großen Zeh. Und sein Zeigefinger ist deutlich länger als der Ringfinger, bei mir ist es umgekehrt. Also null Übereinstimmung. Ein Inzest kann mithin ausgeschlossen werden. Was für ein megablöder Traum.

Zeit, aufzustehen und eine kalte Dusche zu nehmen.

Am Frühstückstisch ist mein Kopf wieder im Normalbetrieb. Der Albtraum ist verflogen. Und Oma Klara lächelt mich glückselig an. Sie ist immer noch auf ihrer Wolke sieben. Wie schön, das freut mich. Meine Erwartung, dass ihr Wiedersehen mit dem Conte zu einem jähen Absturz führen könnte, hat sich also nicht bestätigt.

Obwohl sie mir schon gestern Abend ausführlich berichtet hat, erzählt sie mir erneut mit strahlenden Augen von ihrem Rendezvous. Ich stimme ihr zu, dass Vico ein ausgesprochen gut aussehender Mann ist. Gedanklich relativiere ich die Aussage. Aus meiner Perspektive ist er ein älterer gepflegter Herr – der zugegebenermaßen mächtig Eindruck macht. Ich kann mir gut vorstellen, wie er in seinen besten Jahren auf die Damen gewirkt hat, auch auf Klara.

Sie erzählt mir alles wieder. Aber das macht nichts. Ich schenke ihr meine volle Aufmerksamkeit. So erfahre ich zum zweiten Mal, dass sie sich vor dreißig Jahren in Vico verliebt hat. Und er sich in sie. Dass aber aus ihrer Beziehung nichts werden konnte, weil er verheiratet war. Eine Trennung von seiner Frau kam nicht infrage, denn sie hatte eine Knochenerkrankung und saß im

Rollstuhl. Sie war auf ihn angewiesen. Vico sei eben ein Mann mit hohen moralischen Ansprüchen. Sie hätten sich noch einige Jahre Briefe geschrieben. Dann aber auch damit aufgehört, weil die Perspektive fehlte. Was blieb, das war die Erinnerung. Und heute? Das Gefühl von früher sei wieder da, halt nur anders.

Ich staune, wie klar sie alles erzählt. Sonst bringt sie so vieles durcheinander. Oft kann ich ihr nicht folgen, weil sie den Faden verliert und von einem Gedanken zum anderen springt. Aber nicht bei dieser Geschichte. Vor einigen Tagen hat sie sich nicht mal an seinen Namen erinnert, jetzt ist alles wieder präsent.

Vicos Frau sei erst vor einem Jahr gestorben, erzählt sie, so lange habe sie trotz ihrer Erkrankung durchgehalten. Jetzt sei er frei. Aber dreißig Jahre zu spät.

Zu spät? Wirklich? So wie sie gerade strahlt, bin ich mir da nicht so sicher.

Wie zur Bestätigung klingelt mein Handy, und der Conte ist dran. Ob er meine Großmutter heute entführen dürfe, fragt er höflich. Er müsse nach Verona und würde sie gerne mitnehmen. Gegen Abend hätte ich sie zurück, denn da sei er leider verpflichtet, an einer Weinpräsentation in Negrar teilzunehmen. Sehr zu seinem Bedauern, denn er würde uns *beide* sehr gerne zum Essen einladen, hoffe aber, dass dies am morgigen Tag möglich sei. Vielleicht zu einem ausgedehnten *Pranzo?*

Ich muss schmunzeln. Schon mal wegen seiner geschraubten Ausdrucksweise. Außerdem ist es lustig, dass er die Enkelin fragt, ob die Oma freibekomme. Verdrehte Welt. Auch freue ich mich auf die Einladung zum »ausgedehnten« Mittagessen. Weil ich die Gelegenheit nutzen will, ihn nach meiner Mutter zu fragen – und ob er sich nicht doch erinnern kann, ob sie einen Freund hatte.

Natürlich stimme ich seinem Vorschlag zu. Ohne Klara zu fragen, ob sie Lust hat. Das kann ich mir nun wirklich sparen. Sie hat rote Bäckchen, und ihre Augen glänzen.

32

Unser Concierge Riccardo lässt es sich nicht nehmen, Oma Klara in die Jaguar-Limousine zu helfen. Dabei steht der Chauffeur bereit. Und auch ich bin verfügbar. Der Conte beobachtet amüsiert, wie sich alle um Klara bemühen. Ich reiche dem Chauffeur ihren Gehstock. In Verona wird sie ihn brauchen, Eitelkeit hin oder her. Der Conte gibt mir zum Abschied die Hand. Dann schaue ich dem davonfahrenden Jaguar hinterher. Ich wünsche ihr von ganzem Herzen einen schönen Tag.

So, jetzt hat sie mich zum zweiten Mal alleine gelassen. Damit habe ich nun wirklich nicht gerechnet. Meine ursprüngliche Befürchtung, dass ich ständig »Kindermädchen« spielen müsste, hat sich nicht bewahrheitet. Stellt sich die Frage, was ich mit meiner Freizeit mache. Natürlich könnte ich erneut Francesco kontaktieren. Aber das wäre in höchstem Maße uncool. Am Ende kommt er noch auf den abwegigen Gedanken, ich liefe ihm hinterher.

So weit die Theorie. Glücklicherweise habe ich die Fähigkeit, das Gegenteil von dem zu tun, was mir der Verstand vorgibt. Also rufe ich ihn an.

Wie sollte es anders sein: Er hat Zeit. Und er hat auch gleich eine Idee. Wir könnten meinen Cinquecento nehmen und nach Desenzano fahren. Dort könnten wir Tommaso besuchen, den ich ja vom Grillabend auf der Rocca kenne. Ich erinnere mich, das war der lustige Typ mit dem struppigen Bart und der Luftgitarre. Er leitet in Desenzano die *Frantoio* seiner Eltern. Das

Olivenöl von dieser Mühle sei das beste weit und breit. Ich finde den Vorschlag nicht schlecht. Tommaso war nett, Desenzano kenne ich noch nicht, und eine Ölmühle habe ich noch nie von innen gesehen.

Kurz kommt mir der Gedanke, dass Francesco nur eine Mitfahrgelegenheit suchen könnte. Für seine Vespa ist die Strecke zu weit. Und ein Auto scheint er nicht zu haben. Aber wer sich eine Riva Aquarama »ausleihen« kann, der würde auch ein Fahrzeug organisieren können. Folglich ist er auf mich nicht angewiesen. Also spricht nichts dagegen, in einer halben Stunde aufzubrechen.

Im Auto kann man sich hervorragend unterhalten. Es gibt kaum einen besseren Platz. Die Vorzüge liegen auf der Hand: Man hat viel Zeit, vor allem, wenn man zwischendurch im Stau steht, so wie wir. Man ist ungestört und hat keine Mithörer. Man kann das Gespräch nicht plötzlich beenden und weglaufen. Man ist sich dabei ziemlich nah. Vor allem in meinem kleinen Cinquecento. Trotzdem muss man sich nicht in die Augen schauen. Als Fahrer sowieso nicht. Aber man kann sich kurze Blicke zuwerfen.

Ungeachtet dieser idealen Rahmenbedingungen gelingt es mir nicht, über Francesco sehr viel mehr in Erfahrung zu bringen, als ich eh schon weiß. Umgekehrt gebe ich aber auch von mir wenig preis. Was nicht schwerfällt, denn er macht keine Anstalten, mich auszufragen. Das könnte ich auch persönlich nehmen, sozusagen als Missachtung meiner Person. Aber ich lege seine Zurückhaltung zu seinen Gunsten aus und interpretiere sie als Respektierung meiner Privatsphäre.

Allenfalls erfahre ich bis Desenzano oberflächliche Dinge. Zum Beispiel weiß ich jetzt, dass er Fan des Fußballvereins Juventus Turin ist. Von den deutschen Mannschaften mag er den

FC Bayern – was er vielleicht nur deshalb sagt, weil ich aus München komme. Er findet Eros Ramazotti blöd und steht auf Gianna Nannini. Das wundert mich, denn die Rockröhre aus Siena ist fast so alt wie Oma Klara. Nun ja, nicht ganz. Aber *bello e impossibile* finde ich auch megagut. Francescos Lieblingsdisco befindet sich in Lonato del Garda. Dort spielen sie definitiv nichts von Gianna Nannini. Er sagt, da müssten wir unbedingt mal hin. Von meiner Seite gibt's keine Einwände. Obwohl ich nicht glaube, dass was draus wird – ist nicht gerade um die Ecke von Torri.

Wie auch immer, die Zeit bis zu unserem Ziel in Desenzano bringen wir gut rum. Francesco hat sich sogar mit meinem Fahrstil angefreundet. Das rechne ich ihm hoch an. Nur findet er, ich sollte beim Stau nicht rechts über den Bürgersteig überholen. Okay, darüber kann man reden. Aber da war halt gerade frei.

Francesco lotst mich zur *Azienda Agricola e Frantoio*. Auf den letzten Metern geht es durch eine hübsche kleine Zypressenallee. Tommaso winkt uns von einem Gabelstapler zu. Er stellt ihn ab und kommt freudestrahlend auf uns zu. Wir umarmen uns herzlich. Ist wirklich ein netter Kerl, dieser Tommaso. Warum hat er keine Freundin? Doch, hat er. Sie heißt Elena und ist gerade auf einer Modemesse in Mailand. Morgen kommt sie zurück. Francesco macht grinsend eine spöttische Bemerkung über Elena. Tommaso nimmt's locker hin und haut Francesco kumpelhaft auf die Schulter. »*Devi saperlo, vecchio imbroglione.*« Warum muss es Francesco wissen? Und was ist ein *Imbroglione*?

Tommaso lädt uns zu einer Olivenöldegustation ein. Ich dachte, solche Verkostungen gibt's nur beim Wein. Ist aber total spannend. Zum Beispiel lerne ich, dass es ungefiltertes *Olio novello* gibt. Und dass die Aromen beim Extra vergine von fruchtig leicht bis pikant reichen – mit einem Abgang, der an Mandeln erinnert. Francesco weiß genauso gut Bescheid wie Tommaso.

Kein Wunder, hilft er ihm doch beim Verkauf des Olivenöls an die Gastronomie.

Ich bekomme eine kurze Diskussion mit. Offenbar wartet Tommaso auf eine ausstehende Zahlung. Francesco sagt, er habe den Umschlag mit dem Geld vergessen. Sie reden zwar schnell, aber so viel verstehe ich. Francesco versucht mit einem Lachen darüber hinwegzugehen. Er deutet auf mich. Ich habe ihn abgelenkt, behauptet er. Wer könne in Gegenwart einer solchen Frau an so etwas Triviales wie an einen Umschlag denken?

So, jetzt soll also ich schuld sein. Das ist natürlich eine faule Ausrede. Vielmehr glaube ich, dass er eben doch ein Schlawiner ist, der selbst bei einem guten Freund herumtrickst.

Tommasos feixende Antwort verstehe ich nicht. Vielleicht ist's Dialekt, und ich soll ihn nicht verstehen. Ein schlüpfriger Witz auf meine Kosten? Francesco grinst von einem Ohr bis zum anderen. Fehlt nur noch, dass er rot wird. Na warte, bei nächster Gelegenheit werde ich mich revanchieren.

Der weitere Tag verläuft supernett. Ein Highlight ist das Mittagessen an einem langen Holztisch unter Olivenbäumen. Zusammen mit den Mitarbeitern der *Frantoio*. Die Stimmung ist ausgelassen. Tommasos Mutter tischt Tortellini auf. Alle reden durcheinander. Francesco erzählt mir eine Sage aus Borghetto, einem zu Valeggio gehörenden Dorf am Fluss Mincio. Der Ort sei für seine Tortellini berühmt. Sie hießen dort »Liebesknoten«. Im Juni jedes Jahres werde dort die *Festa del nodo d'amore* gefeiert, das Fest der Liebesknoten. Es gehe zurück auf eine Romanze zwischen einer wunderschönen Nixe und einem jungen Edelmann. Die Nixe habe zum Sonnenaufgang immer wieder in den Fluss zurückgemusst. Francesco grinst. Das sei schlecht, darunter leide jede Beziehung. Als Zeichen ihrer Liebe und ewigen Treue habe sie ihm ihr Taschentuch mit einem Knoten hinterlassen.

Das waren noch Zeiten, denke ich. Heute würde ihm die Nixe ein Emoji auf sein Handy schicken. Smiley, Herzaugen, Kussmund ... Fertig!

Francesco hat vergessen, wie die Geschichte ausgegangen ist. Ich vermute, es gab ein Happy End.

Jetzt habe ich die »Liebesknoten« auf dem Teller. Sie schmecken großartig.

Nach den Tortellini rechne ich mit keinem weiteren Höhepunkt, zumindest mit keinem kulinarischen. Doch Tommasos Mutter, bei der Francesco offenbar einen Stein im Brett hat, jedenfalls nimmt sie ihn immer wieder in den Arm, zaubert noch ein *Dolce* herbei. Sie serviert eine große Platte mit Profiteroles. Ich bin ebenso sprachlos wie entzückt. Die Mitarbeiterverpflegung in dieser Ölmühle zeigt mir einmal mehr die hoffnungslose Rückständigkeit deutscher Firmenkantinen. Profiteroles sind kleine Windbeutel aus Brandteig. Ich selbst habe erst einmal versucht, welche zu machen – und bin gescheitert. Ich kann mich noch an den bemitleidenswerten Eindruck erinnern, den sie auf dem Backblech hinterlassen hatten. Statt luftig aufzugehen, sind sie verschrumpelt wie ... wie ... wie Pilze nach einem Waldbrand. Wohingegen die zu einer Pyramide geschlichteten Profiteroles von Tommasos Mutter schon optisch ein Genuss sind. Bestäubt mit Puderzucker und übergossen mit Schokoladensauce. Wie sich herausstellt, sind sie mit einer Vanillecreme gefüllt. Für eine bekennende Liebhaberin italienischer Nachspeisen sind diese Profiteroles jede Sünde wert. Ich frage Tommasos Mutter nach dem Rezept. Da müsse ich schon ihren Sohn heiraten, erwidert sie lachend. Solche Rezepte blieben in der Familie.

Tommaso heiraten? Wegen eines Rezepts? Das scheint mir doch etwas übertrieben – außerdem hat er ja mit Elena eine feste Freundin. Und Francesco gefällt mir besser als Tommaso.

In einem unbeobachteten Moment google ich *imbroglione*. Mit dem Ergebnis, dass ich jetzt weiß, dass Tommaso Francesco als »Gauner« bezeichnet hat. Das könnte mich beunruhigen. Doch Tommaso hat dabei gelacht und seinem Freund kumpelhaft auf die Schulter gehauen. War also Spaß. Hoffentlich. Aber was hat das mit Tommasos Freundin Elena zu tun? Ist das vielleicht eine Verflossene von Francesco?

Auf der Heimfahrt haben wir es lustig. Jedenfalls sind wir gut drauf, machen Witze und reden wirres Zeug. Ich liebe es, einfach so herumzuquatschen und von einem Gedanken zum anderen zu springen. Ohne weltbewegende Probleme zu diskutieren. Gewiss, von denen gibt es genug, und sie beschäftigen mich auch. So kann ich mich schnell in Rage reden, wenn es um Plastikmüll geht. Auch müssen wir den Klimaschutz voranbringen und in der Dritten Welt die Fluchtursachen bekämpfen. Dafür kann ich auf die Barrikaden gehen. Fast so fanatisch wie meine Mutter. Aber sind das Themen, die man bei einer Autofahrt am Ufer des Gardasees besprechen sollte? An einem strahlend schönen Tag, mit geöffnetem Verdeck und einer Seele, die gerade *O sole mio* trällert? Das wäre wirklich idiotisch. Alles zu seiner Zeit.

Ich denke an meine Mutter Susanna. Die war viel ernsthafter als ich. Als Anwältin hat sie sich für genau solche Themen eingesetzt. Tag und Nacht. Sie konnte schwer abschalten und einfach nur fröhlich sein. Dieses Talent muss ich wohl von meinem Vater geerbt haben.

Auf dem Rücksitz haben wir einige Kartons Olivenöl. Einer gehört mir, statt Benzingeld.

Ab und zu verirrt sich Francescos Hand unter mein Kleid und streichelt meinen nackten Oberschenkel. Oder er krault meinen Nacken. Als Beifahrer schlägt er Oma Klara um Längen.

Die Wirkung bleibt nicht aus. Am liebsten würde ich ihn in Torri gleich in seine Wohnung begleiten, um … Um was wohl? Aber das geht nicht. Wir sind spät dran, und ich möchte Oma Klara nicht allzu lange warten lassen. Sie ist sicherlich von Verona längst zurück. Kann natürlich sein, dass sie zu viel Prosecco getrunken hat und erst mal ein ausgedehntes Nickerchen macht.

Prompt fragt mich Francesco, ob wir zu ihm fahren sollen. Das nennt man hormongesteuerte Gedankenübertragung.

Doch auf einen Quickie habe ich keine Lust. Also bleibe ich standhaft. Ich erkläre ihm, dass ich mich um Klara kümmern müsse. Erstens habe sie bestimmt viel zu erzählen, und zweitens sei der Conte heute Abend verhindert. Er müsse nach Negrar zu einer Weinpräsentation.

Francesco hört mir aufmerksam zu. Er nimmt meine Absage gefasst zur Kenntnis.

Ich schlage vor, ihn am späteren Abend zu besuchen, sobald Klara vor dem Fernseher eingeschlafen ist. Ich finde, das ist eine supertolle Idee.

Zu meiner Überraschung zögert er. Schließlich rückt er damit raus, dass er leider keine Zeit habe. Eine Begründung gibt er keine. Das ist sein gutes Recht – gefällt mir aber trotzdem nicht. Nach meiner Erinnerung hat es das noch nie gegeben, dass ein Mann »keine Zeit« hatte, wenn ich ihn nachts in eindeutiger Absicht treffen wollte. Muss also was unglaublich Wichtiges sein. Ich beiße mir auf die Unterlippe. Eine andere Frau? Einen Teufel werde ich tun und fragen.

33

14. MAI 1990

Berlin

Ach, wie die Monate vergingen … Gerade hatte Susanna noch mit ihrer Freundin Petra und Mitbewohner Lars vor dem Brandenburger Tor Silvester gefeiert – jetzt war schon Mai und ihr Bauch kugelrund. Sie saß auf dem kleinen Balkon ihrer gemeinsamen Wohnung in der Frühjahrssonne. Ihrer ungeborenen Tochter Moniga schien es zu gefallen. Sie schlug zwar keine Purzelbäume mehr, dafür war es wohl zu eng geworden, aber sie strampelte vergnügt mit ihren Füßchen.

Susanna dachte über das Leben nach, im Großen und im Kleinen. Im Großen hatte es gerade die ersten freien DDR-Kommunalwahlen gegeben. Mit der CDU als stärkste Partei. Der Ministerratsvorsitzende hieß Lothar de Maizière. Im April hatte er sich in Bonn mit Kanzler Kohl getroffen und über eine mögliche Währungsunion und einen gemeinsamen Staatsvertrag verhandelt.

Im Großen war also unglaublich viel in Bewegung. Als politisch engagierter Mensch nahm Susanna daran intensiv Anteil. Und im Kleinen? Da gab es gerade keine revolutionären Umwälzungen. Sie streichelte ihren Bauch. Gott sei Dank. Mit ihrem Studium war sie in den letzten Monaten gut vorangekommen. Gerade hatte sie eine Seminararbeit abgegeben. Finanziell kam sie so einigermaßen über die Runden. Auch dank der monatlichen Zuwendung ihrer

Mutter Klara, die sich gerade in einen neuen Mann verliebt hatte, der sie unbedingt heiraten wollte. Susanna musste lächeln. Bei ihrer Mutter ging es in Liebesdingen immer rasend schnell. Susanna konnte sich noch gut an ihre Begeisterung für den Conte erinnern. Nun ja, von dem träumte sie wahrscheinlich noch immer, aber weil er nicht frei war, stürzte sie sich in die nächste Beziehung. Sie selbst wäre dazu nicht fähig. Überhaupt war sie völlig anders als ihre Mutter. Während diese meist spontan handelte, dachte sie über alles ewig nach. Sie traf ihre Entscheidungen rational. So wie vor nunmehr neun Monaten, als sie sich gegen Roberto ausgesprochen hatte – aus guten, kopfgesteuerten Gründen. Wäre es nach ihrem Herzen gegangen … Susanna stockte und atmete tief ein und aus. Aber nach ihrem Herzen ging es nicht! Aus einem vorübergehenden Liebesgefühl heraus die ganze Lebensplanung über den Haufen zu werfen war ihr Ding nicht. Sie wollte ihr Jurastudium zu Ende bringen und sich danach als Anwältin für Menschen einsetzen, die es nötig hatten. Und für Projekte, die der Umwelt zugutekamen. Das war ihr Plan – und an dem hielt sie fest.

Bisher lief alles gut. Petra war eine innige Freundin und half ihr, wo sie nur konnte. Und Lars war so etwas wie der gute Hausgeist und machte sich überall nützlich. Auch lieh er ihr seine Schulter, wenn sie eine zum Anlehnen brauchte. Was freilich nicht allzu häufig vorkam, nur wenn ihre Hormone mal wieder verrücktspielten. Mit Lars, der weiterhin in Ostberlin studierte, konnte sie nächtelang diskutieren. Themen gab es durch den Mauerfall genug. Politische und ganz persönliche. Angefangen von den unterschiedlichen Lebenserfahrungen in Ost und West bis hin zu den Erwartungen, die man an die Zukunft stellte. Die von Lars waren völlig anders als ihre. Er wollte all das nachholen, was ihm bisher verwehrt gewesen war. Er wollte den Westen kennenlernen, er wollte herumreisen – und er träumte von einem schönen Auto. Susanna verstand seine Sehnsüchte. Aber sie teilte sie nicht.

Für Susanna war klar, dass sie nicht auf ewig in Berlin bleiben würde. Es zog sie zurück nach München. Spätestens nach Beendigung ihres Studiums. Lieber schon vorher. Sie wollte, dass ihre kleine Moniga in München aufwuchs, dort, wo auch sie ihre Kindheit verbracht hatte. So aufregend, wie es gerade in Berlin war, München war ihre Heimat – und sollte es auch für Moniga werden.

Blieb die Frage, mit wem sie in München zusammenleben würde. Natürlich sehnte auch sie sich nach einem Partner. Susanna musste lachen. Vor ihrem geistigen Auge war gerade Roberto erschienen, als bayrischer Klon mit Lederhose und Trachtenhut. Das waren wieder die Hormone. Sie führten zu skurrilen Fantasien. Andere mussten dafür Drogen nehmen.

Sie machte sich keine Sorgen, dass sie einen Mann finden könnte. Lars würde es nicht sein, so viel stand fest. Auch wenn es momentan guttat, ihn in der Nähe zu wissen. Aber ebenso konnte sie sich vorstellen, Moniga alleine großzuziehen. Das war allemal besser, als einen Mann im Haus zu haben, der ihren Ansprüchen nicht genügte. Auch für Moniga wäre das besser.

Susanna verzog das Gesicht. Sie verspürte ziehende Schmerzen im Unterleib. Schon seit Tagen hatte sie immer wieder mal Krämpfe. Aber jetzt wurden sie stärker. Sie hatte auch schon andere Anzeichen bei sich beobachtet. Anzeichen dafür, dass Moniga schon vor dem errechneten Geburtstermin kommen könnte. Die Kleine hatte ein stürmisches Wesen. Ob ihr das bleiben würde?

Susanna umklammerte ihren Bauch und versuchte ruhig und tief zu atmen. Durch die Nase ein, durch den Mund aus … tsch, tsch …

Petra tauchte auf und hielt ihr den Kopf. Alles gut, alles gut …

Susanna hörte, wie Petra nach Lars rief.

»Ich glaub, es geht los. Susanna muss in die Klinik.«

Einatmen, ausatmen …

Moniga-Kleines, du hast's wirklich eilig.

34

Schon gestern Abend hat mir Klara ausführlich von ihrem ganz wunderbaren und ebenso entzückenden wie romantischen Ausflug nach Verona berichtet. Wobei ich erstaunt war, wie genau sie sich an Details und Namen erinnert hat. Die Gesellschaft des Conte scheint ihr überaus gutzutun und besser zu wirken als die Ginseng-Ginkgo-Dragees, die sie gegen ihre Gedächtnisschwäche heimlich einnimmt. Über Nacht scheint dieser positive Effekt etwas abgeklungen zu sein, denn als sie mir bei unserem Frühstück erneut von ihrer Exkursion berichtet, gerät nun doch manches durcheinander. Weil ich aber gestern aufgepasst habe, kann ich mir fast alles zusammenreimen. Und wenn sie ins Stocken gerät, kann ich ihr auf die Sprünge helfen. Natürlich haben sie nicht auf dem Balkon von Romeo und Julia ein Eis gegessen, sondern in einem Café auf der Piazza Brà. Aber die Idee ist toll. Etwas für Verliebte. Die römische Brücke über den Po führt in Wahrheit über die Etsch – aber warum soll ich sie verbessern? Sie erzählt von der stimmungsvollen Piazza delle Erbe, kann sich aber nicht mehr erinnern, warum sie so heißt. Wer hat hier was geerbt? Gestern Abend wusste sie noch, dass der Name was mit Kräutern zu tun hat. Doch dass der Marmorboden der Piazza gefährlich glatt ist, das hat sie noch genau in Erinnerung. Bei Regen sei die Piazza für ältere Menschen unpassierbar. Auch dass Vico sie im nächsten Monat zu einer Opernaufführung in die Arena eingeladen hat, weiß sie noch. Einen Termin gebe es auch schon, den müsse sie noch mal erfragen.

Jedenfalls sei der Conte überaus charmant gewesen und habe ihr einen wunderbaren Tag beschert. Auch habe sie ihn zu einer Besprechung in eine Kunstgalerie begleitet. Dort habe man sich um sie bemüht, als wäre sie die Contessa. Klara lächelt verlegen. Es sei ihr peinlich, dies zuzugeben, aber die Vorstellung habe ihr gefallen.

Was den heutigen Tag betrifft, sind zumindest die nächsten Stunden verplant. Vom Conte habe ich die Nachricht erhalten, dass er uns trotz eines unangenehmen Zwischenfalls wie geplant zum Mittagessen erwarte. Sein Chauffeur hole uns um dreizehn Uhr ab. Ich denke nur kurz darüber nach, was es mit dem »unangenehmen Zwischenfall« auf sich haben könnte. Er wird es uns später erzählen.

Plötzlich schaut mich Oma Klara fast panisch an. »Schätzchen, wann habe ich meinen Friseurtermin?«, fragt sie.

Jetzt kann sie sich schon an Termine erinnern, die sie gar nicht hat.

»Aber Omilein, welcher Friseur?«

Sie fährt sich aufgeregt durch die Haare. »Du glaubst doch nicht im Ernst, dass ich so zu Vico gehe.«

Ich finde, sie sieht aus wie immer.

»Aber wir haben keinen Friseurtermin. Ich wüsste auch nicht, wo?«

»Oje, wie viel Zeit bleibt uns?«

»Nicht genug, aber ich helfe dir beim Frisieren.«

»Lieb von dir, aber das reicht nicht. Bitte besorge mir sofort einen Friseur!«

Den bockigen Gesichtsausdruck kenne ich schon.

»Für morgen gerne, aber heute klappt das nicht mehr.«

Sie verschränkt die Arme vor der Brust und schiebt ihr Kinn trotzig nach vorne. »Wenn das so ist, dann rufe bitte den Conte an und sag ihm, dass wir heute nicht kommen können.«

Das ist nicht ihr Ernst. Ich blicke sie an. Doch, es ist ihr Ernst.

»Ich schau mal, was ich machen kann«, sage ich und stehe auf.

Meine einzige Hoffnung ist unser Concierge Riccardo. Aber wie sich herausstellt, hat er heute frei. Seine weibliche Vertretung ist nicht von hier – und sieht so aus, als ob sie sich das Geld für einen Friseur sparen würde.

In meiner Not rufe ich Francesco an. Der macht einen verschlafenen Eindruck, weshalb mich nun doch interessieren würde, was er die letzte Nacht getrieben hat. Aber es gibt gerade Wichtigeres. Trotz seiner offenkundigen Müdigkeit ist er schnell von Begriff. Er verspricht, in zwei Minuten zurückzurufen. Dass dann fünf Minuten daraus werden, verzeihe ich ihm – weil er in der Zwischenzeit für Klara bereits einen Termin vereinbart hat, in einer Viertelstunde, in einem Friseursalon einer Tochter einer Cousine seiner … Die Verwandtschaftsverhältnisse interessieren mich gerade weniger. Ich bedanke mich mit einem ins Telefon gehauchten Kuss. Den hat er sich verdient.

Zurück im Frühstücksraum, spanne ich Klara nicht lange auf die Folter. Meine frohe Botschaft zaubert ihr ein Lächeln ins Gesicht.

»Das hast du gut gemacht, mein Schätzchen«, lobt sie mich. »Man darf eben das Korn nicht gleich in die Flinte werfen.«

Da gebe ich ihr recht. Genauso wie man den Sand nicht in den Kopf stecken sollte.

Wir lassen den Chauffeur nur wenige Minuten warten. Klara muss sich noch andere Schuhe anziehen. Dann sind wir fertig. Mit ihrer Frisur ist sie sehr zufrieden. Ihre Haare wirken wie betoniert. Ich schätze, dass dafür mindestens zwei Dosen Haarspray benötigt wurden. Auf einer Baustelle müsste sie keinen Helm tragen. Aber Hauptsache, sie ist glücklich.

Im Jaguar sitzen wir beide hinten. Das hat was. Königin Mutter und ihre Enkelin. Fehlt nur noch, dass Klara den Passanten zuwinkt.

Die wenigen Kilometer gleiten wir wortlos dahin. Der Chauffeur, der auch schon etwas in die Jahre gekommen ist, macht keine Anstalten, mit uns zu reden. Offenbar ziemt sich das nicht. Weshalb ich mir die Frage verkneife, welchen »unangenehmen Zwischenfall« es gegeben habe.

Die Abzweigung zum Anwesen des Conte kenne ich bereits. Auch die Steinlöwen und das schmiedeeiserne Tor. Heute ist es geschlossen, öffnet sich aber automatisch. Weiter geht es durch eine Zypressenallee. Ich beginne zu begreifen, warum Klara alles »viel größer« in Erinnerung hatte. Denn die Auffahrt hat tatsächlich unerwartete Dimensionen – und endet vor einem efeubewachsenen Palazzo.

Klara sieht mich triumphierend an. »Nicht schlecht, oder?«

Was soll ich darauf sagen?

»Ja, ganz nett«, stimme ich ihr zu.

Wir halten. Der Chauffeur hilft Klara aus dem Wagen. Ich bin schon draußen und sehe mich um. Auf den ersten Blick bin ich überwältigt. Auf den zweiten scheint mir, dass vieles nicht mehr im allerbesten Zustand ist. Von einer Mauer bröckelt der Putz. Steinplatten haben Risse und sind mit Moos überzogen. Ein maroder Fensterladen hängt schief im Scharnier. Aber vielleicht macht gerade dieser diskrete Verfall den besonderen Reiz aus. Womöglich gehört sich das so beim alten italienischen Adel. Perfekt gestylte Prachtvillen sind etwas für Neureiche.

Hinter einer niedrigen Hecke entdecke ich ein Einsatzfahrzeug der Carabinieri. Sofort fällt mir der »unangenehme Zwischenfall« ein. Dabei handelt es sich wohl um keinen simplen Wasserrohrbruch.

Der Conte kommt die Treppe herunter und begrüßt Klara mit einem galanten Handkuss. Das gefällt ihr. Sie strahlt. Ich habe mal gelesen, dass Handküsse nur in geschlossenen Räumen erlaubt sind. Das scheint falsch zu sein. Der Conte wird es wohl wissen. Mich nimmt er kurz in die Arme. Ist mir lieber als ein Handkuss. Außerdem darf man das auch unter freiem Himmel.

Ich kann meine Neugier nicht länger zügeln und deute zum Polizeifahrzeug. »Was ist passiert?«, frage ich.

»Keine Sorge, die Carabinieri sind bereits im Aufbruch.«

War das eine Antwort auf meine Frage? Aber aus Sicht des Gastgebers nachvollziehbar. Dem Conte liegt unser ungestörtes Wohlbefinden am Herzen.

»Bei mir wurde eingebrochen«, ergänzt er. »Gestern Abend, als ich in Negrar war.«

»Das tut mir leid«, sage ich.

Ganz anders die Reaktion meiner krimierprobten Oma Klara. »Wie aufregend. Was wurde gestohlen?«

»Etwas Schmuck meiner verstorbenen Frau und von mir einige alte Armbanduhren«, antwortet der Conte. »Außerdem wurden zwei sehr schöne Gemälde von Leandro Bassano entwendet. Die Leinwände wurden aus den Rahmen geschnitten. Wirklich sehr bedauerlich.«

Ich kenne Bassano nur im Zusammenhang mit Grappa, schätze aber, dass besagter Leandro Bassano ein bedeutender Maler war.

»Hast du keine Alarmanlage?«, fragt Klara.

»Leider nicht. Ein Haus dieser Größe kann man kaum mit einer Alarmanlage sichern. Außerdem würde das ein Vermögen kosten.«

»Doch versichert bist du, oder?«

»Natürlich, aber ob die Versicherung zahlt, bleibt abzuwarten. Vor allem tut es mir um meine alten Uhren leid. Das sind Sammlerstücke, die kann man nicht einfach ersetzen. Die Gemälde von Bassano übrigens auch nicht.« Er hakt Klara unter. »Aber davon lassen wir uns doch nicht unseren Tag verderben. Ich freue mich, dass ihr da seid. Ich darf euch zum Aperitif in die Loggia bitten.«

Eine Stunde später sitzen wir an einem runden Tisch im *Piano nobile* des Palazzo, dessen Wände von mittelalterlichen Fresken geziert werden. Mir geht durch den Kopf, dass Fresken gegenüber Gemälden einen großen Vorteil haben: Sie können nicht geklaut werden. Ursprünglich hätte ich erwartet, dass ein Butler das Essen serviert, im Frack und mit weißen Handschuhen. Aber schon beim Aperitif habe ich bemerkt, dass der Conte kaum Personal hat. Gereicht wurden uns die Getränke vom Chauffeur. Und jetzt ist es die Köchin selber, die uns die Speisen aufträgt. Ist aber viel netter so. Mit ihrer Schürze, auf der einige Spritzer zu sehen sind, mit ihrem wohlgenährten Leibesumfang und freundlichen Lächeln »verkörpert« sie geradezu die *Cucina casalinga,* die traditionelle Landküche Italiens. Erst gibt es *Spaghetti con le sarde,* offenbar ein Klassiker der Gardaseeküche. Vom Conte erfahren wir, dass im See tatsächlich Sardellen gefischt werden. Ich dachte, die gibt's nur im Meer. Als Hauptgang kommt ein gefüllter Kaninchenrücken. So was von lecker. Und dann … die Krönung. Der Conte hat sich erinnert, dass Klara vor dreißig Jahren eine kulinarische Leidenschaft hatte: *Zabaglione!* Bei meinem Faible für *Dolci* hätte er mir keinen größeren Gefallen tun können. Bei meiner Oma bin ich mir nicht so sicher. In ihrem Gesicht lese ich, dass sie gerade nicht weiß, was das überhaupt ist. Aber schmecken wird ihr die Weinschaumcreme dennoch, davon bin ich überzeugt – schon deshalb, weil ihr vermutlich alles schmecken wird, was von ihrem Vico kommt.

ZABAGLIONE

Rezept aus der Küche des Conte Prantofalcone

ZUTATEN:

- 2 ganze Eier
- 4 Eigelb
- 90 g Zucker
- 200 ml Marsala (Likörwein aus Sizilien)
- 100 ml Weißwein
- 200 g gemischte Beeren

ZUBEREITUNG:

1. Im Wasserbad Eier, Eigelb und Zucker mit dem Schneebesen gründlich verquirlen, bis eine helle Masse entsteht.
2. Marsala und Wein nach und nach hinzugeben.
3. Bei milder Hitze zu einer schaumigen Creme aufschlagen.
4. Vom Herd nehmen und in kleine Glasschüsseln oder (bauchige) Weingläser geben.
5. Mit den Beeren garnieren und lauwarm servieren.

Nach der Zabaglione fällt mir ein, dass ich den Conte nach meiner Mutter fragen wollte. Er weiß ja, dass ich meinen Vater suche. Und er hat versprochen, darüber nachzudenken.

»*Allora,* ich fürchte, ich muss dich enttäuschen … Apropos, macht es dir was aus, wenn wir uns duzen?«

»Natürlich nicht, ich bin die Moniga.«

»Und ich der Lodovico.« Er steht auf und gibt mir einen Kuss auf die Stirn. »Ist mir ein Vergnügen.«

»Äh, ganz meinerseits«, antworte ich etwas unbeholfen. Zu meiner Entschuldigung kann ich nur vorbringen, dass mir noch nie ein Conte das Du angeboten hat. War auch schwer möglich, denn zuvor kannte ich keinen.

»Wie gesagt, ich kann dir leider nicht wirklich weiterhelfen. Ich habe auch mit Samuele darüber gesprochen …«

»Samuele?«

»Das ist mein Chauffeur. Er stand schon damals in meinen Diensten und kann sich auch an deine Mutter erinnern …«

»Was ist mit *mir?*«, fällt ihm Klara ins Wort. »An mich hat er sich nicht erinnert?«

Der Conte tätschelt ihr beruhigend die Hand. »Wie kann man dich vergessen? Selbstverständlich hat er sich erinnert. Aber er ist nun mal sehr zurückhaltend und die Diskretion in Person. Deshalb hat er dich nicht darauf angesprochen.«

Klara lächelt. »Dann lasse ich ihm das mal durchgehen.«

»Um auf deine Mutter Susanna zurückzukommen«, fährt der Conte fort, »wir glauben uns zu erinnern, sie zweimal mit einem jungen Mann gesehen zu haben.«

Ich spüre, wie sich mein Puls beschleunigt. Obwohl »glauben zu erinnern« schon ziemlich vage ist.

»Und … und … weißt du, wer das war?«, stottere ich.

Er schüttelt den Kopf. »Leider nein.«

»Wie hat er ausgesehen? War das ein deutscher Tourist oder einer von hier?«

»Einer von hier?« Der Conte schmunzelt. »Das sieht man doch keinem an, ob er vom Lago kommt oder aus Verona oder vielleicht von Turin.«

Mir fällt es schwer, mich zu konzentrieren und die richtigen Schlussfolgerungen zu ziehen.

»Demnach war der Mann kein Tourist?«, frage ich.

»Sagen wir so, Samuele und ich haben wie selbstverständlich angenommen, dass es sich um einen Italiener handelt. Doch wie gesagt, wir haben mit ihm nicht gesprochen. Aber so sah er aus.«

Ich atme tief durch. Ein Italiener? *Mein Vater ist Italiener …* juble ich innerlich.

»Aber Schätzchen«, mischt sich Klara ein, »das sagt doch gar nichts. Du darfst keine voreiligen Schlüsse ziehen.«

Mache ich doch nicht, jedenfalls keine voreiligen.

»Ihr habt aber keine Ahnung, wer dieser Italiener war?«

Die Frage hätte ich nicht stellen brauchen, sie ist überflüssig. Der Conte zieht auch statt einer Antwort nur die Augenbrauen nach oben.

»Bitte berücksichtige, dass das dreißig Jahre her ist«, sagt er schließlich. »Vielleicht täuschen wir uns auch. Aber ich habe noch etwas herausgefunden … Also nicht ich, sondern Samuele. Er glaubt sich zu erinnern …«

Glaubt sich zu erinnern? Schon wieder dieser doppelte Konjunktiv.

»… in welchem Haus das Ferienapartment war, in dem Klara und deine Mutter gewohnt haben.«

Meine Oma hebt den Zeigefinger. »Es ist blau und hat ockergelbe Fensterläden, stimmt's?«

»Umgekehrt, Omilein, umgekehrt.«

»Ah ja, sag ich doch. Gelb und ockerblau.«

»Die Farbe weiß ich nicht, aber Samuele kann euch das Haus auf dem Rückweg zeigen.«

»Vico, mein Lieber, du bist großartig«, stellt Klara fest.

Da muss ich ihr beipflichten. Auch wenn ich mir nicht vorstellen kann, dass seine Hinweise wirklich weiterhelfen.

35

Wie versprochen macht Samuele auf der Rückfahrt einen kleinen Umweg, um uns das Haus zu zeigen, in dem Klara und meine Mutter nach seiner Erinnerung gewohnt haben. Beim Anblick staune ich – einmal mehr über Oma Klara. Würde ich sie fragen, wo sie heute Vormittag beim Friseur war, würde sie es vermutlich nicht wissen. Aber die Farben eines Hauses hat sie nach dreißig Jahren noch in Erinnerung. Denn es hat tatsächlich einen gelben Anstrich, und die Fensterläden sind blau. So wie damals. Offenbar hält man in Italien an solchen Traditionen fest.

Es ist nicht zu erkennen, ob hier Ferienwohnungen vermietet werden. Weil Klara herzhaft gähnt, bitte ich Samuele, weiterzufahren. Ich nehme mir vor, spätestens morgen hier vorbeizuschauen und mit den Leuten zu reden, die hier wohnen. Je älter, desto besser, denn dann können sie sich vielleicht erinnern. Erinnern woran? Ja, das ist die Frage. Was kann im besten Fall herauskommen? Die Bestätigung, dass Klara und Susanna hier wirklich ihre Ferienwochen verbracht haben? Damals, Ende der Achtzigerjahre des vorigen Jahrhunderts. Was hätte ich davon? Nein, ich müsste viel mehr erfahren. Aber was? Vielleicht hatte meine Mutter eine Beziehung mit einem Mann, der damals auch hier gewohnt hat. Mir fällt es schwer, alle Möglich- und Unmöglichkeiten in Betracht zu ziehen. Oma Klara ist mittlerweile eingeschlafen. Wahrscheinlich träumt sie von ihrem Vico. Ich muss sagen, dass er auch mir immer besser gefällt. Ich brauche nicht viel Fantasie, um mir vorzustellen, dass sie vor drei Jahrzehnten ein schönes Paar gewesen wären. Dass es dazu nicht gekommen ist, jedenfalls nicht nachhaltig, lag an seiner speziellen Situation. Er hatte eine Frau, die an einer schweren Krankheit litt und pflegebedürftig war. Vielleicht hatte er Affären, vielleicht hat er sie mit Klara betrogen, aber er hätte seine Frau nie im Stich gelassen. Und er hätte alles darangesetzt, dass sie nichts von seinen Seitensprüngen erfuhr. Fast habe ich Mitleid mit ihm, mit ihm und mit Klara. Aber das Leben schreibt seine eigenen Geschichten. Mir wird bewusst, dass ich es im Vergleich wirklich gut habe. Bis heute habe ich mich noch in keinen Mann unsterblich verliebt. Zwar kann ich mich mit allen Emotionen in ein Abenteuer stürzen – aber ich erwarte mir nicht mehr davon als eine aufregende Zeit. Ich bin jung, das Leben liegt vor mir.

Samuele fährt um eine Kurve. Klaras Kopf kippt auf die Seite, aber sie wacht nicht auf. Das Leben liegt vor mir? Ich halte inne und denke nach. Wie komme ich zu dieser Annahme? In meinem Alter war meine Mutter … ja, sie war bereits Mutter! Und sie hatte schon mehr als die Hälfte ihres Lebens hinter sich.

So jung bin ich also gar nicht mehr. Und ein Teil des Lebens liegt bereits hinter mir. Was erwarte ich mir von der Zukunft? Ich lächle leise vor mich hin. Ein Job wäre nicht schlecht. Und ein cooler Partner, der so aussieht wie … wie … wie? Scheiße auch, wenn er so aussieht wie Francesco, hätte ich nichts dagegen. Ach so, und einen Vater hätte ich auch ganz gerne.

Stunden später habe ich den Standort gewechselt. Ich liege nackt in Francescos Bett – und brösle es mit Cantuccini voll, die wir abwechselnd in Vin Santo tunken. Außer dem »heiligen« Wein ist uns im Moment nicht sehr viel heilig. Gerade haben wir eine romantische Kuschelphase. Das einzige Licht in seiner Wohnung kommt von Kerzen. Er hat eine coole Mucke aufgelegt.

Alles super, wären da nicht die Brösel von den Mandelplätzchen.

Ich sage Francesco, dass ich gerne mal seine Mutter kennenlernen würde. Schon wegen des Rezepts für das köstliche Tiramisù.

Er massiert mir die Füße. Ich mag das.

Lachend erteilt er mir eine Abfuhr. In Italien stelle man seine Freundin der Familie erst vor, wenn man sie heiraten möchte. Okay, das ist ein Gegenargument. Erst soll ich seinen Freund Tommaso heiraten, um an das Rezept für die Profiteroles ranzukommen, jetzt gibt es auch das Tiramisù erst gegen ein Eheversprechen. Ein komisches Land, dieses Italien. Im Internet stehen hunderttausend Rezepte für alle erdenklichen Desserts, und hier machen sie ein Geheimnis um ihre alten Familienrezepte. Was ich zwar befremdlich, andererseits auch recht sympathisch finde.

Autsch! Francesco hat einen meiner besonders sensiblen Triggerpunkte gefunden.

Mich lenken gerade einige Fragen ab. Zum Beispiel interessiert mich, wo Francesco mit seinen Umzugskartons hinwill. Im Klartext: Wo er in Zukunft zu wohnen gedenkt … und mit wem. Aber ich habe gelernt, dass man nicht immer fragen sollte, was einem gerade durch den Kopf geht. Es gibt Augenblicke, die sind dafür denkbar ungeeignet.

Francesco lässt den Korken eines Spumante gegen die Decke knallen. Weil wir zu faul sind, aufzustehen, trinken wir aus der Flasche.

Wir haben eine verdammt schöne Nacht.

Am nächsten Morgen schläft Francesco noch fest. Ich befreie mich aus seiner Umklammerung. Er leistet keinen nennenswerten Widerstand. Gerne würde ich mit ihm in den Tag hineindösen, aber ich will mit Klara frühstücken. Also krabbel ich aus dem Bett und tapse zum Bad. Dabei stolpere ich über einen Umzugskarton und halte mich an der Schublade einer Kommode fest, die prompt aufgeht. Ich kann gerade noch verhindern, längs hinzuschlagen. Zugegebenermaßen ist mein Gleichgewichtssinn etwas eingeschränkt. Dafür gibt es vielfältige Ursachen, die ich mir im Detail nicht vergegenwärtigen möchte.

Leise will ich die Schublade wieder zuschieben, da fällt mein Blick auf den Inhalt. Im selben Moment bedaure ich fast, dass es im Raum nicht völlig dunkel ist. Denn bei halb aufgezogenen Vorhängen erkenne ich ... auf einer Filzmatte ... akkurat nebeneinander ... ein gutes Dutzend ... alter Armbanduhren. Eine schöner als die andere. Und wertvoll sehen sie alle aus. Ich glaube die Stimme des Conte zu hören. Dass es ihm vor allem um seine alten Uhren leidtue, hat er gesagt. Das seien Sammlerstücke, die man nicht so einfach ersetzen könne.

Als Nächstes fällt mir ein, dass ich Francesco erzählt habe, dass der Conte abends nicht zu Hause sei, weil er nach Negrar zu einer Weinpräsentation müsse. Und – sorry, ich kann nicht anders – ich erinnere mich daran, dass Francesco am betreffenden Abend ganz unerwartet keine Zeit hatte.

Ich schaue zum Bett, wo sich Francesco soeben von einer Seite auf die andere rollt. Er bekommt nicht mit, dass mein Herz gerade bis zum Hals schlägt. Francesco, der wegen eines Einbruchs schon mal im Gefängnis saß. Francesco, dessen Lebensführung mir ein Rätsel ist.

Vorsichtig mache ich die Schublade zu und gehe ins Bad. Dort schließe ich hinter mir die Tür und versuche mich zu beruhigen. Was mir nicht leichtfällt, denn in meinem Kopf geistert die Vorstellung herum, dass sich in einem von Francescos Umzugskartons zwei herausgeschnittene Leinwände mit Gemälden eines gewissen Bassano befinden könnten. Meine spontane Reaktion wäre, Francesco wach zu rütteln und ihn mit meinem Verdacht zu konfrontieren. Und dann? Würde ich anschließend die Polizei verständigen?

Ich sehe mich im Spiegel an. Und ich erkenne die Zweifel in meinem Gesicht. Nein, das würde ich nicht tun – nicht nach einer Nacht wie dieser.

Vielleicht leide ich gerade unter Wahnvorstellungen. Ich würde es mir wünschen.

Was bringt es also, einen verschlafenen Francesco zur Rede zu stellen? Außerdem habe ich Kopfschmerzen. Er vielleicht auch.

Ich fasse einen Entschluss, der mir nicht leichtfällt, weil er mein Temperament auf eine harte Probe stellt: Ich werde erst mal gar nichts machen! Ich werde mich von Francesco mit einem zärtlichen Kuss verabschieden und zu Oma Klara ins Hotel gehen. Aber mein Entschluss hat noch eine Fußnote: Natürlich werde ich ihn bei nächster Gelegenheit auf die Uhren ansprechen. Ich hoffe wirklich, er hat dann eine gute Erklärung parat. Darüber hinaus will ich wissen, mit wem er den Abend verbracht hat, an dem beim Conte eingebrochen wurde. Ein hieb- und stichfestes Alibi wäre nicht schlecht. Dumm nur, wenn das Alibi weiblich wäre – aber dann wüsste ich wenigstens Bescheid.

36

18. MAI 1990

Berlin

Susanna lag im Krankenhausbett und hielt ihr Neugeborenes in den Armen. Sie war überglücklich, so glücklich, wie sie es im Leben vielleicht nie mehr sein würde. Sie liebkoste Moniga und summte vor sich hin. Sie küsste ihr das Näschen. »Na, mein kleines Mädchen, kannst du schon riechen? Das bin ich, deine Mutter.« Sie fuhr mit dem Finger über ihre winzigen Ohren. Ihr kam es so vor, als ob Moniga lächeln würde. »Kitzelt das?«

Susanna streichelte Moniga den Kopf. »Hören kannst du mich, oder? Soll ich dir eine Geschichte erzählen? Damit du später nicht sagen kannst, ich hätte es dir verschwiegen. Wahrscheinlich ist es dir noch nicht aufgefallen, aber es gibt nicht nur Frauen auf dieser Welt. Normalerweise lernen kleine Babys wie du sehr bald auch ihren Vater kennen. Väter gehören zur Spezies der Männer. Von denen wirst du noch viele kennenlernen, davon bin ich überzeugt. Aber das hat Zeit. Im Umgang mit Neugeborenen sind Väter eher ungeschickt. Auch können sie nicht wirklich was mit ihnen anfangen. Aber sie wollen das nicht zugeben, spielen den Clown, ziehen Grimassen, machen tut, tut und sind unheimlich stolz – fragt sich nur, auf was. Dieses Schauspiel bleibt dir erspart, meine kleine Moniga. Denn dein Vater wird uns nicht besuchen. Und weißt du auch, warum, mein Schnuckelchen? Er wird nicht kommen, weil er nicht weiß, dass es dich gibt. Du darfst das also nicht persönlich nehmen.«

Susanna machte eine Pause und schaukelte Moniga leise hin und her.

»Dein Vater hätte dich bestimmt ganz viel sehr lieb«, fuhr sie fort. »Aber wie gesagt, er weiß nichts von dir. Ich hoffe, du wirst mir das nie zum Vorwurf machen. Aber ich habe mir das genau überlegt. Weshalb ich auch nicht vorhabe, dir je seinen Namen zu verraten.« Susanna lächelte verschmitzt. »Nur heute, da sage ich ihn dir. Er heißt Roberto und kommt aus Bardolino am Gardasee. Roberto ist Italiener und ein ganz Netter. Doch, doch, das muss ich zugeben. Musst dir also keine Sorgen machen, du hast gute Erbanlagen. Das italienische Temperament hast du jedenfalls mitbekommen, das habe ich schon während der Schwangerschaft gemerkt.«

Susanna unterdrückte einen Seufzer. »Echt schade, dass Roberto nicht in unser Leben passt. Aber du und ich, wir schaffen das auch zu zweit. Wir werden es superschön haben, wirst sehen. Ich werde alles dafür tun, das verspreche ich dir. So, mein Schnuckelchen, jetzt hast du es wenigstens einmal von mir gehört. Dein Vater heißt Roberto …«, Susanna lächelte, »… und jetzt vergiss es gleich wieder!«

37

Bei unserem fast schon rituellen gemeinsamen Frühstück ist Oma Klara entschieden besser drauf als ich. Was nicht so schwer ist, denn ich befinde mich in einem deliriumähnlichen Zustand. Kein Wunder nach der letzten Nacht. Ich denke kurz nach. Nein, die Nacht ist wohl nicht dran schuld. Wenn es nach ihr ginge, wäre ich heute aufgedreht wie ein … wie ein … Turnschuh unter Strom. Ich lange mir an den Kopf. Turnschuh unter Strom? So ein Quatsch … Außerdem habe ich Kopfweh. Delirium und Schädelbrummen – etwas viel auf einmal. Da kommt nichts Gescheites dabei raus. Wo war ich stehen geblieben? Ach so, richtig. Nicht die zurückliegende Nacht, die ich in durchaus positiver Erinnerung habe, dürfte für meine aktuelle Bewusstseinseintrübung verantwortlich sein, sondern mein morgendliches Erweckungserlebnis mit der Schublade voll teurer Uhren.

Oma Klara nippt am Cappuccino und erzählt davon, wie reizend es gestern beim Conte war. Ich dagegen trinke einen extrastarken Espresso, keinen *doppio,* sondern einen *espresso triplo,* und erzähle … nichts.

»Schätzchen, du bist heute etwas mundfaul«, bekomme ich prompt zu hören. »Außerdem schaust du aus, als ob dir auf dem Weg zum Frühstück ein Gespenst begegnet wäre.«

Ich blicke sie erstaunt an. Mit dieser Vermutung liegt sie gar nicht mal so falsch. Nur hatte mein Gespenst die rechteckige Form einer Schublade. Und in meinem Kopf geistern tickende Uhren herum.

»Entschuldige bitte«, erwidere ich. »Ab und zu brauche ich morgens etwas Zeit, um auf Touren zu kommen.«

Sie sieht mich augenzwinkernd an. »Hattest wohl eine anstrengende Nacht?«

»Wie kommst du denn darauf?«, protestiere ich. »Ich war vor Mitternacht im Bett.«

Das war nicht gelogen. Im Bett schon, aber nicht in meinem.

»Da wird dein Francesco aber enttäuscht gewesen sein«, stellt sie fest.

Ich muss lächeln. Sie ist mir auf den Leim gegangen.

Klara langt sich an den Nacken und zieht eine Grimasse. »Ich bin heute total verspannt. Womöglich habe ich auf der falschen Seite geschlafen. Du musst wissen, ich bin Linksschläferin.«

Links von was? Aber interessiert mich das?

»Tut mir leid. Wie kann ich dir helfen?«

»Kannst du massieren?«

Falsches Stichwort. Jetzt fällt mir doch glatt Francescos stimulierende Massage der Fußreflexzonen ein.

»Nein, auf dem Gebiet bin ich völlig untalentiert.«

Stimmt nicht, auch ich habe so meine Techniken. Aber die sind gerade nicht gefragt.

»Meinst du, Riccardo kann uns einen Masseur empfehlen?«

Gestern brauchte Klara einen Friseur, heute benötigt sie einen Massagetermin. Langweilig wird mir nicht mit ihr.

»Ich kann ihn ja mal fragen.«

»Am Nachmittag bin ich bei Vico zum Tee. Wäre gut, wenn ich bis dahin meinen Kopf wieder drehen könnte.«

Tee? Klara trinkt Tee? Keinen Prosecco? Und sie scheint sich darauf zu freuen. Dieser Lodovico vollbringt Wunder.

Das mit dem Massagetermin hat geklappt. Riccardo hat eine Physiotherapeutin organisiert, die sogar ins Hotel gekommen ist. Während sie sich jetzt um Klara kümmert, leihe ich mir ein Rad und fahre zum Haus, das mir Lodovicos Chauffeur Samuele gestern gezeigt hat. Jenes mit dem gelben Anstrich und den blauen Fensterläden. Fast andächtig bleibe ich davor stehen. Da haben sie also gewohnt, meine Mutter Susanna und Klara vor ziemlich genau drei Jahrzehnten. Von hier ausgehend hat sich einiges abgespielt. Klara hat ihren Conte kennengelernt. Und meine Mutter … Ja, auch sie hat jemanden kennengelernt. Offenbar einen Italiener. Jedenfalls nach Einschätzung des Conte und seines Chauffeurs.

Ich lehne das Fahrrad gegen einen Zaun und studiere das Klingelschild. Viele Namen stehen nicht darauf. Und nirgends gibt es einen Hinweis, dass hier Ferienwohnungen vermietet werden. Ich beginne im Erdgeschoss unten links und läute. Vergeblich, keine Reaktion. Dann rechts daneben. Zu meinem Erstaunen geht im ersten Stock ein Fenster auf. Ich trete zurück und schaue nach oben.

Ein älterer Herr mit einer Frisur wie ein Wischmopp steckt seinen Kopf heraus.

»*Hai suonato?*«

Wer sollte sonst geläutet haben? Weit und breit ist niemand zu sehen.

»*Sì, sono stata io*«, bestätige ich. »Können Sie mir sagen, ob hier Ferienwohnungen vermietet werden?«

»Wie kommen Sie denn auf diese Schnapsidee? Suchen Sie sich ein Hotel und lassen mich in Ruhe.«

Kein guter Auftakt. Ich fürchte, dass der Wischmopp gleich wieder verschwinden wird.

»Ich suche keine Wohnung«, stelle ich deshalb sofort klar. »Vor dreißig Jahren haben meine Mutter und meine Großmutter in diesem herrlichen Haus ihre Ferien verbracht. Sie haben immer geschwärmt, wie schön es hier war. Jetzt wollte ich mir das Haus mal mit eigenen Augen anschauen.«

»Vor dreißig Jahren? Das ist ja eine Ewigkeit her.«

Da hat er recht. Sofern man meine bisherige Lebensspanne als »Ewigkeit« ansieht.

»Damals hat es hier Ferienwohnungen gegeben, richtig?«

Der Wischmopp im ersten Stock bekommt einen Hustenanfall. Aber er verschwindet nicht. Anscheinend habe ich sein Interesse geweckt.

»*Sì, sì, appartamenti per le vacanze*. Wir hatten damals drei, die haben meine Eltern vermietet.«

»Können Sie sich an meine Mutter und an meine Großmutter erinnern?«

Ich merke, dass das eine reichlich dämliche Frage war. Ich sollte ihm vielleicht ihre Namen nennen. Aber nach dreißig Jahren …

»Ich kann mich an gar nichts erinnern. Damals habe ich in Brescia gelebt. Da müssten Sie meine Eltern fragen …«

Na bitte. Dann halt die Eltern.

»… aber die sind beide tot.«

Hätte er auch gleich sagen können. Das war es also. Hätte mir denken können, dass bei meinem Besuch nichts herauskommt.

»Signorina …«

»Ja.«

»Aber ich habe noch das Gästebuch meiner Eltern, wollen Sie mal reinschauen?«

Ich schnappe nach Luft. »Ein Gästebuch? Ja, total gerne.«

Wie kommt es, dass der Typ plötzlich so nett ist? Muss an meinem charmanten Äußeren liegen. Oder freut er sich, dass meine Mutter und Großmutter so von diesem Gästehaus geschwärmt haben? Das war zwar geflunkert, hat aber offenbar gewirkt.

»Dann kommen Sie mal rein.«

Eine halbe Stunde später bin ich auf dem Weg zurück zum Hotel. Auf meinem Rad fahre ich Schlangenlinien. Aus Freude. Zwar bin ich bei der Suche nach meinem Vater keinen Schritt weitergekommen, aber ich habe im Gästebuch die Namen von Klara und Susanna entdeckt. Mein Herz hat dabei einen Hüpfer getan. Ich habe die Seite fotografiert. Jetzt habe ich es schwarz auf weiß, dass sie hier waren. Mit genauem Datum und der Länge ihres Aufenthalts. Alles passt. Auch habe ich die Eintragungen der beiden anderen Ferienwohnungen überprüft. Zum selben Zeitpunkt haben dort deutsche Ehepaare mit Kindern gewohnt. Also kein Kandidat für einen Seitensprung meiner Mutter. Jedenfalls nach menschlichem Ermessen.

Dennoch bin ich im Glück. Wieder habe ich ein Steinchen im Puzzle der Vergangenheit gefunden. Nun ja, nicht wirklich, denn dass die beiden in Torri waren, stand ja schon zuvor außer Zweifel. Mit einem leibhaftigen Conte als Kronzeugen. Aber es ist eben doch was anderes, ein Dokument aus jener Zeit in den Händen zu halten. Schon etwas vergilbt … so wie Klaras Erinnerungen.

38

Oma Klara schwärmt von der Massage. Jetzt könnten wir doch in den Ort gehen, schlägt sie vor, und ein Gläschen trinken. Wie ich sie kenne, meint sie keinen Orangensaft. Da ich keine Pläne für uns habe, spricht nichts dagegen. Später übergebe ich sie in die Obhut des Conte. Bis dahin erfülle ich ihr jeden Wunsch.

Während wir bei strahlendem Wetter über den Lungolago Vittorio Veneto flanieren, mit herrlichem Blick auf den See, redet sie munter vor sich hin. Dabei fällt mir auf, dass fast alles, was sie sagt, Hand und Fuß hat. Sie wirft kaum Wörter durcheinander, auch bringt sie die meisten Sätze zu einem logischen Ende, ohne mittendrin in einem kühnen Gedankensprung das Thema zu wechseln. Ich erinnere mich an ihre konfusen Momente zu Beginn unserer Reise. Auch daran, dass ihr Hausarzt meinte, sie habe beginnenden Alzheimer und müsse deshalb schon bald als Pflegefall in ein Altenheim. Ich weiß nicht, ob Alzheimer-Patienten plötzlich wieder gesunden können, aber nach allem, was ich gelesen habe, ist das wohl nicht der Fall, es kann höchstens der Krankheitsverlauf verzögert werden. Oma Klara dagegen wirkt auf mich immer normaler, oft sogar richtig clever. Was in meinen Augen zwei Schlüsse zulässt. Erstens: Sie hat überhaupt keinen Alzheimer und auch sonst keine ausgeprägte Altersdemenz. Sie ist nur ab und zu etwas verwirrt und vergesslich. Auch hapert es an der räumlichen Orientierung. An manchen Tagen geht es mir ähnlich. Ich habe sogar schon mal meine Hausschuhe in den Kühlschrank gestellt. Leider hat es draußen geschneit, im Hochsommer hätte das sogar Sinn gemacht. Doch so was passiert, wenn man mit den Gedanken nicht bei der Sache ist. Mir gehen oft mehrere Dinge gleichzeitig durch den Kopf. Warum soll das bei Oma Klara anders sein? Ich halte das für ein Zeichen von Intelligenz. Nur immer an eine Sache zu denken zeugt dagegen von geistiger Einfallslosigkeit.

Und zweitens? Ganz unabhängig von irgendwelchen medizinischen Befunden scheint ihr unsere Reise an den Gardasee gutzutun. Liegt es am Klima, am Prosecco, an meiner Gesellschaft … oder an jener des Conte? Spielt das eine Rolle? Hauptsache, es geht ihr besser.

Klara deutet mit ihrem Gehstock auf eine einladende Terrasse am Wasser, mit großen weißen Schirmen und Blumenkästen rundherum. »Komm, da setzen wir uns hin!«

Ihr Wunsch ist mir Befehl. Außerdem sieht es hier nett aus. Und in der zweiten Reihe wartet ein Tisch auf uns.

Auf einem freien Stuhl hat jemand eine Tageszeitung vergessen. Ich nehme sie und blättere sie durch. Mein Italienisch reicht aus, die Überschriften und wesentlichen Inhalte zu verstehen.

»Also, Schätzchen, du wirst doch jetzt nicht Zeitung lesen? So unhöflich kannst du nicht sein.«

Ich lächle sie an. »Aber nein, natürlich nicht. Ich schau nur, ob was über den Einbruch beim Conte drinsteht.«

»O ja, das ist interessant«, erteilt sie mir Absolution. »Und? Hast du was gefunden?«

»Hier steht's. Ganz hinten, nur eine kurze Nachricht …«

»Das ist ein Skandal«, empört sie sich. »Dieses Kapitalverbrechen gehört auf die Titelseite.«

»Ein Einbruch ist kein Kapitalverbrechen. Ist ja niemand verletzt oder getötet worden.«

Klara hält sich entsetzt die Hand vor den Mund. »Mein Gott, das darf ich mir gar nicht vorstellen.«

Im Fernsehen schaut sie sich die brutalsten Krimis an. Kaum geht es um ihren Vico, ist sie plötzlich zartbesaitet.

»Dreister Einbruch beim Conte Prantofalcone«, übersetze ich. »Gestohlen wurden alter Familienschmuck, wertvolle Uhren und zwei Meisterwerke der Renaissance.«

»Was für eine Respektlosigkeit. Wie kann man es wagen, bei einem leibhaftigen Conte einzubrechen?«

Mich amüsiert ihre Sichtweise.

»Der oder die Räuber«, fahre ich mit der Meldung fort, »haben eine günstige Gelegenheit abgepasst. Conte Prantofalcone war zur Tatzeit bei einer Weinpräsentation in Negrar. Das Hauspersonal hatte Ausgang.«

»Das waren professionelle Diebe«, konstatiert Klara.

Wieder einmal erinnert sie mich an Miss Marple. Aber mir ist nicht zum Scherzen zumute. Denn natürlich denke ich an Francesco, der wegen Einbruchs vorbestraft ist und in einer Schublade teure Uhren versteckt. Hätte ich gesucht, hätte ich womöglich auch den alten Schmuck gefunden. Und die Gemälde von Bassano. Von mir wusste Francesco, dass der Conte nicht zu Hause sein würde. Man muss nur eins und eins zusammenzählen …

»Was schaust du so bedröppelt?«

Bedröppelt schauen? Oma Klara hat Wörter drauf, die sind schon seit Jahrhunderten aus der Mode.

»Mir geht es wie dir«, antworte ich. »Mir tut es leid, dass ausgerechnet beim Conte Lodovico eingebrochen wurde. Aber Gott sei Dank trifft es keinen Armen«, füge ich noch hinzu.

Klara wedelt mit dem Zeigefinger durch die Luft. »Nein, arm ist mein Vico natürlich nicht …«

Habe ich richtig gehört? Mein Vico?

»… aber er ist gerade nicht besonders flüssig. Deshalb muss er zwei Weinberge verkaufen. Deshalb war er in Negrar, nicht wegen einer Weinprobe.«

»Das hat er dir anvertraut?«

»Na klar, warum nicht?« Klara langt sich an die Brust. »Ich stehe ihm ja emotional sehr nahe.«

An den Gedanken muss ich mich erst gewöhnen.

»In so einer Situation ist es natürlich besonders angenehm, wenn man …«

»Du meinst unangenehm.«

»Sage ich doch. Also der Einbruch kommt unangenehm … ich will sagen …« Sie schaut mich empört an. »Jetzt hast du mich völlig aus dem Konzept gebracht.«

Ich tätschle ihren Arm. »'tschuldigung, aber ich habe dich trotzdem verstanden.«

»Na bitte, du darfst mir nur nicht immer ins Wort fallen. Wo bleibt eigentlich mein Prosecco?«

Eine Viertelstunde später ist Klara wieder bester Stimmung. Sie erzählt mir von den Briefen, die sie nach ihrem Gardaseeurlaub vor dreißig Jahren mit Vico gewechselt hat. Schöne Briefe seien das gewesen, romantische und sehr gefühlvolle. Die Geschichte kenne ich bereits. Meine Gedanken sind in der Gegenwart. Sie kreisen um Francesco. Weil ich nicht glauben möchte, was ich glaube, suche ich nach einer vernünftigen Erklärung. *In dubio pro reo*, im Zweifel für den Angeklagten. Vielleicht ist mein Verdacht völlig unbegründet. Ich würde es mir wünschen.

Gerade bin ich so weit, wieder Vertrauen zu fassen, mein Blick schweift über die Uferpromenade, da passiert es: Mich trifft der Schlag!

Nicht wirklich, aber im übertragenen Sinne. Wie gelähmt starre ich hinüber zu einem Paar, das sich gerade inniglich umarmt. Sie schaut megagut aus, trägt einen kurzen Rock und hat lange schwarze Haare. Er ist ziemlich groß und braun gebrannt – und ein Idiot! Ein Vollidiot!!

Jetzt hebt Francesco die schlanke Frau hoch. Fehlt nur noch, dass sie ihre nackten Beine um ihn schlingt.

So, das war's. Ich habe es geahnt. Francesco hat mich angelogen, er ist kein Single! Und ich war so blöd, auf ihn hereinzufallen …

39

Ich bin ein Mensch, der sich rasend schnell fürchterlich aufregen kann. Gelegentlich verliere ich dabei die Kontrolle über mein Handeln. Aber es gibt noch eine Steigerung: In emotionalen Extremsituationen werde ich … urplötzlich … eiskalt. Jedenfalls nach außen. Vielleicht sogar im Inneren – doch das weiß ich immer erst hinterher.

Ich könnte mir was vormachen und mir einreden, dass mir Francesco am Hintern vorbeigeht. Soll er doch rumknutschen, mit wem er will. Er verdient nicht mehr als einen kurzen Temperamentsausbruch. Ich könnte ihm auch eine Flasche an den Kopf werfen. Er wäre nicht der Erste, der sich über meine Zielsicherheit wundert. Aber seltsamerweise bin ich völlig ruhig. Das gibt mir zu denken. Weil es mir zeigt, dass mir Francesco eben nicht am Hintern vorbeigeht. Anderenfalls wäre ich nicht auf der höchsten Eskalationsstufe angelangt. Wie im Auge eines Hurrikans, wo trügerische Windstille herrscht, während es außen herum tost und pfeift.

Offenbar habe ich mich in diesen Idioten verliebt. Und jetzt muss ich mich so schnell wie möglich wieder entlieben. Aber das werde ich nicht tun, ohne ihn zur Rede zu stellen. Ich möchte, dass er alles zugibt. Danach fällt es mir leichter, ihn aus meiner Erinnerung zu löschen.

Um fünfzehn Uhr bin ich mit ihm verabredet. Oma Klara habe ich zuvor zu Samuele in den Jaguar gesetzt. Ihr Nachmittag wird sicher vergnüglicher als meiner.

Francesco hat vorgeschlagen, dass wir uns vor einer Bar neben seiner Wohnung treffen. Der Platz ist mir so recht wie jeder andere. Vorausgesetzt, wir finden eine Ecke, wo wir ungestört reden können. Denn was ich ihm zu sagen habe, geht keinen was an. Und was ich von ihm zu hören erwarte erst recht nicht.

Francesco macht es mir nicht leicht. Er lümmelt lässig auf einem Korbstuhl, unverschämt gut aussehend – und mit dem frechen Grinsen, das ich bis vor Kurzem so sympathisch fand.

Zur Begrüßung steht er auf, um mich zu umarmen. Ich bin so steif, dass er gleich merkt, dass was nicht stimmt. Auch weiche ich seinem Kuss aus.

Fragend sieht er mich an. »Ist was passiert? Ist was mit Klara?«

Mit Klara? Wäre das ein Grund, mich nicht küssen zu lassen?

»Klara geht's gut«, antworte ich.

Mein Blick fällt auf seine Armbanduhr. Ein alter Chronometer mit Krokoarmband. Trägt er die Uhr heute zum ersten Mal? Ich glaube schon.

»Was ist dann los?«, fragt er. »Irgendwas stimmt doch nicht mit dir.«

Es gibt Männer, die verwechseln Ursache mit Wirkung.

»Mit mir stimmt alles«, gebe ich zur Antwort. »Was man von dir wohl nicht behaupten kann.«

Francesco runzelt die Stirn. »Muss ich das verstehen?«

Ich bestelle einen Averna mit Eis. Sozusagen präventiv. Denn dass mir die nächsten Minuten auf den Magen schlagen werden, ist so gut wie sicher.

»Ist dir bekannt, dass beim Conte Prantofalcone eingebrochen wurde?«, beginne ich ganz harmlos. Ich versuche in seinem Gesicht zu lesen. Keine Reaktion.

»Ja, das weiß ich«, bestätigt er.

»Woher?«, schieße ich die erste Kugel ab.

»Stand in der Zeitung.«

Fehlschuss. Den Artikel habe ich ja selber gelesen.

»Dann weißt du auch, was alles geklaut wurde?«

»Natürlich, stand ja ebenfalls in der Zeitung.«

»Dann sag's mir!«

Francesco sieht mich seltsam an. Dann schüttelt er den Kopf. »Nicht bevor du mir verrätst, was du mit diesem Theater bezweckst.«

»Es wurden unter anderem wertvolle Uhren gestohlen«, helfe ich ihm auf die Sprünge.

Er beugt sich vor und schaut mir in die Augen. »Worauf willst du hinaus?«

»Du hast eine Schublade voll alter Uhren. Eine trägst du gerade am Handgelenk.«

»Du hast heimlich meine Schubladen durchsucht?«

Das ist eine gemeine Unterstellung.

»Nein, habe ich nicht«, protestiere ich. »Das würde ich nie tun.«

»Woher weißt du dann …?« Er spricht nicht weiter.

Mist. Jetzt hat er den Spieß umgedreht. Plötzlich muss ich mich rechtfertigen. So war das nicht geplant.

»Ich habe mich auf dem Weg ins Bad an deiner Kommode festgehalten, da ist die oberste Schublade zufällig aufgegangen.«

Er zieht die Augenbrauen nach oben. »Zufällig?«

Er glaubt mir nicht.

»Es war wirklich keine Absicht«, betone ich. Und nach einer kurzen Pause: »Ich wäre froh, es wäre mir nicht passiert.«

Francesco kratzt sich am Kinn. Ich gebe ihm Zeit, nachzudenken. Schließlich nickt er.

»Jetzt verstehe ich, was in deinem Kopf vorgeht. Warum sprichst du es nicht aus?«

Ja, warum nicht? Weil ich feige bin? Weil ich hoffe, falschzuliegen?

»Du glaubst, ich hätte beim Conte eingebrochen, richtig?«

Ich schlucke. »Der Verdacht liegt nahe, findest du nicht?«

»Nein, finde ich überhaupt nicht. Nur weil ich wegen Einbruchs vorbestraft bin? Das ist ewig her. Es war ein Fehler, dir davon zu erzählen. Aber ich dachte, ich könnte dir vertrauen.«

Jetzt kommt er mit dieser Nummer. Als ob *ich* sein Vertrauen enttäuscht hätte. Umgekehrt wird wohl eher ein Schuh draus.

»Dann erkläre mir, wo die Uhren in deiner Schublade herkommen.«

Er muss nicht lange überlegen. »Ich sammle sie, schon seit vielen Jahren. Ich könnte dir zu jeder Uhr eine Geschichte erzählen. Aber … du wirst mir nicht glauben.«

Da hat er recht. Gerade glaube ich ihm rein gar nichts.

Interessanterweise bin ich immer noch völlig ruhig. Ich bekomme weder einen Tobsuchtsanfall, noch schmeiße ich den Tisch um. Kann aber noch kommen. Beim zweiten Tagesordnungspunkt, bei dem es um seine Freundin geht. Aber das dauert noch einen Moment.

»Francesco, bitte versetze dich in meine Situation. Ich habe dir erzählt, dass der Conte abends nicht zu Hause sein wird. Plötzlich hast du am Abend keine Zeit. Du sagst mir nicht, was du vorhast. Und zwei Tage später entdecke ich bei dir eine Schublade mit wertvollen Uhren. Und, sorry, ich weiß von deiner Vergangenheit. Da liegt es doch nahe …«

»Nein, liegt es nicht«, fällt er mir ins Wort.

»Hast du für den Abend ein Alibi?«

»Was soll denn das? Bist du jetzt plötzlich von der Polizei?«

»Quatsch, natürlich nicht, aber dann hätten wir das Thema vom Tisch.«

»Ich habe tatsächlich ein Alibi, sogar kein schlechtes. Aber ich sehe nicht ein, warum ich dir gegenüber meine Unschuld beweisen muss. Was hältst du davon, wenn du mir einfach vertraust?«

Jetzt geht es schon wieder um Vertrauen. Wie soll ich jemandem vertrauen, den ich erst seit Kurzem kenne? Das ist etwas viel verlangt. Und was das sogenannte Alibi betrifft, kann ich mir denken, wie es ausschaut. Es hat lange Beine und schwarze Haare. Womit ich nun doch beim nächsten Tagesordnungspunkt wäre.

»Ich würde dir ja gerne vertrauen«, sage ich. »Aber du machst es mir nicht leicht.«

»Wieso?«

»Ich habe dich heute Vormittag mit einer anderen Frau gesehen«, lasse ich die Katze aus dem Sack. »Packst du deshalb deine Kartons, weil du mit ihr zusammenziehst?«

Bingo. Dieser Schuss hat gesessen. Francesco schaut mich verstört an. Er macht eine fahrige Handbewegung. Schnappt er gerade nach Luft?

»Sag bloß, du bist eifersüchtig?«, erwidert er nach einer Weile.

Ich habe mich getäuscht, Atemprobleme hat er keine. Auch scheint er schon wieder Herr der Lage. Was hat er gerade gefragt? Ob ich eifersüchtig bin? Unsinn, natürlich nicht. Ich bin ja keine dumme Zicke.

Er setzt noch eins drauf. »Das fände ich nämlich Scheiße, echt Scheiße«, sagt er unverblümt.

Das war deutlich. Mir kommt kurz der Gedanke, dass ich womöglich gerade alles kaputt mache. Eine Beziehung, aus der mehr hätte werden können als eine flüchtige Romanze. Aber es geht nicht anders. Ich brauche Klarheit.

Ich greife zum Glas mit dem Averna und trinke es in einem Zug aus.

»Francesco, ich hab dich wirklich gern. Aber ich hasse es, an der Nase herumgeführt zu werden.«

»Und du glaubst, dass ich das tue?«

Warum antwortet er immer mit einer Gegenfrage? So kommen wir nicht weiter.

»Ja, den Eindruck habe ich.«

»Dann sollten wir es wohl besser lassen«, antwortet er. »Mit uns beiden. Schade, denn ich hab dich auch sehr gern.«

Mein Magen zieht sich zusammen. Trotz des Avernas. Hat er gerade Schluss gemacht? Er mit mir, nicht ich mit ihm? So war das nicht geplant.

Ich versuche, cool zu bleiben.

»Okay, ist wahrscheinlich am besten so«, pflichte ich ihm mit beherrschter Stimme bei. Wo bleibt sein Lächeln? Ist nicht einmal eingefroren, ist einfach weg. Mit dieser Reaktion von mir hat er nicht gerechnet. »War nett, dich kennenzulernen«, schiebe ich noch eine gemeine Floskel hinterher.

»War nett, dich kennenzulernen …«, wiederholt er murmelnd.

»Ich mag noch einen Averna.«

Francesco steht auf. Geht er jetzt einfach?

»Bestell zwei. Ich bin gleich wieder da.«

Ich sehe, wie er zur nächsten Ecke geht und telefoniert. Dann kommt er zurück.

»Ich möchte, dass du mich nach Garda begleitest«, sagt er. »Wir fahren zu meiner Mutter.«

Ich sehe ihn entgeistert an. Zu seiner Mutter? Ich erinnere mich an seine Worte, dass man in Italien seine Freundin erst dann der Mutter vorstellt, wenn man ernste Absichten hat …

»Ziehe keine falschen Schlüsse«, sagt er, als ob er meine Gedanken lesen könnte. »Das mit der Trennung geht klar. Ich will nur etwas aufklären. Danach bringe ich dich ins Hotel, und wir müssen uns nie mehr wiedersehen.«

Das war eine klare Ansage.

»Aber ich will ein Abschiedsgeschenk«, fällt mir ein.

»Was für ein Abschiedsgeschenk?«

»Von deiner Mutter, das Rezept fürs Tiramisù.«

Jetzt kann er doch wieder lächeln.

»Okay, ich hoffe, sie rückt es raus.«

40

AUGUST 1990

Bardolino

Es waren schwere Zeiten für Roberto. Aber nicht deshalb, weil er sich an den Sommer vor einem Jahr erinnerte und an eine Touristin aus München. Nein, an sie dachte er nur noch selten. Gelegentlich träumte er von ihr, das war aber auch schon alles. Vielmehr war vor wenigen Wochen ganz überraschend sein Vater gestorben. An einem Herzinfarkt. Er hatte gerade in der Küche seiner Trattoria kleine Teigtaschen für Tortelloni geformt – da war er plötzlich umgefallen. Für einen leidenschaftlichen Koch eigentlich ein schöner Tod, nur um Jahrzehnte zu früh. Roberto konnte es noch immer nicht fassen. Sein Vater war immer so vital gewesen.

Und jetzt? Jetzt war die Trattoria geschlossen. Aber mit der Familie war sich Roberto einig, dass sie möglichst bald wieder öffnen sollte. Schon deshalb, weil gerade Hochsaison war. Außerdem hatten sie viele Stammgäste, die sie nicht an die Konkurrenz verlieren wollten. Obwohl das für Roberto, der bisher nur im Service gearbeitet hatte, viel zu früh kam, blieb ihm keine Wahl. Er musste von heute auf morgen die Trattoria übernehmen und irgendwie versuchen, sie weiterzuführen. Seine Mutter, die eine gute Köchin war, sah sich auf absehbare Zeit nicht in der Lage, in der Küche zu helfen. Zu groß war die Trauer. Außerdem hatte sie Wasser in den Beinen und konnte nicht lange stehen. Glücklicherweise hatte er einen Jugendfreund, der gerade in einem Sternerestaurant in Sirmione seine Ausbildung zum Koch abgeschlossen hatte. Er bewarb sich derzeit bei einigen Gourmetlokalen im Ausland. Bis zu einer Entscheidung konnte er kurzfristig einspringen. Aber halt nur vorübergehend. Dann gab es noch die Tante, die in Moniga del Garda das Rustico hatte, in dem er letztes Jahr … Also, diese Tante konnte für einige Wochen in der Küche helfen. Aber ihre »Kochkünste« waren berüchtigt. Legendär ihr verkohlter Rehrücken zum vierzigsten Geburtstag seiner Mutter. Notgedrungen musste sich Roberto, der seinem Vater von Kind auf zur Hand gegangen war, selbst an den Herd stellen – auch wenn es ihm an der nötigen Routine fehlte. Aber dafür hatte er ja seinen Freund. Von ihm musste er versuchen, so schnell wie möglich alles zu lernen. Darüber hinaus gab es in der Küche natürlich einige Mitarbeiter, die zum Teil schon ewig in der Trattoria arbeiteten. Auf sie konnte er sich verlassen. Zumindest wussten sie, wie man Antipasti vorbereitete, Risotto rührte – oder, ganz wichtig, die Spülmaschine einräumte. Im Team sollte der Neuanfang gelingen.

Roberto plante keine Veränderungen. Er hatte nur ein Ziel: Er wollte die Trattoria so weiterführen, dass sein Vater stolz auf ihn wäre. Das war schwer genug.

41

Auf der Fahrt von Torri del Benaco nach Garda wird mir schlecht. Dafür gibt es keinen Grund, denn erstens habe ich zwei Kräuterliköre intus, die meinen Magen eigentlich beruhigen sollten, zweitens bekomme ich auf Francescos Vespa genug frische Luft, drittens fährt er ganz zivilisiert, viertens wird mir sehr selten übel … und fünftens … na ja, überhaupt. Ich halte mich an ihm fest und denke, dass ich die Fahrt noch gestern genossen hätte. Mir fällt ein, dass ich bei unserer ersten Exkursion mit seiner Vespa darauf bestanden habe, selber zu fahren. Da war es ebenfalls nach Garda gegangen und von dort hinauf auf die Rocca zum Grillen mit seinen Freunden. Ist noch nicht so lange her – und war der Beginn einer Romanze, die sich megagut angelassen hat. Jetzt sind wir unterwegs, um sie zu beenden. Aus unerfindlichen Gründen will er, dass ich vorher seine Mutter kennenlerne. Eines muss man Francesco lassen: Er ist immer für eine Überraschung gut.

Ich atme tief ein und aus. Meine Übelkeit verschwindet. Doch gut geht es mir deswegen noch lange nicht. Ich weiß auch, warum. Denn die Fahrt ist gleich zu Ende – am liebsten aber würde ich so ewig weiterfahren. Von hinten an Francesco gekuschelt … immer weiter … in die untergehende Sonne. Eine schnulzige Vorstellung. So schnulzig, dass sie schon wieder schön ist. Doch daraus wird nichts werden. Obwohl er supernett ist und ich mich zu ihm hingezogen fühle – aber ich habe mich in ihm getäuscht. Er ist ein … ein … Ach, was weiß ich? Im günstigsten Fall ist er ein Schlawiner, im ungünstigsten Fall ein Straftäter, den ich bei der Polizei anzeigen sollte.

Wenn man eine schwierige Entscheidung treffen muss, kann man eine Münze werfen. Der Trick dabei ist, nicht darauf zu warten, ob Kopf oder Zahl kommt. Während die Münze noch in der Luft ist, meldet sich eine innere Stimme, die einem zuflüstert, was man sich insgeheim erhofft, welches Ergebnis einem lieber ist. Doch, das funktioniert, ganz sicher sogar. Ich habe es wiederholt ausprobiert. Würde ich jetzt eine Münze werfen – nur so als Gedankenspiel, auf einer fahrenden Vespa ist das ja schlecht möglich –, was würde ich mir wünschen?

Erste Option: Dass dies wirklich eine Abschiedsfahrt ist, weil ein kleinkrimineller und untreuer Francesco in meinem Leben keine Zukunft hat. Weil ich nicht möchte, dass mir Ähnliches passiert wie meiner Mutter. Abgesehen davon, dass ich nicht weiß, was ihr genau widerfahren ist. Nur dass es nicht gut ausgegangen ist, so viel steht fest.

Zweite Option: Dass sich unsere Wege dennoch nicht trennen, weil ich mich in ihn verliebt habe und so blöd bin, ihm zu verzeihen. Wird schon alles nicht so schlimm sein. Lässt sich irgendwie einrenken. Unsere Romanze soll sich fortsetzen. Eine Love Affair, wahrscheinlich ohne Happy End? Was soll's, Hauptsache Love Affair!

Kopf oder Zahl? Was flüstert meine innere Stimme?

Ich kann die Stimme deutlich hören. Verdammt, ich habe es mir gedacht. Ich wünsche mir die zweite Option. Allen Widrigkeiten zum Trotz.

Ich umklammere Francesco, der gerade in eine Seitenstraße einbiegt. Aber gibt es diese Option überhaupt noch? Mit meinen Vorwürfen habe ich ihn tief getroffen. Worauf er unsere Beziehung für beendet erklärt hat. Ich habe es verbockt.

Nein, nein, nein … korrigiere ich mich. Nicht ich, er hat es verbockt! Will er sich jetzt hinter der Schürze seiner Mama verstecken? Das passt nicht zu ihm, außerdem ist er dafür zu groß. Warum also fahren wir zu ihr? Er wolle etwas aufklären, hat er gesagt.

Ich kann mir nicht vorstellen, was seine Mutter aufklären könnte. Dass er in Wahrheit ein ganz braver Bub sei, der nichts Böses im Sinn habe? Das glauben fast alle Mütter von ihren Söhnen.

Kopf oder Zahl? Das Ergebnis kann ich mir nicht aussuchen. Aber immerhin weiß ich jetzt, was ich mir erhoffe.

Wir halten vor einem kleinen, gepflegten Reihenhaus. Ich nehme den Helm ab und schüttle meine Haare.

»Hier also wohnt deine Mutter?«

Eine blöde Frage, deshalb sind wir ja hier.

»Seit zwanzig Jahren. Das Haus gehört ihr, sie fühlt sich hier wohl.«

»Weiß sie, dass wir kommen?«

»Na klar, ich habe sie vorhin angerufen. Sie erwartet uns.«

Francesco geht voraus und läutet.

Es dauert nicht lange, und sie macht auf. Rosa – ich kenne ja ihren Namen – ist von zierlicher Statur. Sie hat schöne Gesichtszüge, gepflegte Hände … und trägt ein gut geschnittenes graues Kleid. Francesco hat erzählt, dass sie früher als Köchin gearbeitet hat. So sieht sie nicht aus.

Er stellt mich seiner Mutter vor. Habe ich erwartet, dass sie mich herzlich umarmt und willkommen heißt? Ehrlich gesagt habe ich mir gar nichts erwartet, aber schön wäre es.

Sie reicht mir distanziert die Hand, hält sie eine Weile fest und mustert mich.

Was hat ihr Francesco von uns erzählt? Weiß sie, dass dies eine Abschiedsvorstellung ist? Plötzlich erkenne ich ein leises Lächeln in ihrem Gesicht.

»Ich freue mich, Sie kennenzulernen«, sage ich verlegen. *»È un piacere conoscerla.«*

»Il piacere è tutto mio«, erwidert sie leise. Dann dreht sie sich um und geht voraus.

Ahnungslos folge ich ihr. Ahnungslos deshalb, weil ich mir nichts Schlimmes erwarte. Umso größer der Schock, als wir das Wohnzimmer betreten. Denn dort steht … ich ringe nach Luft … dort steht die schwarzhaarige Frau, mit der sich Francesco am Lungolago so inniglich umarmt hat.

Sie sieht saugut aus, das muss ich ihr lassen. Aber deshalb muss sie mich nicht so provokant anlächeln. Weil ich unwillkürlich stehen geblieben bin, schiebt mich Francesco von hinten an.

»Ich wollte, dass ihr euch kennenlernt«, sagt er.

»Wäre nicht nötig gewesen«, zische ich.

Francesco drückt sich an mir vorbei und nimmt die Tussi vertraut in die Arme.

So, jetzt habe ich es kapiert. Er will mich demütigen. Er hat mich in eine Falle gelockt, und ich bin reingetappt.

»Darf ich vorstellen …«

Das kann er sich sparen.

»Meine Freundin …«

Sprich nicht weiter!

Er deutet auf mich. »Meine Freundin Moniga …«

Was soll das jetzt?

»Und das hier ist Elena …«

Elena, Elena – den Namen habe ich doch schon mal gehört?

»… meine Schwester!«

Ich stehe da wie vom Blitz getroffen. Seine Schwester? Das sagt er in Gegenwart seiner Mutter … kann also keine Lüge sein. Auf die Idee, dass er eine Schwester haben könnte, bin ich nicht gekommen. Wo er doch nicht einmal einen Vater hat.

Elena, Elena … heißt nicht so Tommasos Freundin … die auf der Rocca und in Desenzano nicht dabei war, weil sie in Mailand auf der Modemesse …

»Sie sind Francescos Schwester?«, stammle ich.

»Meine Lieblingsschwester«, präzisiert er.

»Hast du noch eine Schwester?«

»Nein, aber sie ist trotzdem meine Lieblingsschwester.«

Elena kommt auf mich zu und begrüßt mich.

Mist, Mist, Mist … Mit meinem Verdacht, ich hätte ihn heute Vormittag mit seiner Freundin ertappt, habe ich mich blamiert. Ich habe mich tatsächlich verhalten wie eine eifersüchtige Zicke. Warum aber mussten sich die beiden auch so abknutschen?

Eine halbe Stunde später sitzen wir zusammen und unterhalten uns. Deutsch und Italienisch durcheinander. So wirklich locker bin ich nicht. Ständig denke ich über meine Blödheit nach.

Eine kleine Ablenkung gibt es beim Espresso. Denn Rosa gießt etwas Eierlikör in den Kaffee. Wie sich herausstellt, ist er von ihr selbst gemacht und wird in Italien *Vov* genannt. Das Rezept habe sie von ihrer Großmutter. Der *Vov* schmeckt köstlich. Den Espresso, denke ich, könnte man auch weglassen und den Eierlikör einfach so trinken. Oma Klara wäre entzückt.

Ich erzähle, warum ich mit meiner Oma an den Gardasee gefahren bin. Weil ich meinen Vater suche. Ich bin so ehrlich, zuzugeben, dass ich die Hoffnung aufgegeben habe. Dafür habe meine Oma wieder eine Liebe aus vergangenen Tagen getroffen. Ich nenne keinen Namen. Der Conte ist in dieser Gegend allzu bekannt. Francesco sagt auch nichts. Stattdessen klärt er mich auf, dass Elena genau genommen seine Halbschwester sei. Mit Rosa hätten sie die wunderbarste Mutter gemeinsam – Elena gibt ihr einen Kuss –, aber sie hätten nicht denselben Vater. Während er ein frühes Kind der Sünde sei und ganz lange den Namen seines Erzeugers nicht gekannt habe, sei Elena um einiges jünger – stimmt, das sieht man ihr an – und zur Welt gekommen, als Rosa schon seit einem Jahr verheiratet gewesen sei. Ganz züchtig also. Alberto, ihr Vater, sei vor einigen Jahren gestorben. Rosa bekreuzigt sich. »*Riposa in pace.* Gott sei seiner Seele gnädig.«

VOV (EIERLIKÖR)

Rezept von Rosas Nonna

Der Eierlikör heißt in Italien *liquore all'uovo* – oder auch kurz Vov.
(Rezept für ca. 1 Liter)

ZUTATEN:

- 6 Eigelb
- 500 g Zucker
- 600 ml Milch
- 200 ml Marsala (Likörwein aus Sizilien)
- 200 ml hochprozentigen Grappa
- 2 Beutel Vanillezucker

ZUBEREITUNG:

1. Das Eigelb mit 250 g Zucker schaumig schlagen, bis eine helle Masse entsteht. Zur Seite stellen.
2. Die Milch mit dem restlichen Zucker und dem Vanillezucker kurz zum Kochen bringen, dabei die Milch immer rühren, damit keine Haut entsteht. Im kalten Wasserbad abkühlen lassen, bis alles lauwarm ist. Auch dabei immer wieder mal rühren.
3. Danach die Milch langsam zu der vorbereiteten Schaummasse geben. Marsala und Grappa hinzugeben und gut rühren.
4. In eine große Flasche füllen.

Am besten schmeckt der Eierlikör lauwarm oder im Espresso. Man kann ihn auch warm übers Eis geben.

Francesco verschränkt die Arme vor der Brust. »So, jetzt kennst du unsere Familiengeschichte.« Und lächelnd fügt er hinzu: »Du siehst, dass man keine vorschnellen Schlüsse ziehen sollte. Es gibt keinen Grund, auf Elena eifersüchtig zu sein.«

Oje, das hätte er jetzt nicht sagen müssen. In Gegenwart von Rosa und Elena. Wie schaue ich jetzt aus?

Mir kommt der Gedanke, dass ich diese Bloßstellung verdient haben könnte. Wäre gut möglich. Aber ich verdränge ihn gleich wieder. Jedenfalls fühle ich mich nicht wohl in meiner Haut. Ich frage mich, ob sich seine Bemerkung mit den »vorschnellen Schlüssen« allein auf seine Schwester bezogen hat. Oder meint er damit auch meinen Verdacht, seine Uhren könnten aus dem Einbruch beim Conte stammen?

Keine vorschnellen Schlüsse ziehen? Eigentlich ist es egal. Wir haben besprochen, unsere Beziehung zu beenden. Nach dem Besuch bei seiner Mutter würde er mich zurück zum Hotel bringen, hat er gesagt. Und danach müssten wir uns nie mehr wiedersehen.

Wie viel Averna oder Eierlikör muss man trinken, dass einem diese Vorstellung nicht auf den Magen schlägt? Oder bin ich zu sensibel? Ich denke an meine innere Stimme, die mir beim imaginären Münzwurf zugeflüstert hat, ich solle es darauf ankommen lassen. Eine Love Affair, auch wenn sie kein Happy End haben würde? Egal, Hauptsache Love Affair!

Aber dazu gehören zwei …

42

Oma Klara hat rote Bäckchen. Was darauf hindeutet, dass es beim Conte nicht nur Tee gegeben hat.

Sie zupft an meinem Ärmel. »Moniga-Schätzchen, ich hoffe, es geht dir so gut wie mir.«

Ich quäle mir ein Lächeln ab. »Freut mich, dass es dir gut geht«, gebe ich eine ausweichende Antwort.

Sie legt den Kopf zur Seite und blinzelt. »Ich bin nicht doof«, stellt sie fest.

»Warum sagst du das?«

»Weil ich merke, wenn du deine alte Oma hinters Licht führen möchtest.«

Ich schau sie unschuldig an. »Das würde ich nie wagen.«

»Papperlapapp. Nun sag schon, was ist passiert?«

Ich zögere. Schließlich muss sie nicht alles wissen. »Ich hab mich zum Idioten gemacht«, gebe ich dann zu.

»Ach, Schätzchen …« Sie tätschelt mir den Arm. »Das ist doch eine deiner leichtesten Übungen.«

Wie meint sie das? Als ob es mir Spaß machen würde, mich zu blamieren.

»Ich hatte Grund zur Annahme …«, beginne ich stockend.

»Ich glaub, du hast einen Vogel«, unterbricht sie mich. »Wie das schon klingt? *Ich hatte Grund zur Annahme*. Diktierst du einen Schriftsatz, oder willst du einfach sagen, was los ist? Hast du Ärger mit diesem … diesem …« Sie schnippt mit den Fingern. »Wie heißt doch gleich der gut aussehende Lackel mit der Vespa?«

»Francesco!«

»Sag ich doch. Also, gibt's Probleme mit ihm?«

»Ja, gibt es. Könnte sein, dass es vorbei ist.«

Sie zieht die Augenbrauen nach oben und macht einen spitzen Mund. »Oh, das wäre aber schade. Ihr habt doch noch gar nicht richtig angefangen.«

Haben wir schon, denke ich. Fragt sich, was Klara unter »richtig« versteht.

Sie reibt sich die Nase. »Was hat das damit zu tun, dass du dich zum Idioten gemacht hast?«

Von wegen, dass sich Klara nicht konzentrieren kann. Sie ist voll bei der Sache.

»Ich habe Francesco unterstellt, er hätte eine Freundin.«

»Na und? Wo ist das Problem? Was stört dich eine Freundin?«

Meint sie das ernst? Bin ich eine Spießerin?

»Sag bloß, dich würde es nicht stören, wenn dir der Conte eine Freundin verschweigt?«

»Mein Kindchen, das mit mir und Vico ist doch was völlig anderes«, lässt sie meinen Einwand nicht gelten. »Aber mir ist immer noch nicht klar, wie du dich zum Idioten gemacht hast.« Gerade will ich eine Antwort geben, da hebt sie den Zeigefinger. »Ach so, ich hab's. Francesco hat überhaupt keine Freundin, stimmt's?«

»Na ja, jedenfalls ist es nicht die Frau, mit der ich ihn gesehen habe.«

»Und du glaubst ihm? Mein Kindchen, du musst noch viel lernen. Männer lügen, dass sich die Balken biegen.«

»Die Frau, die ich im Verdacht hatte, ist seine Schwester.«

Klara bekommt einen Lachanfall. »Das ist die älteste Ausrede der Welt. Noch häufiger ist es eine Cousine.«

»In dem Fall stimmt's aber. Wir waren bei seiner Mutter, dort habe ich sie kennengelernt …«

»Die Mutter?«

»Ja, die auch, aber ebenso die Schwester. Sie heißt Elena …«

»Die Mutter?«

Hat sie das nicht gerade schon mal gefragt?

»Nein, die Mutter heißt Rosa. Francescos Schwester heißt Elena.«

»Sag's doch gleich.«

»Also, Elena ist wirklich seine Schwester beziehungsweise seine Halbschwester, aber eben nicht seine Freundin.«

Sie nickt. »Das habe ich verstanden. Aber dann ist doch alles in Ordnung. Kein Grund zur Eifersucht. Ihr könnt dort weitermachen, wo ihr aufgehört habt.«

Bei Klara hört sich das so einfach an. Sie ahnt ja nicht, was mir sonst so alles durch den Kopf geht.

»Wir treffen uns später und reden noch mal drüber.«

»Bravo. Aber ich würde nicht lange reden, sondern gleich …« Sie hüstelt verlegen. »Na ja, das musst du selber wissen.«

»Kann ich dich ganz was anderes fragen?«, wechsle ich das Thema. »Weiß man schon, wer beim Conte eingebrochen hat? Gibt's eine heiße Spur?«

»Nein, die Polizei tappt noch im Dunkeln. Vico ist nicht sehr optimistisch. Sobald er seine Weinberge verkauft hat, lässt er sich eine Alarmanlage einbauen.«

»Er verkauft seine Weinberge?«

»Habe ich dir doch erzählt.«

Hat sie das? »Ja, stimmt«, erinnere ich mich.

»Aber nur zwei, Vico hat ganz viele Weinberge, musst du wissen. Doch um diese zwei tut es ihm besonders leid. Weil von dort einer seiner Lieblingsweine herkommt. Ein … ein … jetzt fällt's mir nicht ein. Wir haben heute Nachmittag eine Flasche geöffnet …«

Aha, deshalb die roten Bäckchen.

»Ist ein Rotwein und hat ganz viel Alkohol. Ich glaube, er heißt Amore.«

Ich grüble. Amore? Noch nie gehört.

»Oder Marone, das kann auch sein.«

Amore, Marone? Ganz viel Alkohol? Jetzt weiß ich, welchen Wein sie meint. Ich habe ihn mit Francesco und seinen Freunden bei unserem Grillabend auf der Rocca getrunken. Und in Susannas altem Reiseführer steht, dass er was ganz Besonderes sei.

»Der Wein heißt Amarone«, sage ich.

»Amarone, richtig.« Sie strahlt. »Ich war ganz nah dran, stimmt's?«

Ja, das war sie.

»Morgen muss der Conte nach Verona, um den Notarvertrag zu unterschreiben.«

»Fährst du mit?«

»Nein, deshalb haben wir beide morgen frei.«

»Frei?«

»Genau, wir können tun und lassen, was wir wollen.«

Das kann ja heiter werden.

43

NOVEMBER 1998

München

Letzte Nacht hatte es geschneit. Susanna sah aus dem Fenster und beobachtete, wie draußen Klein-Moniga mit einer Freundin den ersten Schneemann des Winters baute. Vielleicht hatte sie in der Küche eine Karotte für die Nase? Doch Susanna fiel es schwer, den Blick von ihrer Tochter zu lösen. Es erfüllte sie mit großem Glück, ihr beim Spielen zuzusehen. Moniga war schon acht Jahre alt. Mein Gott, wie schnell die Zeit verging. Aus dem entzückenden Baby war ein hübsches, ausgelassenes Mädchen geworden. Sie selbst hatte in der Zeit ihr Studium abgeschlossen und war schon bald nach München zurückgekehrt. Sie arbeitete als Anwältin für eine gemeinnützige Organisation und kümmerte sich dort um die Rechte benachteiligter Menschen. Nebenher engagierte sie sich im Umweltschutz. Es war also alles nach Plan gelaufen, so wie sie sich das vorgestellt hatte. Manches Mal dachte sie zurück an ihre Gewissensnöte, als sie 1989 von ihrer Schwangerschaft erfahren hatte. Damals hatte sie es sich wirklich nicht leicht gemacht. Aber im Rückblick hatte sie die richtige Entscheidung getroffen, daran zweifelte sie keinen Augenblick.

Susanna hielt kurz inne. Keinen Augenblick? Es gab Nächte, da konnte sie nicht schlafen. In denen konnte es schon mal passieren, dass sie darüber nachdachte, wie alles auch hätte anders laufen können. Es hätte völlig genügt, Roberto von seiner Vaterschaft in Kenntnis zu setzen. Wie hätte er reagiert? Auf jeden Fall so, dass sie jetzt nicht hier stehen würde, mit einem abgeschlossenen Jurastudium, mit einer beruflichen Tätigkeit, die weitgehend ihren Vorstellungen entsprach – und mit einem Verdienst, der sie auf eigenen Beinen stehen ließ. Sie musste sich bei niemandem bedanken, höchstens bei ihrer Mutter Klara, die sie bis vor Kurzem finanziell unterstützt hatte. Aber sonst bei niemandem. Vor allem bei keinem Mann. Wann war eine Frau emanzipiert? Sobald sie genau dies sagen konnte!

Susanna beobachtete Moniga, wie sie mit ihrer Freundin den Schneemann in Form brachte. Sie lachte und machte Blödsinn. Vermisste sie einen Vater? Wozu? Den Schneemann brachte sie auch ohne ihn zustande. Sie fragte auch nie nach ihrem Vater. Für Moniga war es völlig normal, dass sie nur eine Mutter hatte. Und eine schillernde Großmutter namens Klara, die mal da war und dann wieder weg.

Im Rückblick fand es Susanna wichtig, dass sie Berlin schon nach wenigen Semestern verlassen hatte, um in München fertig zu studieren. Anderenfalls hätte sich Moniga noch an Lars gewöhnt. Doch dazu war es nicht gekommen. Lars war mit Petra durchgebrannt. Mit dem Rucksack um die Welt. Die grenzenlose Freiheit auskostend. Eine Freiheit, die er vor dem 9. November 1989 nicht gekannt hatte.

Für einen Moment erinnerte sie sich an den Mauerfall, den sie in Berlin miterlebt hatte. Sie war mit Moniga schwanger geworden, da hatte kaum einer an die Wiedervereinigung geglaubt. Und als Moniga auf die Welt kam, da existierte die Mauer schon nicht mehr. Sie wünschte sich von ganzem Herzen, dass es in Monigas Leben keine unüberwindbaren Mauern geben würde. Nicht nur solche aus Stein und Beton, sondern auch im übertragenen Sinne. Mauern, die ihren Wünschen und Sehnsüchten im Wege standen.

Moniga musste lernen, dass auch Utopien wahr werden konnten. Im Großen und im Kleinen. Man musste nur daran glauben.

Der Schneemann war fast fertig. Jetzt fehlte nur noch die Nase. Susanna hauchte Moniga durch die Scheibe einen Kuss zu, ging dann in die Küche und holte die größte Karotte, die sie finden konnte. Und aus dem Schrank einen dicken Schal. Schließlich sollte der Schneemann nicht frieren. Und sie nahm einen Fotoapparat zur Hand. Den Augenblick wollte sie festhalten.

44

Francesco hat einige Windlichter angezündet. Wir sitzen auf seiner Terrasse – und waren schon mal redseliger. Oder wir hätten gekuschelt. Aber damit müsste einer anfangen. Also sitzen wir uns gegenüber, fast wie Bruder und Schwester. Obwohl … mit seiner Schwester hat er sich am Lungolago so fest umarmt, dass ich auf ganz andere Gedanken gekommen bin.

Ich denke an meinen virtuellen Münzwurf. Und an das Ergebnis. An meinen Sehnsüchten hat sich nichts geändert. Aber ich zweifle, ob es diese Option noch gibt.

Unvermittelt reicht er mir ein Blatt Papier. »Hier, das Rezept fürs Tiramisù von meiner Mutter.«

»Danke«, sage ich etwas verdattert. Denn ans Tiramisù habe ich gerade als Letztes gedacht.

Aus Höflichkeit überfliege ich das Rezept. Genau kann ich es sowieso nicht lesen, weil das Licht zu schlecht ist. Außerdem bin ich nicht bei der Sache.

Er sieht mich eine Weile an. »Wie soll's jetzt weitergehen?«, fragt er schließlich.

Meint er den Abend? Nein, meint er nicht.

»Mit uns?«, frage ich.

»Mit wem sonst?«

Ich überlege, wie ich seine Frage zu verstehen habe. Vor wenigen Stunden erst haben wir beschlossen, einen Schlussstrich zu ziehen. Ich habe es provoziert, er hat es vorgeschlagen, wir

TIRAMISÙ

Rezept von Francescos Mutter Rosa

ZUTATEN:

- 6 Eier
- 6 EL Zucker
- 1 Vanilleschote (oder eine Packung Vanillezucker)
- 1 Zitrone (unbehandelt)
- Löffelbiskuits
- 750 g Mascarpone
- 2 große Tassen Espresso
- Marsala (Likörwein aus Sizilien) oder Kaffeelikör
- Kakaopulver

ZUBEREITUNG:

1. Eigelb mit Zucker schaumig schlagen, Mascarpone unterziehen und das Mark einer Vanilleschote einrühren.
2. Die Schale einer halben Zitrone abreiben und dazugeben.
3. Den Boden einer Auflaufform mit Löffelbiskuits auslegen, diese mit kaltem Espresso und Marsala tränken. Darauf kommt ein Teil der vorbereiteten Mascarpone-Creme. Diese glatt streichen und wieder mit einer Lage Löffelbiskuits belegen, Espresso, Marsala … Mehrmals wiederholen.
4. Zum Abschluss erneut Mascarpone-Creme.
5. Einige Stunden in den Kühlschrank stellen und erst vor dem Servieren mit Kakaopulver bestreuen.

beide haben es entschieden. Vielleicht ist der Schlussstrich nur mit Bleistift gezogen, und man kann ihn wieder ausradieren. Würde er sonst fragen, wie es mit uns weitergehen soll? Ich könnte ja einen Anfang machen und mich entschuldigen. Doch dazu müsste ich gegen meine Prinzipien verstoßen. Wenn Frauen erst mal anfangen, sich bei Männern zu entschuldigen, haben sie schon verloren. Grober strategischer Fehler. Grundsätzlich müssen sich die Männer entschuldigen, nicht umgekehrt.

Ich suche nach einer akzeptablen Kompromissformel. »Tut mir leid«, sage ich schließlich.

Weil jeder Zusammenhang fehlt, runzelt Francesco fragend die Stirn. »Was … konkret tut dir leid?«

Ich räuspere mich verlegen. »Dass ich deine Schwester Elena für deine Freundin gehalten habe.« Im Kerzenlicht erkenne ich ein Lächeln in seinem Gesicht.

»Hätte ja sein können«, räumt er ein.

Okay, er hat meine indirekte Entschuldigung ebenso indirekt akzeptiert. Darauf lässt sich aufbauen.

»Elena ist sehr nett«, stelle ich fest.

»Ja, das ist sie. Tommaso hat ein Riesenglück mit ihr. Hoffentlich versemmelt er es nicht.«

Versemmelt? Er kann wirklich gut Deutsch.

»Das hast du mit deinem Freund Tommaso gemeinsam …«

»Was?«

»Mit *mir* hattest du auch ein Riesenglück!«

Okay, das war jetzt etwas dick aufgetragen. Prompt beginnt er breit zu grinsen.

»Du hast ein gesundes Selbstbewusstsein.«

Ich zucke mit den Schultern. »Na klar, du doch auch.«

»Und jetzt meinst du, wir sollten dieses *Riesenglück* nicht versemmeln?«

Ich hatte zwar nur ihn im Auge, jetzt spricht er von uns beiden. Da ich mit meiner Eifersucht an der aktuellen Situation nicht ganz unschuldig bin, muss ich das akzeptieren.

»Tja, das ist mir gerade durch den Kopf gegangen.«

»Was schlägst du also vor?«

»Wir könnten es noch mal miteinander probieren.«

So, jetzt ist es raus. Das war ein doppelter Sprung über meinen eigenen Schatten.

Er wartet mit seiner Antwort. Wahrscheinlich, um mich zappeln zu lassen. Das ist zwar gemein, würde ich aber genauso machen.

»Keine schlechte Idee«, sagt er schließlich.

Weil die Kerzen gerade flackern, kann ich nicht erkennen, ob er dabei nur schmunzelt oder wieder sein freches Grinsen aufgesetzt hat.

»Aber du musst mir vertrauen«, fügt er noch hinzu. »Auch was die Uhren betrifft. Ich bin kein Einbrecher.«

Wenn das nur so einfach wäre. Aber ich will's versuchen.

»Ist Elena dein Alibi?«, frage ich.

»Nein, ist sie nicht. Aber genau das ist der Punkt. Ich möchte, dass du mir einfach vertraust. Das muss reichen.«

Okay, okay … nach seinem Alibi zu fragen war das Gegenteil eines Vertrauensbeweises.

»Alles klar. Kein Wort mehr darüber.« Ich denke, dass wir ganz schön bescheuert sind. Wir reden über unsere Liebesbeziehung wie über eine geschäftliche Vereinbarung. Wo bleibt die Leidenschaft? Wo bleiben die Emotionen? »Können wir das besiegeln?«, frage ich.

»Wie stellst du dir das vor?«

»Du öffnest eine Flasche Wein, und wir stoßen darauf an.«

Er steht auf und gibt mir einen Kuss.

»Warte, ich bin gleich wieder da.«

»Ja, ich warte. Aber nicht hier. Du findest mich im Schlafzimmer.«

45

Ich fühle mich wie auf Wolke sieben. Im Englischen wird mein Glücksgefühl mit »cloud nine« umschrieben. Das verstehe, wer will. Keine Ahnung, welche Nummer die Italiener dieser Wolke geben. Ist ja auch egal, Hauptsache, sie schwebt hoch und segelt rosarot über alle irdischen Probleme hinweg. So wie am heutigen Morgen. Um ehrlich zu sein, hätte ich nicht gedacht, dass das mit Francesco noch was werden würde. Nach meiner Unterstellung, er habe eine Freundin. Und dem Verdacht mit den geklauten Uhren. Aber er hat mir vergeben, das weiß ich definitiv … nach der letzten Nacht. Ich leiste auch meinen Beitrag: Ich habe mir vorgenommen, ihm in Zukunft mehr zu vertrauen. Obwohl ich schon jetzt weiß, dass mir das nicht leichtfallen wird. Aber ich will's versuchen.

Klara schnippt mit den Fingern. »Moniga-Schätzchen, wo bist du mit deinen Gedanken?«

Das würde sie wohl gerne wissen. Aber ich werde es ihr nicht verraten.

»Ich überlege mir, was wir heute unternehmen«, schwindle ich.

Sie sieht mich zweifelnd an. »Glaub ich nicht. Dabei würdest du nicht so selig lächeln.«

»Warum nicht? Ich freue mich auf unseren Tag.«

»Aber lieber wärst du mit Francesco zusammen. Habe ich recht?«

Hat sie? Wahrscheinlich schon.

»Er hat heute keine Zeit.«

»Mein Vico auch nicht.«

»Ich weiß, er muss nach Verona zum Notar.«

Klara legt den Kopf zur Seite und schmunzelt. »Ihr habt euch versöhnt, gib's zu!«

Warum soll sie es nicht wissen? Ich nicke. »Ja, sieht ganz so aus.«

»Das freut mich. Hast du meinen Rat beherzigt?«

Welchen Rat? Ach so, nicht lange zu reden, sondern gleich … Fast werde ich rot.

»Kein Kommentar.«

Sie kichert. »Gut, gut, ich hab verstanden.«

Ich verdecke mit den Händen meine Augen, als ob es mir peinlich wäre. Was natürlich nicht der Fall ist. Aber es gibt Themen, die möchte ich mit Oma Klara nicht vertiefen.

»Also, was hast du dir für den heutigen Tag überlegt?«

Das war gemein. Sie weiß genau, dass ich daran noch keinen Gedanken verschwendet habe. Aber ich bin gut im Improvisieren.

»Wir könnten nach Valeggio sul Mincio fahren, da soll es die besten Tortellini geben. Sie werden dort ›Liebesknoten‹ genannt.«

»Wirklich? Klingt lustig. Wo ist dieses Valdingsbums … auf der Minze?«

»Valeggio sul Mincio«, wiederhole ich. »Südlich vom Gardasee, Richtung Mantua.«

»Nein, das ist mir zu weit. Da können wir ja gleich nach Venedig fahren.«

»Auch eine Idee.«

»Papperlapapp.«

Jetzt bin ich tatsächlich ratlos. Warum sich nicht einfach in den Garten legen, auf den See schauen und vor sich hin dösen?

Aber dafür ist meine Oma zu agil. Jedenfalls zu dieser Tageszeit. Da hat sie mir schon mal eine Abfuhr erteilt. Ich kann mich noch an ihre Worte erinnern: Dumm rumsitzen kann ich, wenn ich tot bin. Na ja, mit dem Sitzen wird es dann schwierig.

»Moniga-Schätzchen, wenn *dir* nichts einfällt, mach *ich* einen Vorschlag.«

Nun bin ich aber gespannt.

Klara nimmt ihre Handtasche und beginnt in ihr herumzukramen. Sucht sie mal wieder ihre Puderdose?

»Ha, gefunden!« Triumphierend hebt sie eine Visitenkarte in die Höhe.

Mir fällt ein, dass sie sich ein Tattoo stechen lassen wollte. Hat sie sich von Riccardo eine Adresse geben lassen? Bitte nicht!

»Erinnerst du dich an den netten Herrn, der meine Brieftasche gefunden hat?«

»In Moniga del Garda? Der mit dem Strohhut?«

»Genau, meine liebe Moniga. Dieser freundliche Signore hat mir, während du uns kurz alleine gelassen hast, seine Visitenkarte gegeben.«

Fast empört schaue ich sie an. »Ist nicht dein Ernst? Kaum hat der Conte keine Zeit für dich, willst du dich mit einem anderen Mann treffen.«

»Wo denkst du hin, natürlich nicht. Im Übrigen ist er, wie du mir schon unter die Nase gerieben hast, ein wenig zu jung für mich.«

Ein wenig? Das ist stark untertrieben.

»Wenn du dich mit ihm nicht treffen willst, warum zeigst du mir dann seine Visitenkarte?«

»Weil er eine Trattoria hat, deshalb.«

»Verstehe ich nicht.«

»Dort könnten wir zu Mittag essen. Das wäre mein Vorschlag.«

»In Moniga del Garda? Da ist ja Valeggio näher.«

»Moniga-Schätzchen, du bist wieder mal etwas begriffsstutzig …«

Das hat sie mir schon häufiger vorgeworfen. Ich weiß nicht, ob ich lachen oder weinen soll.

»Schau doch mal auf die Adresse, mein Kleines. Seine Trattoria muss ganz in der Nähe sein. Das hat er jedenfalls behauptet, als ich ihm von unserem Hotel in Torri erzählt habe.«

Aha, hat sie also schon wieder unser Hotel ausgeplaudert. Wie bei Francesco. Im Rückblick war das aber kein Fehler gewesen, das muss ich ihr zugutehalten. Ich nehme die Visitenkarte. Tatsächlich, die Trattoria befindet sich in Bardolino. Das ist der Ort, von dem Klara meinte, ich hätte ihn mit dem gleichnamigen Wein verwechselt. Er kommt gleich hinter Garda, noch vor Lazise. Bislang sind wir an Bardolino immer vorbeigefahren.

»Ja, ist nicht weit«, bestätige ich.

»Na also, dann fahren wir hin und schauen, ob es uns dort gefällt. Wie war doch gleich der Name von dem netten Herrn?«

Ich finde ihn auf der Visitenkarte unter *Trattoria La Luce*.

»Righetti«, sage ich.

Klara klopft sich an die Stirn. »Genau, jetzt erinnere ich mich. Righetti wie Spaghetti, das war meine Eselsbrücke.«

Mir fällt ein, dass es auch Rigatoni gibt. So könnte man sich den Namen ebenfalls merken. Meine Mutter Susanna hat gerne *Rigatoni al forno* gemacht, einen Nudelauflauf mit Tomaten und Mozzarella. Als Kind habe ich ihn geliebt.

Klara schaut auf die Uhr. »Ist noch zu früh zum Mittagessen, oder?«

»Ja, ist es. Aber wir könnten zuvor in Bardolino spazieren gehen.«

»Bardolino? Was willst du denn dort?«

»Omilein, so heißt der Ort, in dem die Trattoria ist.«

»Sag's doch gleich. Kann man sich auch leicht merken.«

46

Zwei Stunden später laufen wir durch Bardolino. Oma Klara gefällt es hier. Besonders hat es ihr die große Piazza vor der Kirche Santi Nicolo e Severo angetan. Wohl vor allem deshalb, weil wir in einem Café Pause machen und Cappuccino trinken. Während Klara die Passanten beobachtet, checke ich meine Mails und WhatsApp-Nachrichten. Nichts Wichtiges, kann ich alles löschen. Ich bin ein leidenschaftlicher Löscher. Eine Textnachricht aber behalte ich. Sozusagen als Beweis. Denn Francesco gesteht mir, dass er mich … Der genaue Wortlaut ist zu privat, als dass ich ihn wiedergeben möchte. Aber er zaubert mir ein Lächeln ins Gesicht.

»Kindchen, jetzt habe ich Hunger«, reißt mich Klara aus meinen Gedanken.

Einverstanden. Ich auch.

»Gut, dann suchen wir mal die Trattoria von diesem Herrn Spaghetti«, sage ich im Scherz.

»Righetti«, korrigiert mich Klara. »Du musst dich besser konzentrieren.«

Ich liebe diese Reaktionen. Dafür könnte ich sie knutschen.

Wir müssen auch nicht lange suchen, denn natürlich habe ich zuvor ausgekundschaftet, wo sich die *Trattoria La Luce* befindet. Keine fünf Minuten von hier.

Dort angekommen, stelle ich fest, dass wir besser einen Tisch reserviert hätten. Righettis Lokal ist bumsvoll. Aber wir haben Glück und ergattern noch einen Ecktisch auf der Terrasse.

Beim Bestellen folgen wir den Tagesempfehlungen des Obers: Zum Auftakt teilen wir uns eine Portion *Antipasto misto di pesce di lago,* also eine gemischte Vorspeise von Fischen aus dem See. Danach *Risotto alla tinca,* wobei *tinca* wohl eine Schleie ist. Und schließlich *Sogliola* für Klara. Sie mag Seezunge, das weiß ich. Und für mich *Scampi.* Da haben wir also einiges vor.

Ach so, und zu trinken bestellen wir natürlich auch. Neben einem stillen Mineralwasser, das Klara für entbehrlich hält, eine Flasche Chiaretto – an den Rosé haben wir uns in den letzten Tagen gewöhnt.

Klara drängelt mich, nach Righetti zu fragen. Wie sich herausstellt, steht er in der Küche am Herd. Wir lassen Grüße ausrichten, von den beiden Damen aus Moniga del Garda.

Es dauert nicht lange, da kommt er zu uns an den Tisch. Heute ohne Strohhut, dafür mit Kochschürze und in karierten Hosen. Steht ihm aber auch, er sieht nett aus. Und er scheint sich echt über unseren Besuch zu freuen. Er habe nicht gedacht, dass wir wirklich in seiner Trattoria vorbeischauen. Leider müsse er gleich zurück in die Küche, aber wenn wir etwas länger blieben, könnten wir uns hinterher zusammensetzen und noch ein Gläschen miteinander trinken. Klara ist entzückt und verspricht, dass wir uns Zeit lassen. Ich denke, dass ich hier nicht den ganzen Nachmittag verbringen möchte. Aber hetzen müssen wir uns auch nicht.

Minuten später werden uns zwei Gläser Prosecco serviert. Mit besten Empfehlungen vom *Padrone.* Damit hat er Klara endgültig für sich eingenommen. Wir werden wohl doch bleiben müssen, bis er in der Küche fertig ist.

Nach der Seezunge und den Scampi sind wir uns einig, dass wir ganz ausgezeichnet gegessen haben. Klara meint sogar, dass es ihr bislang nirgendwo so gut geschmeckt habe. Ich muss lächeln. Ihr Conte und seine Köchin dürften das nicht hören. Eigentlich schaffen wir kein Dessert mehr. Aber Righetti hat für uns noch keine Zeit – und ein Mittagessen ohne *Dolci* ist nicht komplett. Also bitte ich unseren Ober um die Dessertkarte. Klara und ich können uns ja eine Nachspeise teilen.

Ich bin wohlig entspannt, als ich einen Blick auf die *Dolci* werfe. Die Auswahl ist groß. *Panna cotta, Zuppa inglese* … Hier gibt's sogar eine *Torta al limone,* endlich …

Ich lese weiter – und erstarre. Ich höre auf zu atmen. Mein Herz bleibt stehen.

Denn die *Torta al limone* trägt einen Zusatz. Komplett heißt sie: *Torta al limone alla Susanna!*

»Was ist mit dir, mein Schatz? Geht's dir nicht gut?«

Besorgt ergreift Klara meine Hand. Ich bin zu keiner Reaktion fähig. Wie paralysiert stiere ich auf die *Torta al limone,* die nach meiner Mutter benannt ist.

»Hallo, Kleines. Alles in Ordnung?«

Klara rüttelt mich. Langsam komme ich wieder zu mir.

»Entschuldigung, es ist alles gut«, murmle ich.

»Du schaust aber nicht so aus.«

»Doch, doch …«

»Sag schon, was ist passiert?«

Ich hebe meinen Blick und schaue Klara in die Augen. »Weiß auch nicht …« Ich halte den Ober fest, der gerade vorbeikommt. »Die *Torta al limone?* Warum heißt sie *alla Susanna?*«, frage ich mit bebender Stimme.

»Keine Ahnung, sie heißt schon immer so. Darf ich Ihnen eine bringen?«

»Ja, machen Sie das«, sage ich leise. »Bitte zwei Portionen.«

Wieder greift Klara nach meiner Hand.

»Ich hab das gerade nicht kapiert. Was hat die *Torta al limone* mit Susanna zu tun?«

»Das würde ich auch gerne wissen«, flüstere ich.

»Bitte sprich lauter.«

Ich deute auf die Dessertkarte. »Hier gibt's eine *Torta al limone …*«

»So viel habe ich verstanden.«

»… mit dem Zusatz *alla Susanna!*«

Sie sieht mich mit aufgerissenen Augen an. »Ist nicht wahr, das bildest du dir ein.«

»So steht es hier, schwarz auf weiß.«

»Mein Schätzchen, das muss ein Zufall sein.«

Ist mir auch schon durch den Kopf gegangen. Aber die Wahrscheinlichkeit ist so groß, wie in der Badewanne von einem Meteoriten getroffen zu werden. *Spaghetti alla Susanna …* okay, da hätte ich mich auch gewundert. Aber ausgerechnet ihre geliebte *Torta al limone …* Nein, den Zufall gibt es nicht.

»Kann ich mir nicht vorstellen«, gebe ich zur Antwort.

Klara zupft sich an ihren Ohrläppchen.

»Mir fällt keine vernünftige Erklärung ein«, stellt sie nach einer Weile fest.

Mir schon, denke ich. Zwar keine vernünftige, aber immerhin eine mögliche. Über die Konsequenzen bin ich mir nicht im Klaren.

»Warten wir mal ab, wie sie schmeckt«, sage ich.

Es dauert nicht lange, schon werden uns die Dessertteller hingestellt. Nun ja, man muss die *Torta al limone* nur aus dem Kühlschrank nehmen. Nach dem Originalrezept meiner Mutter gehört auf die *Torta* noch ein großes Herz aus Puderzucker. Ob das hier der Fall ist, kann ich auf unseren Ecken nicht erkennen. Ich koste ganz vorsichtig von der obersten Schicht. Fein gestoßene Cantuccini … Mir kommen fast die Tränen. Ich nehme ein Stück von der *Torta,* führe es zu meiner Nase, schließe die Augen … und fühle mich in meine Kindheit zurückversetzt. Dann lasse ich die Zitronentarte im Mund zergehen. Genial, einfach genial … wie von Susanna selbst gemacht.

47

AUGUST 2014

München

Heute Nachmittag war Susanna mit Freunden in einem Biergarten verabredet. Es war ein herrlicher Sommertag, und sie freute sich darauf. Ihre Tochter Moniga wollte ursprünglich mitkommen, war dann aber mit einem Bekannten an den Starnberger See zum Segeln gefahren. Susanna war ihr nicht böse, im Gegenteil freute sie sich, dass es Moniga gut ging. Sie gönnte ihr jeden Spaß der Welt. Sie hatten eine supergute Beziehung und sahen sich häufig. Sie konnte sich also nicht beklagen. Sie kannte nicht viele Mütter, die sich mit ihren Töchtern so gut verstanden. Eigentlich kannte sie keine einzige.

Gestern erst hatte Susanna in einem Karton mit Erinnerungen gekramt. Dabei war ihr ein Bild von Moniga in die Hände gefallen, auf dem sie acht Jahre alt war – neben einem Schneemann, der größer war als sie selbst. Susanna konnte sich noch gut erinnern, wie sie dieses Foto aufgenommen hatte. Den Schal, den der Schneemann um den Hals trug, den hatte sie noch heute. Schon damals war Moniga voller Lebensfreude gewesen. Die unbeschwerte Leichtigkeit hatte sie sich bis heute bewahrt. Mittlerweile war Moniga vierundzwanzig Jahre alt und schaffte es, trotz eines abgebrochenen BWL-Studiums auf eigenen Beinen zu stehen. Es war Susanna ein Rätsel, wie ihrer Tochter das gelang. Denn in schöner Regelmäßigkeit schmiss Moniga einen Job hin – und hatte gleich wieder einen neuen. Gerade arbeitete sie in einer Werbeagentur. Nicht ihre erste und bestimmt nicht ihre letzte. Mit den Männern verhielt es sich ähnlich. Auch von diesen trennte sich Moniga in schöner Regelmäßigkeit – und hatte auch gleich wieder einen neuen. Was Susanna weniger wunderte als ihr Glück bei der Jobsuche, denn Moniga hatte sich zu einer superattraktiven jungen Frau gemausert, die den Männern nach Belieben den Kopf verdrehte.

Susanna hatte also allen Grund, auf ihre Tochter stolz zu sein. Und das war sie auch. Denn sie hatte Moniga alleine großgezogen. Das Ergebnis war also ganz alleine ihr Verdienst. Das würde sie so natürlich nie aussprechen, weil das überheblich klang und Widerspruch provozierte, aber denken durfte sie es. Sie war davon überzeugt. Mit einer Einschränkung: Moniga hatte Erbanlagen, die ganz sicher nicht von ihr, sondern von ihrem Vater stammten. Während sie selbst alles kühl kalkulierte und vor einer Entscheidung mögliche Risiken in Betracht zog, handelte Moniga spontan und scheinbar unüberlegt. Was nicht bedeutete, dass sie alles falsch machte. Ganz im Gegenteil. Halt nur anders. Moniga war ein Temperamentsbündel, sie selbst dagegen nach Einschätzung ihrer Tochter eine »Spaßbremse«. Doch so war sie nun mal, das konnte sie nicht ändern. Aber ihren Spaß hatte sie trotzdem – auch wenn das ihre Tochter nicht immer glauben wollte.

Sogar mit den Männern hatte sie kein wirkliches Problem, nur hatte sie bis heute keinen gefunden, mit dem sie zusammenleben wollte. Warum auch? Es ging auch so.

Wieder dachte Susanna an den Karton, in dem sie gestern gestöbert hatte. Sie hatte die Keramikvase wiedergefunden, die ihr Roberto im Sommer 1989 geschenkt hatte. Mit dem Griff, der aussah wie ein Delfin. Sie hatte die Vase lange in den Händen gehalten und sich ihren Erinnerungen hingegeben. Um sie dann wieder in Papier zu wickeln und zurückzulegen. Auch hatte sie zum hundertsten Mal den Brief gelesen, den ihr Roberto im November 1989 geschrieben und in ihrer Münchner Studentenbude hinterlegt hatte. »Carissima Susanna …« Wie immer war ihr dabei schwer ums Herz geworden. Was brachte es, hatte sie sich überlegt, diesen Brief aufzubewahren? Er belastete ihre Seele. Und Moniga durfte ihn nie zu Gesicht bekommen. Dies alles berücksichtigend, hatte sie einen Entschluss gefasst, den sie schon lange in Erwägung gezogen hatte. Sie hatte eine Kerze angezündet – und den Brief verbrannt. Und die aus dem Reiseführer gerissene Seite über den Ort Moniga del Garda gleich mit.

Susanna sah auf die Uhr. Bald musste sie zu ihrer Verabredung im Biergarten aufbrechen. Das traf sich gut, denn so konnte sie nicht länger darüber nachdenken, ob das gestern ein Fehler gewesen war. Nein, das war es nicht. Die Zeilen des Briefes hatte sie im Kopf und im Herzen, sie würde sie nie vergessen.

Mit der Hand schlug sie nach einer Wespe, die um ihren Kopf kreiste. In diesem Jahr gab es ganz besonders viele Wespen. Sie wusste, dass es falsch war, wild herumzufuchteln. Aber sie hatte panische Angst vor Wespen und Bienen.

Zwei Stunden später kam es im Münchner Biergarten am Chinesischen Turm zu einem tragischen Ereignis. Während Moniga auf dem Starnberger See mit einem Freund segelte, glücklich und ausgelassen, führte Susanna ihren Bierkrug zum Mund – kam aber nicht mehr dazu, einen Schluck zu nehmen. Eine Wespe hatte sich verirrt, war ihr in den Rachen geraten und stach zu. Susanna ließ den Bierkrug fallen und langte sich an den Hals. Es dauerte nur Sekunden, sie schnappte nach Luft, ihr Gesicht lief rot an, ihr Herz begann zu rasen …

Die allergische Reaktion kam zu schnell und der herbeigerufene Notarzt zu spät. Er konnte nur noch Susannas Tod feststellen. Sie hatte einen anaphylaktischen Schock erlitten.

Als Moniga vom Tod ihrer Mutter erfuhr, brach für sie eine Welt zusammen. Abgesehen von Oma Klara hatte sie ja nur Susanna, sie hatte keine Geschwister – und keinen Vater. Zum ersten Mal wünschte sie sich, einen zu haben …

48

Die *Torta al limone* habe ich aufgegessen. Bis auf den letzten Krümel. Jetzt hält es mich nicht länger auf dem Stuhl. Ich muss in die Küche und mit Righetti sprechen. Ich habe so viele Fragen.

Vorher gieße ich Klara noch den Rest vom Chiaretto ein. Dann entschuldige ich mich.

Für Gäste ist der Zutritt verboten, doch darüber setze ich mich hinweg.

Righetti verräumt gerade einige Pfannen. Er sieht mich überrascht an. »Signorina, hat es Ihnen nicht geschmeckt? Oder müssen Sie schon gehen?«

»Doch, doch … es hat alles supergut geschmeckt. Vor allem die *Torta al limone*.«

Er lächelt. »Das freut mich.«

»Woher haben Sie das Rezept?«, frage ich ganz direkt. »Und warum ist die Zitronentarte nach einer Susanna benannt?«

Righetti nimmt bedächtig die Schürze ab. Dabei macht er ein seltsames Gesicht. Ist ihm die Frage unangenehm? Oder was ist los?

»Warum interessiert Sie das?«, will er wissen.

»Das ist eine lange Geschichte …«, antworte ich.

Er nickt. »O ja, das ist es«, sagt er leise.

»Ich habe Zeit.«

Er sieht mich zweifelnd an. Dann gibt er sich einen Ruck. »*Allora,* in fünf Minuten komme ich zu Ihnen an den Tisch. Dann können wir uns unterhalten.«

Fünf Minuten? Mir fällt es schwer, mich so lange zu gedulden.

Nach einer gefühlten Ewigkeit kommt er endlich – wahrscheinlich waren es weniger als fünf Minuten. Oma Klara hat ihren Chiaretto ausgetrunken. Da passt es, dass Righetti eine Flasche Limoncello mitbringt.

Ich habe den Eindruck, dass Klara den *Padrone* bald so nett findet wie ihren Conte. Zur Begrüßung einen Prosecco auf Kosten des Hauses und jetzt ihren geliebten Zitronenlikör ... so erobert man ihr Herz.

Er setzt sich zu uns an den Tisch.

»Ich habe über Ihre Frage nachgedacht«, sagt er nach einer Weile. »Um ehrlich zu sein, würde ich nicht so gerne darauf antworten. Warum die *Torta* nach einer Susanna benannt ist, weiß außer mir niemand. Und dabei würde ich es gerne belassen.«

Ich schlucke. Mit einer Absage habe ich nicht gerechnet.

»Dennoch interessiert mich Ihre Neugier«, fährt er fort.

Mir gefällt sein leises Lächeln. Auch mag ich seine Augen.

»Ich kenne das Rezept für diese *Torta al limone*«, antworte ich. »Bis hin zu den gestoßenen Cantuccini obendrauf. Das ist sehr ungewöhnlich.«

»O ja, das gibt der *Torta* eine besondere Note. Dennoch glaube ich nicht ...«

»Eigentlich«, unterbreche ich ihn, »müssten Sie die *Torta* mit einem großen Herz aus Puderzucker garnieren. Dann wäre sie perfekt.«

Righetti ist seine Fassungslosigkeit anzusehen.

»Woher ... woher wissen Sie ...?«, stottert er.

»Weil das Rezept von meiner Mutter stammt. Sie hieß Susanna.« So, jetzt war es raus.

Righetti schaut völlig konsterniert. »Ihre Mutter hieß Susanna, wirklich?«

Klara nickt. »Das kann ich bestätigen. Susanna war schließlich meine Tochter.«

Er fährt sich mit der Hand über die Augen. »Warum sprechen Sie in der Vergangenheitsform? Lebt sie nicht mehr?«

»Leider nein, sie ist vor fünf Jahren gestorben.«

»Gestorben? Mein Gott, das tut mir leid.«

Mir ist nicht klar, ob er uns damit gerade kondoliert oder ob er seine persönliche Bestürzung zum Ausdruck bringt.

»Haben Sie ein Foto Ihrer Mutter?«, fragt er mich.

Natürlich habe ich eines, sogar als Startbild auf meinem Smartphone. Sie lächelt mich immer an, wenn ich es zur Hand nehme. Ich zeige ihm Susannas Bild.

Righetti nimmt das Handy und schaut sich das Foto an. Er scheint uns vergessen zu haben. Er schaut es sich ganz lange an. Fast intim. Ich bekomme eine Gänsehaut.

»Kannten Sie meine Mutter?«, frage ich.

Er gibt mir mein Handy zurück und nickt. »Ja, ich kannte sie, ist aber lange her.«

»Ungefähr dreißig Jahre, kann das sein?«

»August 1989 …« Sein Blick schweift in die Ferne. »Sie haben recht, das sind bereits dreißig Jahre.«

»Ich hab noch ein Foto«, sage ich und zeige ihm das Bild der kleinen Keramikvase mit den bunten Fischchen und dem Griff wie ein Delfin.

»Mein Gott, die habe ich schon fast vergessen …«

Er streicht die Haare zurück. Erst jetzt entdecke ich, dass er auf der Stirn ein Muttermal hat. Das kenne ich, ich habe es auch.

Ich kämpfe mit den Tränen. Alles passt, ich habe keine Zweifel mehr, vor mir sitzt …

Er sieht mich eindringlich an. »Darf ich fragen, wie alt Sie sind?«

»Geboren bin ich im Mai 1990. Und um gleich Ihre nächste Frage zu beantworten: Ich weiß nicht, wer mein Vater ist, meine Mutter hat es mir nie verraten.«

»*Dio mio … non è possibile …?*«

Der arme Righetti, er ist mit den Nerven am Ende.

»Ich heiße übrigens Moniga.«

»Moniga? *Non è vero?*«

»So wie Moniga del Garda«, ergänze ich.

»*Susanna, Susanna … Perché non mi hai detto?*« Zitternd greift er nach meinen Händen. »Moniga, ich bin der Roberto.«

49

Klara ist die Erste, die es ausspricht. »Jetzt gib dem Roberto einen Kuss. So wie es aussieht, ist er dein Vater.«

Ich schaue Roberto in die Augen. Wir stehen beide auf, zögern – dann umarmen wir uns. Immer fester. Beide müssen wir schluchzen. Ich hasse solche Sentimentalitäten. Aber gerade geht es nicht anders. Ich habe meinen Vater gefunden. Er heißt Roberto. Und es fühlt sich gut an.

Wir brauchen eine Weile, bis wir unsere Gefühle wieder im Griff haben. Roberto und ich. Nur Oma Klara gibt sich ganz cool.

»Signor Righetti, dann sage ich jetzt Roberto zu dir. Ich bin ja quasi deine Schwiegermutter …«

Das war das falsche Stichwort. Denn zu einer Heirat ist es ja nie gekommen. Im Grunde waren Susanna und Roberto nur kurze Zeit zusammen gewesen. Aber lange und intensiv genug, um mich auf den Weg zu bringen. Dem Himmel sei gedankt. Das sehe ich ganz egoistisch.

Prompt wischt sich Roberto eine Träne von der Wange.

»Es wäre schön gewesen«, sagt er zu Klara. »Aber Ihre …« Er unterbricht sich. »Entschuldige, *deine* Tochter hat anders entschieden.«

Auch sie umarmen sich. Klara scheint es zu genießen. Sie war ja schon bei der ersten Begegnung in Moniga del Garda ganz entzückt von ihm. Dafür sollte ich ihr dankbar sein. Hätte sie nicht herumcharmiert, hätte er ihr keine Visitenkarte gegeben.

Und wir wären nie auf die Idee gekommen, ausgerechnet in der *Trattoria La Luce* zu essen.

Oma Klara, ich verzeihe dir alle Extravaganzen. Gestern, heute und morgen.

Roberto schüttelt immer wieder ungläubig den Kopf. »Ich kann es einfach nicht glauben, ich habe eine Tochter. Und so eine hübsche dazu … *un miracolo* … ein Wunder.«

»Nein, ein Wunder ist es nicht«, widerspricht Klara. »Ich habe Moniga schon mal erklärt, dass ihre Mutter nicht vom Heiligen Geist …« Sie hüstelt verlegen. Offensichtlich weiß sie nicht, wie sie den Satz mit Anstand zu Ende bringen soll.

Ich werfe Roberto einen amüsierten Blick zu. Auch er muss lächeln. Dann werde ich wieder ernst.

»Heißt das, du hast nicht gewusst, dass Susanna ein Kind von dir bekommt?«, frage ich.

Roberto schaut mich mit großen Augen an. »Aber nein, natürlich nicht.«

Es fällt mir schwer, das zu glauben. Und doch spüre ich, dass es stimmt.

Roberto hebt die Hand. »*Lo giuro*, ich schwöre.«

»Aber warum sollte meine Mutter dir verschwiegen haben, dass es mich gibt?«, frage ich.

»Das verstehe ich auch nicht. Ich wäre so stolz gewesen.«

»Sie wird ihre Gründe gehabt haben«, nimmt Klara Susanna in Schutz.

Davon ist auszugehen. Aber welche? An Roberto kann es nicht gelegen haben, er ist ein ansehnlicher und netter Mann.

»Hast du Susanna nie nach deinem Vater gefragt?«, will Roberto wissen.

Tatsächlich muss ich kurz nachdenken. »Das klingt jetzt vielleicht komisch … aber wohl eher nicht. Für mich war es ganz normal, dass ich nur meine Mutter hatte. Ich kannte es ja nicht anders. Merkwürdigerweise kam die Sehnsucht, meinen Vater kennenzulernen, erst nach ihrem Tod. Aber da war es zu spät.«

»Und jetzt hat es doch geklappt …«

»Dank der *Torta al limone* auf deiner Dessertkarte und der Sentimentalität, sie nach meiner Mutter zu benennen.«

Die nächste Stunde verbringen wir mit dem Versuch, die Zeit zurückzudrehen. Roberto erzählt, wie er Susanna vor dreißig Jahren kennengelernt hat, im Strandbad der Baia delle Sirene bei der Punta San Vigilio. Ich denke, dass das ein magischer Ort ist, immer wieder kreuzen sich hier die Lebenslinien. Er habe sich auf den ersten Blick in meine Mutter verliebt, sagt er. Zwei Tage später habe er sie nach Moniga del Garda mitgenommen, wo eine Tante von ihm ein Wochenenddomizil gehabt habe. Dort hätten sie eine wunderschöne Zeit verbracht. Er schaut mich von der Seite an. Jetzt sollte mir klar sein, warum mir Susanna den Namen Moniga gegeben habe. Übrigens habe er das Rustico der Tante geerbt. Wann immer es gehe, also an den Ruhetagen der Trattoria, ziehe er sich dorthin zurück. Das Mittagessen nehme er meist in der Pizzeria am Hafen ein, wo wir uns begegnet seien. Zurück zu Susanna: Die Verliebtheit sei gegenseitig gewesen, ganz sicher sogar. Umso fassungsloser sei er gewesen, dass ihn Susanna an ihrem letzten Abend versetzt habe. Er habe vor der *Taverna Norma* in Torri vergeblich auf sie gewartet. Sie sei einfach abgereist, ohne ein Wort des Abschieds. Für ihn sei eine Welt zusammengebrochen. Er habe sich zuvor ausgemalt, wie schön es wäre, mit ihr sein Leben zu verbringen. Er habe Susanna sogar schon seinen Eltern vorgestellt. Und plötzlich sei sie weg gewesen. Einfach so. Keine Nachricht, keine Erklärung, keine Entschuldigung …

Oma Klara wackelt mit dem Kopf. »Davon habe ich nichts gewusst, sonst hätte ich meiner Susanna verboten, sich so ungebührlich zu benehmen.«

Ungebührlich? Was für ein niedliches Wort für Susannas dramatischen Abgang. Das hätte ich ihr nie zugetraut. Warum hat sie so radikal gehandelt? Mit fällt nur eine Erklärung ein: Sie hat schlicht und einfach die Flucht angetreten – weil sie sich nicht binden wollte. Ihr hat der Mut gefehlt, es ihm zu sagen. Von ihrer Schwangerschaft konnte sie zu diesem Zeitpunkt noch nichts wissen.

Roberto erzählt weiter. Er habe Susanna nicht aufgeben wollen, er habe sie in München angerufen, doch sie habe einfach eingehängt. Dann habe er sich in den Zug gesetzt und sei nach München gefahren. Aber er habe sie nicht angetroffen. Er habe ihr einen langen Brief geschrieben – doch Susanna habe nie geantwortet. Irgendwann habe er es aufgegeben. Als Erinnerung sei ihm die *Torta al limone* geblieben, die sie zusammen in Moniga del Garda gebacken hätten.

Roberto schaut traurig und glücklich zugleich, als ich ihm erzähle, wie Susanna diese *Torta* immer wieder gemacht habe. Schon als Kind sei ich geradezu süchtig nach ihr geworden. Er will wissen, ob Susanna später geheiratet habe. Nein, antworte ich, sie habe nie geheiratet, habe auch nie mit einem Mann zusammengelebt. Ihre Beziehungen seien immer wieder gescheitert. Dafür habe sie ihre Erfüllung in ihrem Beruf als Anwältin gefunden. Auf eine gewisse Weise sei sie glücklich gewesen.

Und Roberto? Wir erfahren, dass im August 1990 sein Vater einen Herzinfarkt erlitten und gestorben sei. Daraufhin habe er die Trattoria übernehmen müssen. Die ersten Jahre seien unglaublich schwierig gewesen. Später habe er geheiratet, aber mit Kindern habe es nicht geklappt. Auch sonst sei seine Ehe kein Erfolg gewesen. Vor fünf Jahren hätten sie sich getrennt. Seine geschiedene Frau lebe heute in Rom, sie hätten keinen Kontakt mehr.

»Und was ist mit dir?«, fragt mich Roberto. »Was machst du beruflich? Bist du verheiratet? Hast du einen Freund?«

Oma Klara, die die Frage auf sich bezogen hat, kichert. »Mein lieber Roberto, wo denkst du hin? In meinem Alter arbeitet man doch nicht mehr. Verheiratet war ich gleich mehrfach. Und was deine Frage nach einem Freund betrifft, ich habe tatsächlich einen … sagen wir mal so … einen Verehrer.«

Roberto wirft mir einen erheiterten Blick zu.

»Das stimmt«, bestätige ich. »Eine alte Liebe, die wiederaufgeflammt ist.«

Klara gluckst. »Und das in meinem Alter? Ist das nicht entzückend?«

»Darf ich den Namen deines *Verehrers* verraten?«, frage ich.

»Nur zu, mein Schätzchen.«

»Es ist der Conte Prantofalcone.«

Roberto hebt die Augenbrauen. »*Davvero,* der Conte? Er kommt gelegentlich zum Essen. *Un gentiluomo,* ein Gentleman der alten Schule.«

Ich sehe ihm an, dass Klara in seinem Ansehen gerade mächtig gestiegen ist. Weil mir aber klar ist, dass er eigentlich wissen wollte, was *ich* so treibe, gebe ich einen kurzen Abriss meiner Vita. Die passt in wenige Sätze, denn Details wie meine Mandeloperation tun nichts zur Sache. Abschließend bringe ich Roberto auch hinsichtlich meines Liebeslebens auf den neuesten Stand. Zu meiner Überraschung ist auch Francesco kein Unbekannter. Roberto bezieht über ihn sein Olivenöl und einige Weine. Er findet, dass Francesco ein lockerer Typ sei, er mag ihn.

Dann droht er mir lachend mit dem Finger. Ich solle mir kein Beispiel an meiner Mutter nehmen und den armen Francesco ohne ein Wort des Abschieds im Regen stehen lassen.

»Nein«, sage ich, »zum Abschied kriegt er entweder einen Kuss oder einen Tritt in den Hintern.«

50

Auf der Rückfahrt von Bardolino nach Torri del Benaco fehlt mir jegliche Befähigung, ein Fahrzeug zu führen. Erstens habe ich zu viel Alkohol getrunken, Prosecco, Chiaretto, Limoncello … Zweitens bin ich seelisch so aufgewühlt, dass ich mich auf nichts konzentrieren kann. Drittens habe ich Tränen in den Augen, was meine Sicht trübt. Oma Klara ist auch keine Hilfe. Sie ist eingeschlafen und gibt rasselnde Geräusche von sich.

Gott sei Dank ist es nicht weit. Wir erreichen ohne Zwischenfall unser Hotel. Dass ich zwei Plätze zum Parken benötige, liegt nicht an der Übergröße meines Cinquecento. Ich will nur auf Nummer sicher gehen. Riccardo wird es mir verzeihen.

Ich bringe Klara aufs Zimmer, damit sie dort ihr Nickerchen fortsetzen kann. Vor dem Bett bleibt sie stehen und murmelt: »Warum hat mir meine Susanna damals den Roberto nicht vorgestellt? Wenn sie ihn nicht haben wollte, hätte ich ihn genommen. Wo er doch ein so netter Mann ist.«

Dann sinkt sie auf die Matratze und ist ratzfatz wieder eingenickt. Von wem sie jetzt wohl träumt? Vom Roberto Righetti oder von ihrem Conte Vico? Sie ist zu beneiden.

Aber ich darf mich nicht beklagen. Ich habe jetzt auch zwei Männer, von denen ich träumen könnte. Wobei Francesco diesmal den Kürzeren ziehen würde. Tut mir leid.

Am Abend nehmen wir im Hotel noch ein leichtes Essen ein. Nicht nur ich, auch Klara ist ergriffen. Unsere Reise an den Gardasee sei ein voller Erfolg, stellt sie fest. Sie habe ihren Conte wiedergetroffen, und ich habe meinen Vater gefunden. Das sei wie ein Achter im Lotto. Ich kenne einen Achter zwar nur im Fahrrad, stimme ihr aber zu. Daran geglaubt habe ich schon lange nicht mehr. Doch das Schicksal hat es gut mit mir gemeint. Nicht nur, dass ich meinen Vater gefunden habe, sondern auch, dass er mir gefällt. Hätte ja auch anders ausgehen können – und ich hätte für immer bereut, ihn gesucht zu haben.

Der morgige Tag ist bereits verplant. Roberto holt mich ab, und wir fahren nach Moniga del Garda in das Ferienhaus seiner verstorbenen Tante. Dort backen wir gemeinsam eine *Torta al limone* … und lernen uns besser kennen. Ich bin aufgeregt wie ein kleines Kind.

Um Oma Klara muss ich mir keine Sorgen machen. Vico ist wieder da und wird sie unter seine Fittiche nehmen. Nur muss ich Francesco noch Bescheid geben, dass ich keine Zeit habe. Aber er wird es verstehen.

»Moniga-Schätzchen, ich muss dir was beichten«, unterbricht Klara meine Gedanken.

Was will sie mir beichten? Dass sie ihre Puderdose verloren hat?

»Das muss aber unter uns bleiben, versprochen?«

»Klar doch, Omilein, was willst du mir beichten?«

»Ich habe mir überlegt, dass der Palazzo vom Vico viel schöner ist als meine Zweizimmerwohnung in München.«

Damit hat sie wohl recht. Aber wo ist die Beichte?

»Das Klima ist hier auch viel besser. Das tut meinen Gelenken gut.«

Nicht nur ihren Gelenken, sondern, wie ich finde, auch ihrem Kopf.

»Und ich wäre nicht so alleine.«

Jetzt ahne ich, worauf sie hinauswill. Ist nicht ihr Ernst!

»Der Vico kann sich das auch vorstellen …«

Klara traut sich nicht, es auszusprechen.

»Was?«, frage ich.

Klara hüstelt verlegen. »Vicos Palazzo ist ja groß und hat ganz viele Zimmer. Es gibt sogar ein Gästehaus. Ich könnte mich dort einmieten. Ist bestimmt nicht teurer als in München …«

Als ob der Conte von ihr Geld nehmen würde. Wäre aber auch egal, sie hat genug auf dem Konto.

»Wir könnten zusammen spazieren gehen und uns eine schöne Zeit machen. Und wenn wir mal alt sind …«

Was sind sie jetzt?

»… dann könnten wir uns eine Pflegerin teilen.«

Wow, sie hat sich schon alles überlegt. Ich bin beeindruckt. Und wie es scheint, hat sie bereits mit dem Conte darüber gesprochen. Oma Klara hat Visionen – und sie vergeudet keine Zeit.

Sie sieht mich mit großen Augen an. »Bist du jetzt entsetzt?«

Bin ich das? Warum sollte ich?

»Überhaupt nicht. Ich finde die Idee großartig. Ihr seid dann also eine Art Alters-WG.«

»Alters-WC? Das klingt ja abscheulich.«

»WG, nicht WC. Das steht für Wohngemeinschaft.«

»Hört sich trotzdem nicht schön an. Da fehlt die Romantik.«

Okay, von Romantik war bisher nicht die Rede. Sie hätten dann also eine romantische Alters-WG, mit Chauffeur und Köchin. Ich muss sagen, das hat was. Fragt sich nur, ob der Conte von dieser Idee wirklich schon weiß – und ob er sie so toll findet wie Oma Klara.

»Und wie sind *deine* Pläne?«, fragt sie mich.

Als ob ich im Leben schon je Pläne gemacht hätte. Pläne sind mir wesensfremd. Außerdem kommt es sowieso anders, als man denkt.

Ich zucke mit den Schultern. »Darüber denke ich nicht nach. Ich nehme alles, wie es kommt.«

»Das ist das Privileg der Jugend. Aber so jung bist du auch nicht mehr.«

Na, na, die Bemerkung hätte sie sich sparen können.

»Jetzt freue ich mich erst mal auf morgen«, weiche ich aus.

»Was hast du morgen vor?«

Hat sie es vergessen?

»Da fahre ich doch mit Roberto nach Moniga del Garda.«

»Ach so, sag's doch gleich.«

Zwei Stunden später liege ich im Bett. Weil ich befürchte, dass ich in der Nacht kein Auge zubekommen werde, habe ich mir von Klara Schlaftabletten geben lassen. Klara meint, eine halbe würde reichen. Deshalb habe ich gleich zwei genommen. Um auf Nummer sicher zu gehen. Besondere Ereignisse verlangen besondere Maßnahmen. Da fällt mir ein, dass ich noch mit Francesco telefonieren wollte. Ich rufe ihn an und erzähle ihm vom zurückliegenden Tag, von unserem Mittagessen in der *Trattoria La Luce,* von der *Torta al limone,* von Roberto Righetti und dass er mein Vater ist … Mir wird etwas schwummrig vor den Augen.

»Righetti ist dein Vater? *Mi venga un colpo,* ich glaub, ich spinne.«

Ist das eine angemessene Reaktion? Aber dass er aus allen Wolken fällt, kann ich nachvollziehen. Apropos Wolken … gähn …

Francesco lacht. »Ich habe mir schon immer gedacht, dass du eine halbe Italienerin bist, sonst würdest du nicht so verrückt Auto fahren.«

War das ein Kompliment oder eine Beleidigung? Egal, gerade bin ich großzügig.

Ich erzähle, dass ich morgen mit Roberto nach … Moniga del Garda fahre und deshalb erst … am Abend wieder für ihn Zeit habe. Was er bitte … verstehen möge.

»Sag mal, bist du betrunken, oder warum sprichst du so komisch?«

»Ich bin … nüchtern wie ein neugeborenes Kalb … aber Klara hat mir Schlaftabletten gegeben … Ich fürchte, sie wirken bei mir nicht …«

Francescos erneutes Lachen hört sich an wie von einer fernen Galaxie.

Weil ich keinen Sinn darin sehe, mit einem Außerirdischen zu telefonieren, lege ich auf und schiebe mein Handy unters Bett.

La-Le-Lu, nur der Mann im Mond schaut zu, wenn die kleinen Mädchen … La-Le-Lu …

51

Am nächsten Morgen weckt mich – zunächst nichts. Ich liege im Bett wie ein ausgestopftes Murmeltier, als sich Oma Klara mit Unterstützung von Riccardo Zugang zu meinem Zimmer verschafft. Sie rütteln mich wach und stellen fest, dass ich noch lebe. Ich selbst bin mir da nicht so sicher.

Nach einer ausgiebigen Dusche mit dem Kältegrad von Gletscherwasser finde ich ins Hier und Jetzt zurück. Das muss man Oma Klaras Schlaftabletten lassen, sie haben eine durchschlagende Wirkung. Im Beipackzettel steht, dass man zuvor keinen Alkohol trinken soll, dass sie zu extremer Müdigkeit führen können, na klar, dafür sind sie ja da, des Weiteren zu Halluzinationen, zu Koordinationsstörungen und Gedächtnisausfällen. Wie es scheint, habe ich alles auf einmal. Was die möglichen Störungen der Sexualfunktion betrifft, kann ich dazu gerade keine Angaben machen.

Ich nehme ein verspätetes Frühstück zu mir. Es besteht im Wesentlichen aus einer großen Kanne Kaffee. Langsam kehre ich in meinen Körper zurück. Ich stelle fest, dass Oma Klara Lockenwickler im Haar hat. Auch dass Riccardo heute zur Abwechslung eine gelbe Brille trägt. Und ich erinnere mich, dass ich seit gestern einen Vater habe, der Roberto heißt.

All dies lässt den Schluss zu, dass ich wieder bei Sinnen bin. Das freut mich, denn ein Leben als Zombie erscheint mir wenig erstrebenswert.

Mein Glück ist, dass mich Roberto erst um elf Uhr abholen will. Da habe ich noch einige Minuten. Schließlich will ich nicht den Eindruck erwecken, ich wäre geistig behindert. Im Gegenteil will ich alles dafür tun, dass er mich für eine supertolle Tochter hält. Ich hoffe, er hat es verdient.

Um es kurz zu machen: Er hat es verdient! So viel steht Stunden später fest. Roberto ist ein richtig cooler Typ. Und unser Ausflug nach Moniga del Garda ist ein voller Erfolg. Wir verstehen uns prächtig, haben Spaß miteinander – und unendlich viel zu erzählen. Er zeigt sich überglücklich, plötzlich eine Tochter zu haben. Noch dazu eine so nette wie mich. Das muss man bei aller Bescheidenheit festhalten: Er hätte es wirklich schlechter treffen können.

Was den Überraschungseffekt betrifft, ist dieser bei ihm natürlich noch stärker ausgeprägt als bei mir. Während ich Zeit meines Lebens wusste, dass ich nach menschlichem Ermessen einen Vater haben muss, ihn halt nur nicht kannte, hatte Roberto keine Ahnung von meiner Existenz. Ich bin ihm also als Geschenk des Himmels urplötzlich vor die Füße gefallen. Oder auf den Kopf, ganz wie man es sehen will. Nach seiner kinderlosen Ehe hat er wohl nicht mehr mit Nachwuchs gerechnet – und jetzt hat er ohne weiteres Zutun über Nacht eine erwachsene Tochter. Eigentlich eine ziemlich bequeme Variante, denn er hat sich all den Stress erspart, den ich meiner Mutter als Kind und später während meiner durchaus stürmisch verlaufenen Adoleszenz bereitet habe. Ich muss lächeln. Aber es ist ihm auch viel entgangen. Soviel ich weiß, war ich ein entzückendes Baby.

Roberto zeigt mir das Haus seiner verstorbenen Tante, in das er vor gut dreißig Jahren meine Mutter entführt hat. Entführung? Nun ja, ich denke, das wird mit ihrem Einverständnis geschehen sein, obwohl sie damals ja noch richtig jung gewesen ist. Aber alt genug, um … Dieses spezielle Thema wird von uns nicht weiter vertieft.

Jetzt stehen wir in der Küche des Rustico und bereiten gemeinsam eine *Torta al limone* zu – so wie Roberto das damals mit meiner Mutter gemacht hat. Gemeinsam zu kochen oder zu backen ist nach meinem Gefühl etwas ausgesprochen Vertrautes und Intimes. Bisher kannte ich nur zwei Varianten: Mutter mit Tochter (sehr vertraut) und Tochter mit Liebhaber (sehr intim). Heute kommt eine dritte hinzu: Vater mit Tochter. Ich kann nur sagen, es ist großartig. So ungefähr stelle ich es mir vor, vierhändig Klavier zu spielen. Die Partitur ist unser Rezept. Wir kennen es auswendig, beherrschen es blind. Alles geht Hand in Hand. Fast ohne Worte. Zwischendurch werfen wir uns amüsierte Blicke zu. Schließlich steht sie fertig vor uns – die *Torta al limone alla Susanna!*

Nach der Zubereitung sollte sie auskühlen und zwei Stunden ruhen. Ich weiß nicht, was meine Mutter und Roberto währenddessen gemacht haben. Wir jedenfalls gehen in der Zeit spazieren.

Irgendwann kommt unser Gespräch auf Francesco. Ob das so ähnlich sei wie mit ihm und meiner Mutter, fragt er schmunzelnd. Der Gedanke ist mir zwar auch schon mal gekommen, aber ich denke, ich glaube, ich hoffe … dass sich die Ereignisse so nicht wiederholen. Erstens nehme ich die Pille, somit ist auszuschließen, dass ich schwanger werde. Zweitens haben wir die erste Krise schon hinter uns. Bei Susanna und Roberto konnte es dazu nicht kommen, weil meine Mutter zuvor schon über alle Berge war. Drittens wüsste ich gerade nicht, warum ich Francesco Knall auf Fall sitzen lassen sollte. Sieht man mal von der theoretischen Möglichkeit ab, dass er doch ein Krimineller ist. Aber ich habe ja versprochen, ihm zu vertrauen. Und viertens … bin ich mir über meine Gefühle nicht wirklich im Klaren.

Meine Antwort fällt weniger differenziert aus. Lachend gebe ich zu, dass gewisse Parallelen nicht zu übersehen seien. Ausgang ungewiss.

Francesco sei ein netter Kerl, sagt Roberto. Weitere Kommentare spart er sich. Auch gibt er mir keine Ratschläge. Gut so, denn ich habe nicht dreißig Jahre auf einen Vater gewartet, der mir sagt, was ich tun soll. Stattdessen kommen wir auf Klara zu sprechen und auf den Conte Prantofalcone. Ich verschweige ihm, dass meine Oma allen Ernstes erwägt, hierzubleiben und bei ihm einzuziehen. Die Geschichte ist so schon verrückt genug. Roberto findet es großartig, dass Menschen im Alter meiner Oma und des Conte noch etwas füreinander empfinden können.

Was mit ihm sei, drehe ich den Spieß um. Warum er nach der Trennung von seiner Frau nicht mehr geheiratet habe?

Roberto zuckt mit den Schultern. Weil es nicht so einfach sei, den richtigen Partner zu finden. Er lächelt vieldeutig. Die Liebe komme bei ihm dennoch nicht zu kurz, da solle ich mir keine Sorgen machen. Aktuell habe er sogar zwei Frauen, die ihm zugetan seien – eine am Ostufer des Gardasees und eine am Westufer hier ganz in der Nähe. Aber davon dürfe niemand wissen … er grinst … nur seine Tochter. Für eine engere Beziehung komme jedenfalls weder die eine noch die andere infrage. Außerdem suche er gerade eine ganz andere Frau …

Ich schau ihn verständnislos an.

Roberto lacht. Nämlich eine für die Küche. Nur vorübergehend, weil seine Köchin eine künstliche Hüfte bekomme. Alleine schaffe er es nicht.

Kurz darauf hat er einen genialen Einfall: *Ich* könnte ja in der Küche einspringen, schlägt er vor. Mit der *Torta al limone* hätte ich gezeigt, dass ich qualifiziert bin.

Ich weiß nicht, ob er das ernst meint. Um seine Mundwinkel zuckt es verdächtig. Also nicht, Gott sei Dank.

Aber nicht nur Roberto hat geniale Einfälle, auch ich habe so meine Geistesblitze. Ich sage ihm, dass ich vielleicht jemanden wisse. Aber ich müsse erst fragen.

Er sieht mich mit gespieltem Entsetzen an: Doch nicht Klara?

Ich schüttle lachend den Kopf. Meine Oma könne höchstens ihren Cappuccino umrühren … obwohl, die Idee sei nicht schlecht. Oma Klara als Köchin in der Küche einer Trattoria … Die Szene könnte man filmen und auf YouTube stellen. Das Video würde wahrscheinlich ein Hit und millionenfach geklickt.

52

Weil Roberto abends wieder an den Herd muss – mittags hat ihn seine hüftkranke Köchin vertreten – und Oma Klara nach einem »aufregenden« Tag mit Vico auch ohne Schlaftablette hundemüde ist, kommt jetzt Francesco erneut ins Spiel. Ich habe ihm ja versprochen, mich zu melden. Auch wenn man es nicht glauben will, ich bin extrem zuverlässig. Allerdings nur, wenn mir danach ist.

So kommt es, dass mich zum zweiten Mal am heutigen Tag ein Mann abholt, um mit mir seine Zeit zu verbringen. Doch diesmal mit ganz anderen Erwartungen.

Genau weiß ich nicht, was Francesco vorhat. Nur dass er mir was zeigen will, hat er gesagt. Jetzt sitze ich hinter ihm auf seiner Vespa – und genieße die Fahrt wieder mal in vollen Zügen. Ich klammere mich an ihn, schließe die Augen … und träume. Es gibt gerade so viel zum Träumen. Ich weiß gar nicht, wo ich anfangen soll.

Als wir nach längerer Fahrt plötzlich zum Stehen kommen, denke ich, wir wären am Ziel. Ich will den Helm abnehmen und absteigen.

»He, das ist nur eine rote Ampel …«

Uups, ich bin mit meinen Gedanken wirklich weit weg.

Natürlich habe ich jegliche Orientierung verloren. Vergeblich halte ich nach dem See Ausschau. Er ist verschwunden. Das passiert rund um den Gardasee selten.

Die Ampel schaltet auf Grün, und wir fahren weiter. Irgendwann geht es links ab und zwischen zwei Hügeln eine kleine, aber immerhin asphaltierte Straße bergauf. Wir sind alleine. Um uns herum nur Natur. Schön ist es hier. Kaum zu glauben, dass in nicht allzu großer Entfernung der Fremdenverkehr brummt.

Schließlich bleiben wir stehen. Diesmal wirklich. Francesco macht den Motor aus. Ich nehme den Helm ab, schüttle meine Haare und sehe mich um.

Vor uns hohe Pfeiler und Querbalken. Mit üppigen grünen Pflanzen darunter. Rechts daneben entdecke ich ein gemauertes altes Gebäude.

Francesco breitet die Arme aus. »Das ist eine Limonaia«, erklärt er. »Ein Zitronengewächshaus. Im Winter werden über die Balken Bretter gelegt und davor Scheiben eingesetzt, um die empfindlichen Pflanzen vor Frost und Schnee zu schützen.«

Eine Limonaia? Als ob der Kreis sich schließen würde. Von der *Torta al limone* zum Ursprung ihrer Früchte. An ein und demselben Tag.

Ich drehe mich um … da ist er wieder, der Gardasee. Aber weit unter uns. In friedlicher Distanz.

»Die meisten Zitronengewächshäuser gibt es im Norden«, erklärt Francesco, »hier unten sind sie eher selten.«

Bisher ist mir Francesco nicht als Fremdenführer aufgefallen. Deshalb wundere ich mich über seine Erläuterungen.

»Der Zitronenanbau am Gardasee geht auf die Medici zurück«, fährt er fort. »Die waren total in die Zitrusfrüchte vernarrt. In der Renaissance waren Zitronen und Limonen so etwas wie Statussymbole.«

Zitronen, Limonen, Limetten … Wo ist der Unterschied? Das interessiert mich zwar, aber im Augenblick will ich viel eher wissen, warum mich Francesco hierher gebracht hat.

Er nimmt mich an der Hand. »Komm, ich zeig dir das Haus.«

An der Seite steht ein Baugerüst. Offenbar wird gerade renoviert. Die Eingangstür ist neu gestrichen. Francesco sperrt auf und geht voraus.

»Ist noch nicht fertig«, sagt er.

Okay, das sieht man. Aber auch, dass es mal richtig toll wird. Die Räume sind lichtdurchflutet, weil offenbar ganze Wände rausgebrochen wurden und eine Außenmauer durch eine Glasfront ersetzt ist. Ich bleibe stehen und staune.

»Gefällt's dir?«

»Das wird richtig cool«, stelle ich anerkennend fest. Ein anderes Wort fällt mir gerade nicht ein. Es gäbe sicherlich bessere. Aber *cool* trifft es schon ganz gut. Ich liebe die Kombination von altem Mauerwerk mit modernen Industriewerkstoffen. Wie in einem Loft, nur nicht in der Stadt, sondern inmitten der Natur.

»Du wolltest doch wissen, wo ich mit meinen Umzugskartons hinwill«, sagt er. »Jetzt weißt du es.«

Ich bin sprachlos und gestikuliere wild herum. »Ähm … also … du meinst …«, stottere ich dann, »du ziehst hier ein? *Du?*«

»Schon nächste Woche. Sobald ich Strom habe.«

»Alleine?«

Ich beiße mir auf die Zunge. Zu spät, jetzt ist es schon raus.

Francesco grinst. »Nein, sondern mit meinem schwulen Freund.«

Die Antwort habe ich verdient.

»Aber im Ernst, ja, ich ziehe hier alleine ein.«

»Schade.«

Verdammt, oft rede ich schneller, als ich denke.

»Warum schade?«

»Nun, ist ja ein bisschen einsam hier. Zu zweit wäre es netter.«

Jetzt war meine Zunge schon wieder schneller als mein Verstand. So habe ich es nicht gemeint. Oder doch?

Er schaut mich seltsam an, sagt aber nichts.

Schnell wechsle ich das Thema. »Wie kommst du zu dieser Limonaia? Wem gehört sie?«

»Du bist ganz schön neugierig.«

»Na klar, weißt du doch.«

»Die Limonaia gehört mir. Ich habe sie … man könnte sagen *geerbt.*«

Jetzt bin ich wirklich baff.

»Den Umbau mache ich so weit möglich selbst, zusammen mit Freunden. Deshalb geht's nur langsam voran.«

»Kompliment, es wird großartig.«

Zum ersten Mal sehe ich in Francescos Gesicht so etwas wie Stolz.

»Ja, es wird nicht schlecht. Mir gefällt's.« Er deutet zu einer geschwungenen Eisentreppe. »Da geht's rauf in den ersten Stock. Magst du ein Glas Wein?«

Oben angekommen, stelle ich fest, dass ein Teil des Daches freigelegt ist. Dort gibt's jetzt eine versteckte, uneinsehbare Terrasse – mit einer großen Matratze auf dem Boden.

»Hier schlaf ich momentan«, sagt er fast verlegen. »Das Schlafzimmer muss noch verputzt werden.«

»Unter freiem Himmel? Wie romantisch.«

Francesco kratzt sich am Kinn. »Wahrscheinlich schon. Aber ich bin von den Bauarbeiten immer so fertig, dass ich gleich einpenne.«

Ich umarme ihn und gebe ihm einen Kuss.

»Aber heute machst du einen munteren Eindruck. Wo bleibt der Wein?«

Der Sternenhimmel ist wirklich unglaublich. Wir liegen aneinandergekuschelt unter einer großen Kaschmirdecke. Ab und zu muss ich mich kneifen – um sicherzugehen, dass das alles kein

Traum ist. Seit gestern habe ich einen Vater. Seit heute weiß ich, dass ich ihn mag, sehr sogar. Und jetzt liege ich in Francescos Armen und bin … einfach happy.

Natürlich versuche ich herauszufinden, von wem er diese Limonaia *geerbt* hat. Aber er sagt's mir nicht. Typisch Francesco. Irgendwelche Geheimnisse hat er immer.

Mir fällt ein, dass ich ihn was fragen wollte. Ich berichte ihm, dass Roberto für seine Trattoria übergangsweise eine erfahrene Köchin sucht. Nur so lange, bis seine jetzige Köchin nach einer Hüftoperation wieder einsatzfähig ist. Er habe doch erzählt, dass seine Mutter früher als Köchin gearbeitet habe. Ob er sich vorstellen könne, dass …

»Vorstellen kann ich es mir schon. Aber ich glaube nicht, dass sie es macht. Sie hat schon lange nicht mehr als Köchin gearbeitet.«

»Kochen verlernt man nicht.«

»Mag sein, doch die Routine dürfte ihr fehlen. Außerdem muss sie nichts hinzuverdienen, sie kommt mit ihrem Geld klar.«

»Aber vielleicht ist ihr ab und zu langweilig, so allein in ihrem hübschen Häuschen.«

Er denkt eine Weile nach. »Langweilig? Das könnte sogar sein. Ich kann sie ja mal fragen.«

»Roberto ist wirklich nett.«

»Ich weiß. Fragt sich nur, warum er eine so missratene Tochter in die Welt gesetzt hat.«

Es gibt Frechheiten, die stecke ich locker weg. Diese zählt nicht dazu – weil er gerade nicht nur mich, sondern auch meinen Vater beleidigt hat. Ich gehe ohne Vorwarnung in den Nahkampf über …

53

Als ich am nächsten Morgen ins Hotel komme, stellt mir Riccardo eine peinliche Frage. Da ich offenbar eine auswärtige Übernachtungsmöglichkeit gefunden habe, würde er mein Zimmer gerne anderweitig vergeben. Natürlich nur, wenn das meine angegriffene Gesundheit zulasse.

Ich erinnere mich an Oma Klaras haarsträubende Geschichte. Zugegebenermaßen wirke ich gerade kaum wie eine depressiv gestimmte Selbstmörderin. Aber deshalb muss er mir nicht gleich mein Zimmer wegnehmen.

Wahrscheinlich hat er gesehen, wie mich Francesco hergebracht hat. Daraus auf eine regelmäßige »auswärtige Übernachtungsmöglichkeit« zu schließen, ist ausgesprochen unprofessionell. Diskretion zählt zu den höchsten Gütern eines Concierge.

Ich fordere ihn auf, seine Fantasie zu zügeln. Einer spontanen Eingebung folgend, simuliere ich einen Schwächeanfall. Ich kann mich nur mit Mühe an der Empfangstheke festhalten. Aus dem Augenwinkel sehe ich, wie Riccardo blass wird. Soll ich mit epileptischen Zuckungen zu Boden sinken? Nein, das wäre übertrieben, obwohl ich gerade Lust dazu hätte. Also halte ich mich schwer atmend auf den Beinen.

Riccardo eilt um die Theke und stützt mich. Ich klammere mich an ihn, was ihm zu gefallen scheint.

Ich schaue ihm in die Augen und hauche ein Dankeschön.

»Signorina, ich wollte Sie nicht aufregen«, entschuldigt er

sich. »Selbstverständlich können Sie vorläufig in Ihrem Zimmer bleiben.«

Na also, warum nicht gleich? Nur schade, dass mich Klara gerade nicht gesehen hat. Sie wäre stolz auf mich.

Wir sitzen auf der Terrasse und blicken auf den See. Was meine Oma, wie ich weiß, für pure Zeitverschwendung hält. Umso mehr freue ich mich, dass sie es mal freiwillig ruhig angehen lässt. Nun ja, so richtig ruhig auch nicht, denn sie redet unablässig auf mich ein. Fast immer gelingt es mir, ihr zu folgen. Sogar als sie mitten im Satz von ihrer Arthrose im linken Knie zu Vicos geheimer Leidenschaft für Aprikosenmarmelade springt.

Weil auch Klara zwischendurch Luft holen muss, nutze ich eine dieser kurzen Zwangspausen, um ihr eine Frage zu stellen. Ich will wissen, ob die Polizei schon die Einbrecher geschnappt hat. Oder wenigstens eine heiße Spur verfolgt.

»O ja, das ist interessant.«

Vor meinen Augen verwandelt sie sich in Miss Marple.

»Es gibt tatsächlich eine Spur. Gestern hat jemand einem Kunsthändler in Verona ein Gemälde von Bassano angeboten. Der aber wusste von dem Diebstahl und hat die Polizei verständigt. Als diese auftauchte, war der Unhold jedoch schon über alle Berge. Mit dem Gemälde.«

»Der Unhold …«, hake ich nach. Nicht ohne mich über das antiquierte Wort zu amüsieren. »Wie hat er ausgesehen?«

»Gute Frage, mein Schätzchen. Vico hat mir erzählt, es gebe eine Personenbeschreibung. Der Mann war Anfang, Mitte dreißig, groß gewachsen, sportliche Figur, und er hatte eine Baseballkappe auf dem Kopf.«

Jetzt amüsiere ich mich nicht mehr. Im Gegenteil bekomme ich eine Gänsehaut. Warum war der Mann nicht klein und dick?

So passt die Beschreibung … nein, ich wollte doch nicht mehr daran denken, ich wollte ihm vertrauen … ist nicht zu ändern … sie passt geradezu perfekt zu Francesco. Bis auf die Baseballkappe. Aber es wäre ja nur logisch, dass er versucht, sich zu tarnen.

Klara alias Miss Marple hebt den Zeigefinger. »Natürlich habe ich Vico gefragt, ob es beim Kunsthändler eine Überwachungskamera gibt.«

»Und?«

Sie schüttelt bedauernd den Kopf. »Nein, leider nicht. Technisch sind die Italiener etwas rückständig.«

Fast bin ich erleichtert. Gleichzeitig stelle ich mir die Frage, warum? Weil es mir trotz meiner Verliebtheit und meines Versprechens schwerfällt, Francesco zu vertrauen. Weil ich nicht möchte, dass er erwischt wird? Ich kann nicht anders. Ich war schon auf einem guten Weg, aber heute Morgen habe ich, während er gerade im Bad war, auf seiner abgelegten Armbanduhr nach der Zeit geschaut. Das hätte ich besser unterlassen. Denn als ich die Uhr, ein alter Chronometer mit Krokoarmband, zurücklegen wollte, habe ich zufällig auf die Rückseite geblickt. In den goldenen Uhrenboden war etwas eingraviert. Aufgrund des Alters der Uhr nicht mehr genau zu erkennen, außerdem hörte ich bereits die Badezimmertür. Aber für mich sah die Gravur aus wie ein stilisierter Falke. Ganz ähnlich wie der Falke am Eingangstor zum Grundstück des Conte Prantofalcone. Und wie auf dem Emailleschild neben dem Kennzeichen seines Jaguars. Gerade noch rechtzeitig konnte ich die Uhr unbemerkt zurücklegen. Wie spät es war, habe ich vergessen. Aber der Falke hat sich bei mir eingebrannt – und erneut mein Misstrauen entzündet. Kam das doch fast einem Beweis gleich, dass das eine der gestohlenen Uhren war. Zugegeben, das Wappen war nicht genau zu erkennen. Aber leider habe ich ziemlich gute Augen. Fast so gute wie ein Falke.

Und jetzt die Personenbeschreibung von Oma Klara. Was Francesco gestern tagsüber gemacht hat, hat er mir nicht gesagt. Und selbst wenn, müsste es nicht stimmen.

»Schätzchen, das nehme ich zurück.«

»Was denn?«

»Dass die Italiener technisch rückständig wären. Dein kleiner Fiat piepst sogar, wenn ich nicht angegurtet bin. Ich glaube kaum, dass die deutschen Autos schon so fortschrittlich sind.«

Normalerweise müsste ich jetzt lächeln. Aber nicht heute. Meine Gedanken sind immer noch bei Francesco. Bilde ich mir das alles nur ein? Ähnlich wie bei meinem unbegründeten Verdacht mit seiner Schwester. Warum bin ich so misstrauisch? War ich das schon immer? Habe ich das von meiner Mutter geerbt? Susanna war ein vorsichtiger und zurückhaltender Mensch, das weiß ich. Ich erinnere mich an einen Spruch von ihr: Gutgläubigkeit sei etwas für Schafe. Auf dem Weg zur Schlachtbank merken sie ihren Irrtum erst, wenn es zu spät ist. Vielleicht hat sie sich deshalb nie auf eine Ehe eingelassen. Weil sie kein Schaf sein wollte. Womöglich hat das schon bei ihrer Entscheidung mit Roberto eine Rolle gespielt. Auch wenn ich es nicht nachvollziehen kann.

Bin ich genauso? Oder leide ich unter Wahnvorstellungen?

»Schätzchen, jetzt würde ich wirklich gerne wissen, woran du gerade denkst.« Klara kichert. »Oder besser nicht, falls es gegen Sitte und Anstand verstößt.«

Fast bin ich ihr dankbar, dass sie mich aus meinen Gedanken reißt.

»Aber Omilein«, sage ich lachend, »meine Gedanken sind immer jugendfrei.«

Sie hält sich die Hand vor den Mund und prustet: »Meine nicht! Außerdem sollst du mich nicht anlügen.«

Fast gleichzeitig treffen auf meinem Handy zwei Textnachrichten ein. Die erste stammt von Francesco – und steht im Widerspruch zu meiner gerade getroffenen Aussage: Sie ist definitiv nicht jugendfrei! Die zweite kommt von Roberto. Er bestätigt unsere Verabredung um fünfzehn Uhr in seiner Trattoria. Das wird knapp, denn gegen siebzehn Uhr sind wir beim Conte eingeladen. Zu einem kleinen Umtrunk – gemeinsam mit meinem Vater. Ach so, davon habe ich Roberto noch gar nichts gesagt. Aber ich weiß es ja selber erst seit einer halben Stunde. Jedenfalls finde ich es total nett vom Conte, dass er mich mit meinem Vater zu sich einlädt, um auf unser Glück anzustoßen. Und mit meiner Oma, was weniger überraschend ist. Ich würde mich nicht wundern, wenn sie ihr Hotelzimmer schneller aufgibt als ich meines. Aber nicht, weil sie zurück nach München fährt.

Bleibt die Frage, was ich mit Francesco anstelle. Am späten Nachmittag hat er keine Zeit, das hat er mir schon gesagt. Aber da kann ich sowieso nicht. Davor wird's knapp. Und danach? Vielleicht sitzt er dann schon im Gefängnis … Verdammt, warum kriege ich diesen Gedanken nicht aus dem Kopf?

54

Weil Klara vor unserem Treffen mit dem Conte noch ein Nickerchen machen möchte, fahre ich alleine nach Bardolino. Ehrlich gesagt hatte ich eh nicht geplant, sie mitzunehmen. Ich kann zwar ihre Freude verstehen, dass es für ihre Enkelin plötzlich einen Vater gibt, aber ich möchte, dass er mir alleine gehört und nicht von ihr als »Quasi-Schwiegersohn« vereinnahmt wird. Was ja auch realitätsfern wäre, denn Susanna hat dafür gesorgt, dass er das nie werden konnte.

Vom Parkplatz ist es nicht weit zur *Trattoria La Luce*. Ich erwarte, ihn noch in der Küche anzutreffen. Umso größer meine Überraschung, als ich ihn auf der Terrasse sitzen sehe – nicht alleine, sondern … in Gesellschaft von Rosa, Francescos Mutter. Ich habe Roberto noch gar nichts von Rosa erzählt. Und jetzt sitzt sie schon hier. Wie es scheint, unterhalten sie sich prächtig.

Als mich Roberto entdeckt, winkt er mir fröhlich zu. Zur Begrüßung umarmt er mich. Nicht so wie ein Freund, sondern wie … ein Vater. Ich mag das. Rosa reicht mir lächelnd ihre Hand. Ich setze mich dazu.

»Moniga, du bist ein Schatz«, sagt Roberto.

Immerhin bin ich bei ihm schon erwachsen. Klara sagt meistens »Schätzchen«.

»Francesco hat mir von eurem Gespräch erzählt«, berichtet Rosa, »und dass Roberto interimsweise eine Köchin sucht …«

Roberto? Wie schnell spricht man sich in Italien mit Vornamen an?

»Du musst wissen, wir sind uns schon einige Male begegnet«, beantwortet er meine unausgesprochene Frage. »Aber ich hatte keine Ahnung, dass Rosa früher als Köchin gearbeitet hat.«

»Du weißt so manches nicht«, sagt sie schmunzelnd.

Täusche ich mich, oder funkt es gerade zwischen den beiden? Nein, das wäre zu viel des Guten. Erst meine Oma und der Conte … dann ich und Francesco … vor dreißig Jahren meine Mutter Susanna und Roberto … Ich finde, das reicht. Es genügt völlig, wenn Rosa meinem Vater in der Küche hilft.

»Wir sind uns schon einig«, erklärt Roberto.

Das glaube ich sofort.

»Rosa fängt nächste Woche bei mir an und bleibt so lange, bis sich meine alte Köchin von ihrer Hüft-OP erholt hat.«

»Ich freu mich darauf«, sagt Rosa. Und an mich gerichtet: »Vielen Dank, dass Sie Francesco von Roberto und seinem Problem in der Küche erzählt haben.«

Aha, *mich* duzt sie nicht, obwohl ich mit ihrem Sohn schlafe.

»War nur so eine Idee, aber ich hätte nicht geglaubt, dass was draus wird. Und schon gleich nicht so schnell.«

»Ich auch nicht«, sagt Roberto und stößt mit uns an. »Auf dich, meine liebe Moniga. Und auf dich, Rosa, auf gute Zusammenarbeit.«

»*Cincin!*«

Ich denke, dass Rosa wirklich nicht wie eine Köchin aussieht. Eher wie ein gut zahlender Gast. Aber wie sieht eine Köchin aus? Mit Klischeevorstellungen kommt man im Leben nicht weiter. Es fällt mir ja auch schwer, mir vorzustellen, dass sie womöglich einen kriminellen Sohn hat …

»Rosa hat beste Referenzen«, sagt Roberto. »Ich kann mich glücklich schätzen.«

»Jetzt musst du ihr nur noch unsere *Torta al limone* beibringen.«

Roberto lacht. »Na ja, so schwierig ist sie auch nicht.«

»Rosas Tiramisù ist schon mal zum Niederknien«, sage ich.

Sie sieht mich schmunzelnd an. Was sie jetzt wohl denkt?

»Ist ebenfalls nicht besonders schwierig«, erwidert sie. »So, jetzt lasse ich euch alleine.«

Rosa steht auf und verabschiedet sich. Von Roberto etwas länger als unbedingt nötig. Aber auch von mir durchaus herzlich.

»Ich wünsche euch einen schönen Nachmittag«, sagt sie. »Ihr habt ja noch was vor.«

Warum habe ich den Eindruck, dass sie dabei schon wieder schmunzelt?

Ach so, Roberto wird ihr erzählt haben, dass wir beim Conte Prantofalcone eingeladen sind. Ganz sicher weiß sie, wer das ist. Und von Francesco hat sie wohl erfahren, dass meine Oma Klara ihre alte Liebe zu dem Conte wiederentdeckt hat. Doch, das ist ein Grund zum Schmunzeln.

FINALE

Roberto geht es wie mir. Er ist richtig gerührt, dass auch er beim Conte eingeladen ist. Als mein Vater. Dabei könnte das dem Conte doch egal sein, ist ja nicht seine Familie. Aber der alte Herr scheint das anders zu sehen. Er mag meine Oma, er kannte meine Mutter, wenn auch nicht sehr gut, er kennt mich … und er nimmt Anteil an unserem Schicksal. Für mich ist das ein irres Gefühl. Bis vor Kurzem hatte ich niemanden, nur noch meine Oma, um die ich mich zu wenig gekümmert habe. Und jetzt, jetzt habe ich plötzlich einen Vater – und mit dem Conte so was wie ein Familienoberhaupt. Jedenfalls kommt er mir so vor, weil er wie selbstverständlich an Klaras Seite getreten ist.

In der Loggia, die ich bereits kenne, stehen Korbsessel bereit. In einem Kühler wartet eine große Flasche Schaumwein auf uns. Ich bin neugierig. Kein Prosecco, sondern ein edler Champagner. Eine Magnumflasche. Also viel zu groß für uns. Vielleicht will der Conte den Verkauf seiner Weinberge feiern. Und sich dabei betrinken.

Der Chauffeur Samuele ist wieder in die Rolle des Butlers geschlüpft. Er hilft Klara in einen Sessel. Und er reicht ihr ein Kissen für den Rücken.

Der Conte – mir fällt es immer noch schwer, ihn als Lodovico oder gar Vico zu sehen – blickt wiederholt auf die Uhr. Immerhin hat er noch eine, es wurden ihm also nicht alle gestohlen.

Eigentlich erwarte er noch jemanden, sagt er. Aber er könne ja schon mal beginnen.

Samuele hat die Champagnerflasche geöffnet und gießt uns ein.

Der Conte steht auf und klopft ans Glas. »Keine Angst, ich werde keine Rede halten …« Er lacht. »Na ja, es könnte vielleicht doch eine werden, aber nur eine kleine. *Cari amici,* ich freue mich, dass wir heute zusammen sind. Klara, Moniga und Signor Righetti … Ich darf Roberto sagen, schließlich sind Sie Monigas Vater. Lasst uns anstoßen. Samuele, bitte nimm dir auch ein Glas. *Alla Salute!*«

Ich beobachte Klara, die den Champagner zu mögen scheint. Ich fürchte, sie geht gerade dem Prosecco verloren.

»Zunächst möchte ich einen Toast auf Klara ausbringen«, fährt er fort.

Meine Oma lächelt verlegen.

»Ich finde es schön, dass wir uns im hohen Alter ein zweites Mal begegnet sind. Sie ist immer noch eine faszinierende Frau. Nicht immer einfach, das muss ich zugeben …«

Eine nette Umschreibung. Klara kichert.

»Zudem ist sie ab und zu etwas zerstreut. Aber vielleicht bin ich das auch. Jedenfalls freue ich mich, dass sie eingewilligt hat, in mein Gästehaus zu ziehen. Liebe Moniga, glaub mir, alt werden ist nicht lustig, und alleine macht's erst recht keinen Spaß. Deshalb bitte ich dich, mir deine Großmutter für eine Weile auszuleihen. Wir können uns Gesellschaft leisten und probieren, ob uns das guttut.«

Er bittet mich, ihm meine Oma zu leihen? Wie wunderbar ist das denn?

»Das finde ich großartig«, sage ich. »Aber pass auf, sie betrügt beim Kartenspiel.«

»Aber Moniga-Schätzchen, was erzählst du für einen Unsinn. Du verlierst nur deshalb immer, weil du die Regeln nicht verstanden hast.«

Soll ich ihr widersprechen? Nein, natürlich nicht. Außerdem habe ich nur Spaß gemacht.

Der Conte schaut erneut auf die Uhr. Missbilligend schüttelt er den Kopf. »Die anderen Gäste verspäten sich. Das ist wieder mal typisch.«

Jetzt bin ich aber wirklich gespannt. Welche Gäste erwartet er noch? Unsere kleine Familie ist doch komplett. Und einen Pfarrer brauchen wir nicht, der der geplanten Wohngemeinschaft des Conte mit meiner Oma seinen Segen gibt.

Der Conte räuspert sich. »Jetzt zu Moniga und Roberto. Ich freue mich unendlich, dass ihr euch gefunden habt. Ihr wisst schon, dass das ein kleines Wunder ist? Macht das Beste draus.«

Roberto und ich schauen uns an. Wir wissen beide, dass tatsächlich ein Wunder nötig war, uns zusammenzubringen. Manchmal sind Wunder rund und schmecken nach Limonen. Und, na klar, natürlich werden wir das Beste draus machen.

»Liebe Klara«, wendet er sich wieder an meine Oma, »wie du weißt, war ich lange mit meiner Frau verheiratet, die sehr krank war und mich gebraucht hat. Weshalb ich sie nicht verlassen konnte.«

Oje, nun wird der Conte sentimental. Ich dachte, jetzt kommt der lustige Teil.

»Wie du dir denken kannst …«, er räuspert sich verlegen, »… nun, du weißt es sogar aus persönlicher Erfahrung, hatte ich dennoch meine Sehnsüchte. Schon *bevor* wir beide uns vor dreißig Jahren begegnet sind. Und auch *danach.*«

Mir ist klar, was er unter *Sehnsüchte* versteht. Ich hoffe, dass er das Thema nicht weiter vertieft. Mir ist so was peinlich.

»Ist doch klar, mein lieber Vico«, zeigt sich Klara verständnisvoll, »aber damit ist es jetzt vorbei.«

Wie bitte meint sie das schon wieder?

Im Haus rumort es. Wie es scheint, nähern sich die verspäteten Gäste.

Die Tür zur Loggia geht auf – und ich bekomme einen Schluckauf. Das passiert mir selten, nur in Augenblicken größter Verwirrung.

Denn ein junger Mann kommt auf uns zu, groß gewachsen, sportliche Figur, unrasiert, lange Haare. Aber nicht so schlampig angezogen wie sonst. Weißes Hemd, Jeans und Sakko. Das steht ihm.

Aber was sucht er hier? Francesco beim Conte? Warum hat ihn der alte Herr eingeladen? Das macht keinen Sinn.

Samuele reicht mir ein Glas Wasser. Gegen den Schluckauf.

Der Conte nimmt Francesco in den Arm. Das muss er nicht, nur weil ich mit dem Typen ein Verhältnis habe. Hat er ihn deshalb eingeladen? Da hätte er mich mal besser vorher gefragt.

»Darf ich vorstellen …«, sagt der Conte.

Warum denn das? Den Francesco kennen wir doch alle. Ich sogar besonders gut.

»… das ist Francesco – mein Sohn!«

Zum Schluckauf kommt ein akuter Atemstillstand.

»Unpünktlich wie immer. Aber er ist mein Sohn, ihm lass ich das durchgehen.« Der Conte hebt sein Glas. »Auf meinen Sohn, den ich bis vor wenigen Monaten verleugnet habe, was ich mir nie verzeihen werde. Lasst uns auf Francesco anstoßen. Er wird den stolzen Namen der Conte von Prantofalcone fortführen …«

Dass ich gerade sterbe, interessiert wohl keinen.

»*Alla Salute,* meine lieben Freunde.«

Langsam bekomme ich wieder Luft. Der Schluckauf ist weg. Offenbar lässt er sich kurieren, wenn man die Luft anhält.

Francesco wirft mir einen langen Blick zu. Freut er sich, dass ich noch lebe?

Die Tür zur Loggia geht erneut auf. Rosa kommt herein. Sie schiebt ein Servierwägelchen vor sich her. Samuele eilt hinzu und hilft ihr. Ich erkenne darauf eine Torte. Sie sieht aus wie unsere *Torta al limone*. Nur viel größer.

Francesco, Rosa … Das bedeutet? Ja, das bedeutet ganz eindeutig … Ich konnte schon mal schneller denken. Der Conte hat vorhin seine Sehnsüchte erwähnt … Aha, demnach war Rosa eine seiner »Sehnsüchte«. Francesco ist älter als ich. Also war der Conte vor seiner Romanze mit Klara mit Rosa zusammen … Kurz oder lang, spielt keine Rolle … Jedenfalls lange genug …

Klara ist abgebrüht genug, dass ihr das egal ist. Rosa ist viel jünger als sie. Sie war damals eine junge Frau … Auch heute ist sie zu jung für eine Alters-WG. Außerdem hat sich der Conte bereits entschieden.

Warum schaut mich Francesco mit einem breiten Grinsen an? Er genießt wohl seinen Auftritt. Blödmann, hätte er mir doch gleich sagen können. Da wären uns manche Missverständnisse erspart geblieben. Jedenfalls verstehe ich plötzlich, warum er mir mit seiner Vespa ausgerechnet in der Einfahrt zum Conte in die Quere gekommen ist.

Roberto steht auf und begrüßt Rosa.

Sie lacht. »Na, hast nicht gedacht, dass wir uns so schnell wiedersehen.«

Ich denke, dass sie ein schönes Paar abgeben würden.

»Ihr müsst wissen«, fährt der Conte fort. »Rosa war vor vielen Jahren unsere Köchin. Sie war eine wahre Zauberin. Ich habe weder vorher noch hinterher jemals wieder so gut gegessen.«

Sie hatte, denke ich, wohl auch sonst ihre Talente.

»Als sie schwanger wurde, hat sie uns verlassen.«

Recht hatte sie.

Der Conte nimmt sie in den Arm. »Ich habe viel falsch gemacht. Ich hoffe, du kannst mir verzeihen.«

Jetzt reicht's aber wirklich. Das ist ja nicht auszuhalten. Wenn ich eine Schmonzette sehen will, gehe ich ins Kino.

Francesco kommt auf mich zu. Was will er jetzt? Mir sagen, dass er seine Armbanduhr vom Conte geschenkt bekommen hat?

Ist wohl so. Aber woher sollte ich das wissen? Oder erklärt er mir jetzt, dass er als zukünftiger Conte Prantofalcone nichts mehr mit einer frechen Moniga aus München zu tun haben möchte?

Vorsichtshalber haue ich ihm zur Begrüßung eine runter.

Uups, damit hat er nicht gerechnet.

Auch Roberto nicht. Er schaut mich entgeistert an. Oma Klara wackelt entrüstet mit dem Kopf. Rosa hat's nicht gesehen, sie hat gerade auf den Limonenkuchen geguckt. Der Conte, also der alte, der echte, ich meine Vico, macht dagegen einen amüsierten Eindruck. Er scheint mich als Einziger zu verstehen.

Nun gut, denke ich, nachdem das geklärt ist, kann ich Francesco auch einen Kuss geben. Es funktioniert. Seine Erstarrung löst sich. Er erwidert meinen Kuss. Aber so richtig. Und er drückt mich fest an sich. Hallo, hallo, jetzt reicht's … Mein Vater schaut zu, sein Vater schaut zu, seine Mutter, meine Oma …

Gerade noch rechtzeitig lässt er mich los.

Oma Klara klatscht in die Hände.

Was ist nun schon wieder los? Spendet sie uns Beifall? Ach so, ihr Glas ist leer.

Jetzt wird mir klar, warum der Conte eine Magnumflasche geöffnet hat. Mir scheint, sie wird nicht reichen. Fragt sich nur, wer uns heimfährt? Samuele wohl kaum. Er torkelt schon. Dann bleiben wir halt alle hier. Groß genug wäre der Palazzo. Und schließlich sind wir jetzt eine Familie. Irgendwie … eine seltsame Familie …

Rosa und Roberto schneiden die *Torta al limone* an. Wer sagt, dass *Dolci* nur zu zweit schmecken? Na ja, das stimmt schon, aber Ausnahmen bestätigen die Regel …

EPILOG

Zu Klaras Lebensweisheiten zählt die Erfahrung, dass man nie weiß, wofür etwas gut ist – selbst wenn man sich zunächst darüber ärgert. Dennoch gelingt es ihr nicht immer, die Ruhe zu bewahren. So geschehen auf der Fahrt von Moniga del Garda nach Sirmione: Der Verlust ihrer Brieftasche hat sie in helle Aufregung versetzt. Im Rückblick war das ein Glücksfall, denn nur so konnte die Brieftasche von einem gewissen Roberto Righetti gefunden werden. Ohne seine Visitenkarte wären sie wohl nie in die Trattoria La Luce zum Essen gegangen. Mit der Folge, dass Moniga noch immer keinen Vater hätte.

Also: Man weiß nie, wofür etwas gut ist. Das gilt sogar dann, wenn man wie Moniga in Flipflops Auto fährt, vom Kupplungspedal abrutscht und einen Unfall verursacht – weil sie das Glück hat, ausgerechnet mit Francescos Vespa zu kollidieren. Eine Delle im Kotflügel, ein aufgeschürftes Knie und ein abgebrochener Außenspiegel … Das war es wert. Hätte natürlich auch ganz anders ausgehen können. Weshalb vom Autofahren in rutschigen Flipflops dringend abzuraten ist. Wie von so manchem, wozu sich Moniga in ihrem Leichtsinn hinreißen lässt.

Man weiß nie, wofür etwas gut ist: Auch eine fristlose Kündigung kann sich später als Fügung des Schicksals erweisen. Hätte Moniga nicht im Affekt ihren Job hingeschmissen … wäre sie nicht mit ihrer Oma an den Gardasee gefahren.

Die Liste der kleinen und größeren Katastrophen, bei denen aus dem Negativen etwas Positives entsteht, ließe sich fortsetzen. Ein letztes Beispiel: Hätte sich Moniga nicht splitterfasernackt auf der Terrasse ausgesperrt, hätte Francesco nicht … na ja, hätte er vielleicht trotzdem. Ganz sicher sogar.

Apropos Francesco: Er hat Moniga, die ihn des Einbruchs beim Conte verdächtigte, nie sein Alibi verraten.

Dafür gab es zwei Gründe. Erstens wollte er erreichen, dass sie ihm vertraut. Hat nicht geklappt, wenigstens nicht nachhaltig. Zweitens hätte er das beste Alibi überhaupt gehabt: nämlich den Conte selbst. Francesco hat ihn nämlich am besagten Abend nach Negrar begleitet, wo es ja weniger darum ging, einer Weinpräsentation beizuwohnen, als vielmehr den Verkauf der Weinberge zum Abschluss zu bringen. Auch beim Notartermin in Verona war er dabei. Aber das alles sollte (vorläufig) ein Geheimnis bleiben.

Ähnliches gilt für die wunderschöne Riva Aquarama, die sich Francesco nach eigenem Bekunden »ausgeliehen« hat, ohne den Besitzer explizit um Erlaubnis zu fragen. Auch hier bewahrte er ein Geheimnis. Nämlich, dass das Boot dem Conte gehört. Und dass sich der alte Herr freut, wenn Francesco mit der Aquarama seinen Spaß hat. Auch wenn der Conte vermutlich primär an maritimen Lustgewinn gedacht hat. Doch er war auch mal jung, er würde es verstehen.

Die goldene Armbanduhr mit dem Wappen der Prantofalcone hat Francesco auf dem Wasser nicht getragen. Dazu ist sie zu wertvoll. Er hat sie vom Conte geschenkt bekommen, an dem Tag, als er ihn ganz offiziell als Sohn anerkannt hat. Das hat sich Moniga also richtig zusammengereimt – nur etwas spät.

Und Francescos alte Limonaia? Der Schluss liegt nahe: Auch sie stammt aus dem Besitz des Conte. Sie war jahrelang leer gestanden und dem Verfall preisgegeben. Jetzt gehört sie seinem Sohn, der ihr zu neuem Glanz verhilft und schon bald dort einziehen wird. Stellt sich nur die Frage, mit wem?

Nein, die Frage stellt sich nicht wirklich. Natürlich mit Moniga! Nur weiß er das noch nicht. Doch in Monigas Kopf und in ihrem Herzen ist das längst entschieden. Widerstand zwecklos.

Um die Zeit ein wenig vorzudrehen: Monigas Wohnung in München ist schnell aufgelöst. Einen neuen Job hat sie auch bald. Denn Francesco hat vom Conte die Aufgabe übertragen bekommen, die Weine und Olivenöle aus dem familieneigenen Anbau professionell zu vermarkten. Von Werbung und Marketing hat er wenig Ahnung – aber Moniga. Als Erstes kreiert sie ein Label in Form eines Falken. Der Conte ist begeistert.

Begeistert ist auch Monigas Vater Roberto. Nicht nur von seiner Tochter, sondern auch von seiner neuen Köchin Rosa. Bald lädt er sie nach Moniga del Garda ein. Garantiert nicht, um sich über Rezepte zu unterhalten.

Noch eine Bemerkung zu Rosa: Sie steht finanziell gut da, weil sie vom Conte nicht nur das Reihenhaus in Garda geschenkt bekommen hat, sondern seit der Geburt von Francesco zudem eine monatliche Apanage erhält. Ganz diskret versteht sich.

In Brescia wird ein groß gewachsener Mann mit Baseballkappe bei dem Versuch verhaftet, zwei Gemälde des Renaissancemalers Leandro Bassano zu verkaufen. Dabei trägt er eine der gestohlenen Armbanduhren aus dem Besitz des Conte.

Oma Klara wohnt bei ihrem Vico in seinem Palazzo. Ob im Gästehaus, das sei dahingestellt. Sie spielen Karten, gehen spazieren oder lassen sich von Samuele nach Verona fahren. Sie genießen ihr spätes Glück. Dass Klara gelegentlich etwas konfus ist, stört den Conte nicht. So wird ihm wenigstens nicht langweilig.

Roberto lässt es sich nicht nehmen, mit Moniga nach München zu fahren. Eine sentimentale Reise in die Vergangenheit. Sie besuchen den Biergarten am Chinesischen Turm. Und Susannas Grab am Ostfriedhof. Roberto legt Blumen nieder. Beide müssen weinen.

Tränen der Freude vergießen Moniga und Francesco auf der Hochzeit seiner Schwester Elena mit Tommaso. Gefeiert wird in Valeggio sul Mincio. Zu essen gibt es die berühmten Tortellini »nodo d'amore« – die Liebesknoten. Und zu trinken einen roséfarbenen Chiaretto mit einem ebenso vieldeutigen wie romantischen Namen. Einen »vino di una notte« – einen Wein der einen Nacht!

GRAZIE

Come autore ringrazio i vari amici che mi hanno dato una mano con le ricerche. In particolar modo ringrazio di cuore Carmen (per le ricette deliziose), Corrado Sasso (per le intense conversazioni) e Marianne (per la sua inspirazione).